dtv

Hamburg 1955: Die zehnjährige Moni lebt mit ihrer Mutter und Großmutter in einer kleinen Wohnung. Der vermisste Vater war nicht unter den aus Russland heimgekehrten Kriegsgefangenen. Moni wechselt auf die höhere Mädchenschule, findet neue Freunde, und ihre Mutter lernt einen neuen Mann kennen. Der hat sogar ein Auto ... – Ein kraftvolles und berührendes Zeitdokument darüber, wie die Menschen den deutschen Nachkriegsalltag gemeistert haben.

Kirsten Boie, 1950 in Hamburg geboren, ist eine der bekanntesten und renommiertesten deutschen Kinder- und Jugendbuchautorinnen, deren Werk bereits mit zahlreichen nationalen und internationalen Literaturpreisen ausgezeichnet worden ist.

Kirsten Boie

Monis Jahr

Roman

Deutscher Taschenbuch Verlag

Ausführliche Informationen über unsere Autoren und Bücher finden Sie auf unserer Website www.dtv.de

Ungekürzte Ausgabe 2009
3. Auflage 2010
Deutscher Taschenbuch Verlag GmbH & Co. KG, München

Umschlagkonzept: Balk & Brumshagen
Umschlagbilder: gettyimages/Hulton Archive (Kinder) und akg-images
Gesetzt aus der Garamond 12,5/15·
Gesamtherstellung: Druckerei C. H. Beck, Nördlingen
Gedruckt auf säurefreiem, chlorfrei gebleichtem Papier
Printed in Germany · ISBN 978-3-423-25298-0

1. Teil

1

»Einen!«, sagt Moni. »Nur einen einzigen! Komm schon, Harry!«

»Nee«, sagt Harald und hält die Tüte mit der Hand fest umklammert. »Die brauch ich nachher noch. Wir gehen zu meinem Onkel, feiern.«

»Einen einzigen!«, sagt Moni. »Dann hast du immer noch vier.«

Harald schüttelt den Kopf. »Nee«, sagt er.

»Geizkragen«, sagt Moni und rückt ein Stück von ihm weg. Der Terrazzo ist eisig und sie sollen sowieso nicht im Treppenhaus sein. Das Spielen und Lärmen der Kinder im Treppenhaus ist verboten. Aber unten neben der Hoftür hört sie keiner, wenn sie leise sind. Und draußen stürmt es so.

»Meine Mutter sagt, dieses Geknalle ist schrecklich«, sagt Hildegard.

Warum dieses Mädchen wohl Hildegard heißt, sagt Oma immer. Rosa, das hättst du doch gedacht. Clara. Das wisst ihr ja alles gar nicht mehr. Aber so ein guter deutscher Name.

»Wie die Menschen so schnell vergessen können, sagt meine Mutter. Dass sie jetzt schon wieder Spaß daran haben, wenn es knallt.«

Harald tippt sich gegen die Stirn. »Ich *hab* da Spaß dran«, sagt er. »Du bist ja nur neidisch.«

»Bitte, Harry, du, bitte!«, sagt Moni. »Meine Oma kauft nachher Berliner, da kannst du meinen haben.«

Harald schüttelt den Kopf. »Krieg ich bei meinem Onkel sowieso«, sagt er. »Kauf dir doch selber welche. Die hab ich alleine bezahlt. Von meinem eigenen Geld.«

»Als ob ich Geld hätte!«, sagt Moni böse. Harald darf jeden Nachmittag die saubere Wäsche von der Wäscherei zu den Leuten bringen, denen sie gehört, oder schmutzige Wäsche abholen. Manche geben ihm ein Trinkgeld und manche nicht, das ist das Risiko. An manchen Nachmittagen kriegt er gar nichts, aber neulich hatte er an einem einzigen Tag fast eine Mark. Da könnte Moni sich auch Knallfrösche kaufen.

»Was macht ihr?«, fragt Harald. »Feiert ihr auch?«

»Muttis Freundin kommt«, sagt Moni.

»Wir haben extra Luftschlangen und ulkige Hüte gekauft. Kommst du rüber, Hilli? Wir machen Bowle.«

Hildegard zupft an ihrem Mantel. Vor zwei Jahren war er so groß, dass man sie zweimal hätte reinstecken können. Jetzt ist er so kurz, dass nicht nur ihre gnubbeligen Knie darunter herausgucken, sondern auch noch eine Handbreit Bein darüber. Bis zum Strumpfband, denkt Moni. Na, fast. Könnte ihre Mutter doch unten was drannähen. Aber die hat ja lauter andere Sachen im Kopf.

»Mama und ich gehen zu unseren Freunden!«, sagt Hildegard. »Nach Eimsbüttel. Ein richtiges Fest, weißt du.«

Moni seufzt. »Aber Rummelpott laufen* wir vorher noch zusammen, oder?«, fragt sie. »Alle drei.«

Harald steht auf. »Hier friert einem sowieso der Hintern ab«, sagt er. Aber Moni weiß, dass er einfach nur froh ist, weil sie nun nicht mehr weiter um seine Knallfrösche bettelt.

Oma hat ihr erlaubt, dass sie sich Asche

* Sprachliche, sachliche und geschichtliche Erklärungen finden sich im Anhang ab Seite 379.

aus dem Küchenherd nimmt. »Aber nicht alles verschütten!«, sagt sie. »Mach das mal am Ausguss.«

Moni stellt sich vor den Ausguss und taucht ihre Finger in die Asche. Es ist ein weiches, verbotenes Gefühl. Dann verstreicht sie die Asche gleichmäßig im Gesicht. »Seh ich jetzt aus wie ein Neger?«, fragt sie.

Oma kniet auf dem Boden und fegt. Zum neuen Jahr soll es sauber sein. Sauberkeit kann sich jeder leisten, sagt Oma immer.

»Wie einer von den zehn kleinen Negerlein«, sagt Oma. »Kiek mol her, Deern. Ja, wie ein Negerlein süchst du ut. Nur die Zöpfe, die sind lütt beeten to blond«, und sie lacht.

»Kann ich ja in den Kragen stecken«, sagt Moni.

»Nee, nee, nu töv mol 'n beeten«, sagt Oma. »Wenn du versprichst, dass du ihn heil wiederbringst, kannst du den Muselmannhut haben.« Und sie langt zum Küchenbüfett, auf dem vier Papphüte liegen und auf den Abend warten. Vier, vorsichtshalber. Weil man ja nicht wissen kann, ob Muttis Freundin selber einen Hut mitbringt. Und wenn sie vorsichtig damit umgehen, halten die Hüte ein Leben lang, hat Oma gesagt, als sie damit nach Hause gekommen ist. Das Geld ist bestimmt nicht zum Fenster rausgeschmissen. Silvester ist jedes Jahr wieder.

»Was du wohl gesagt hättest, wenn *ich* die angeschleppt hätte!«, hat Mutti gesagt, aber Oma hat sie ihnen schon zum Aufprobieren gegeben.

»Steck die Zöpfe da mal drunter, süchst du wohl, so«, und Oma setzt Moni den roten Papphut auf den Kopf und schiebt ihr das Gummiband unter das Kinn. »Schmuck süchst du ut.«

Moni guckt in den Spiegel in der Speisekammertür. »Na ja«, sagt sie.

Sie hat sich so auf das Rummelpottlaufen gefreut, aber wenn sie dann verkleidet ist, ist es jedes Jahr wieder dasselbe. Plötzlich schämt sie sich.

»Hier«, sagt Oma und drückt ihr das Einkaufsnetz in die Hand. »Bring das mal voll wieder mit, Deern.«

»Doch kein Netz!«, schreit Moni. »Da fällt doch alles durch!«

Oma schlägt sich gegen die Stirn, dann holt sie die neue karierte Einkaufstasche aus der Speisekammer. »Ist auch besser so«, sagt sie. »Da passt hübsch was rein.«

Moni zieht sich ihren Mantel über. »Bis nachher!«, sagt sie, als die Wohnungstür hinter ihr zuschlägt.

»Nix darf die«, sagt Harald. Sein Gesicht ist genauso schwarz wie Monis und darüber hat er einen viel zu großen Herrenhut auf. »Als ob die heilig wären. Dabei weiß jeder Bescheid.«

»Vielleicht, weil sie erst acht ist«, sagt Moni. »Letztes Jahr durfte sie auch schon nicht. Sie soll nicht bei fremden Leuten betteln.«

»Rummelpott ist kein Betteln«, sagt Harald. »Der Grünhöker zuerst?«

Moni nickt. Sie stoßen die Ladentür auf und die Türglocke bimmelt. Zwei Frauen stehen vor dem Ladentisch und unterhalten sich mit der Verkäuferin.

»Rummel, rummel, räuben!«, singt Harald und Moni traut sich auch. »Lot mi nich lang täuben!«

Dann halten sie Monis Einkaufstasche auf. Sie haben sich darauf geeinigt, dass sie nur Monis Tasche mitnehmen. Zwei Taschen sehen so gierig aus. Und sie können hinterher ja teilen.

Die Verkäuferin seufzt. »Wisst ihr, wie viele Kinder heute schon hier waren?«, fragt sie. Dann greift sie in eine Obstkiste neben der Kasse und legt ihnen zwei Äpfel in die Tasche. »Da, bitte. Und einen guten Rutsch.«

»Einen guten Rutsch!«, ruft Harald und ist schon wieder draußen.

»Geizige Olsch!«, sagt er. »Hast du gesehen? Bloß die angestoßenen hat sie in der Kiste.«

»Macht doch nichts«, sagt Moni.

Harald hat einen Apfel aus der Tasche genommen und hält ihn ihr hin. »Da!«, sagt er. »Ganz multschig!«

Er dreht sich noch einmal zum Laden um. »Witten Twern un swatten Twern!«, schreit er. »Düsse Olsch, de gifft nich gern!«

Dann rennen sie um die Ecke, bevor die Grünhökerfrau sie schnappen kann.

Vielleicht sind multschige Äpfel sogar besser als gute, denkt Moni. Weil es so viel Spaß macht, das vom witten und swatten Twern zu rufen. Sonst darf man Erwachsene ja nicht anpöbeln. Aber beim Rummelpott *muss* man es sogar. Es ist wie ein Gesetz. Wenn einer geizig ist, muss man es, das ist schon seit hundert Jahren so. Seit vor dem Krieg schon. Man darf das Gesetz nicht brechen.

Beim Krämer gibt es für jeden eine Rippe Schokolade quer rübergebrochen, das hat Moni auch nicht anders erwartet. Frau Kröger gibt ihr manchmal sogar ein Stück Schokolade ganz ohne Grund. »Und Bonsche«, sagt Frau Kröger. »Hier, nehmt mal den Klumpen. Die sind sowieso zusammengebackt. So kann ich die nicht mehr verkaufen.« Und sie greift einfach mit der Hand in das Glas mit den Himbeerbonbons, die Moni fast am allerliebsten mag, und tut den ganzen zusammengebackten Rest in eine Tüte. »Hier. Einen guten Rutsch, ihr beiden Swatten!«

»Einen guten Rutsch, Frau Kröger!«, sagt Moni und macht einen Knicks. »Vielen Dank!«

»Da nicht für«, sagt Frau Kröger, aber das hört Moni schon nicht mehr richtig, weil die Türglocke beim Rausgehen bimmelt.

»Da können wir gleich einen von essen«, sagt Harald und nimmt den Klumpen aus der Tüte. Dann beißt er an einer Seite einen von den verklebten Bonbons ab, dass es splittert. »Hier. Jetzt du.«

Moni beißt zu.

»Milchmann?«, fragt sie mit vollem Mund. »Oder durch die Häuser?«

»Häuser«, sagt Harald. »Da geben manche auch Geld.«

Moni tippt sich an die Stirn. »Du tünst ja«, sagt sie, aber sie hofft, dass sie Unrecht hat. Mit Leuten, die vielleicht Geld geben, kennt Harry sich besser aus als sie.

Oma hat die schöne bestickte Tischdecke auf den Küchentisch gelegt und den Kittel ausgezogen. Ohne Kittel sieht sie ganz fremd aus.

»Na, hebbt ji wat kregen?«, fragt sie. Moni nickt und hält die Tasche auf. Die Hälfte hat Harald schon mitgenommen, aber es sind trotzdem noch vier Äpfel drin und die Himbeerbonbons und zweimal abgebrochene Schokolade in Stanniol und drei Fünfer und ein Groschen.

»Sogar Geld!«, sagt Moni.

Oma lacht. »Denn kannst du dir ja meist sülben neue Winterstiefel kaufen!«, sagt sie. »De bruks du doch, Deern.«

»Tünkram!«, sagt Moni. Es ist schön, wenn Oma Quatsch macht.

»Wasch die Hände«, sagt Oma. »Und zieh dein Sonntagskleid an. Dreckspatzen kriegen keine Bowle ab.«

Moni flitzt ins Schlafzimmer und holt ihr

Sonntagskleid aus dem Schrank. Bowle hat Hildegard vielleicht nicht, da, wo sie feiert. Harry vielleicht auch nicht.

»Un de lütje Snut!«, sagt Oma. »Wat schall dat denn wohl för 'n neetes Johr warn, wenn du gliks as so 'n lütten Dreckspatz anfang' doost?«

»Witten Twern un swatten Twern!«, singt Moni. Fünfundzwanzig Pfennige. Zwei Salmilollis und fünf Dauerlutscher. Oder ein »Fix und Foxi«-Heft. Wie gut dieses neue Jahr anfängt.

»Komm auf die Schaukel, Luise!«, singt Mutti und schwenkt ihre Freundin Jenny durch die Küche. Auf dem Kopf hat sie eine Pappkrone und Jenny hat eine Piratenkappe. Und über ihren Schultern hängen tausend Luftschlangen. »Lala, la-lala, la-laaa!«

»Der blonde Hans«, sagt Oma und füllt sich aus der großen Suppenterrine vorsichtig mit der Schöpfkelle noch ein bisschen Bowle in ihre Sammeltasse. »Wer braucht denn ein Bowlengeschirr, um Bowle zu trinken«, sagt Oma. »Schmeck mal, wie lecker die ist.«

»Der singt das?«, fragt Moni. Dabei hört sie es selber. Im Radio gibt es ein Unterhaltungsprogramm, extra zu Silvester. Das macht die Erwachsenen fröhlich.

»Lass mich mal verpusten!«, sagt Mutti und lässt sich auf einen Küchenstuhl plumpsen. »Wir gehen bald wieder, Jenny, findest du nicht? Ins Kino? Das läuft jetzt!«

Jenny fällt neben Moni aufs Küchensofa. Das Sofa sackt nach unten weg. Jenny ist keine Elfe, sagt Mutti.

»Auf der Reeperbahn, nachts um halb eins!«, singt Jenny. Ihr Gesicht ist ganz rot. Vielleicht kommt das von der Bowle und vielleicht kommt das vom Tanzen. Ihr Lippenstift ist verschmiert. Moni versteht nicht, warum Jenny sich immer so doll schminken muss. Dazu ist sie viel zu alt, bestimmt schon fast vierzig.

»So wie die hinter den Männern her ist, hab ich das noch bei keiner erlebt«, sagt Oma. »Na, da wird sie warten müssen.«

»Und du?«, fragt Jenny und drückt Moni einfach einen Kuss aufs Haar. Jetzt weiß Moni, dass das rote Gesicht von der Bowle kommt und nicht vom Tanzen. »Willst du auch mal? Darf ich bitten?« Und sie steht auf und verbeugt sich vor Moni.

Moni schüttelt schnell den Kopf. Mit Oma

hat sie getanzt, vorhin. Aber jetzt ist es genug. Jetzt muss es wirklich nicht mehr sein. Und schon gar nicht mit dieser geschminkten Jenny.

»La Paloma!«, schreit Mutti und steht auf. »Los, komm, Jenny, noch einen zum Abschluss.«

Und dann tanzen sie durch die Küche, »meine Braut ist die See«, und Mutti hat ihren Kopf auf Jennys Schulter gelegt und summt die Melodie, während aus dem Radio die tiefe, rauchige Stimme von Hans Albers kommt, »la Paloma, ohé!«, und Moni denkt, dass das Lied so gut zum blonden Hans passt, weil er auch so aussieht wie einer, dessen Braut die See ist, das hat sie auf dem Filmplakat gesehen. Ganz blaue Augen wie das Meer. Man könnte sich gut vorstellen, dass so einer ein Vater ist, der draußen auf dem Meer für seine Familie Fische fängt. Bei Wind und Wetter. Aber dann kentert sein Boot, und niemand weiß, ob er sich auf eine einsame Insel retten konnte.

»Gleich!«, sagt Oma, während der blonde Hans im Radio noch »Kleine Möwe, flieg nach Helgoland« singt, das passt ja auch. »Mädels, gleich ist es so weit! Anstoßen!« Und sie reicht Mutti und Jenny ihre Tassen mit der Bowle. Moni kriegt auch einen Schluck.

»Habt ihr denn auch gute Vorsätze gefasst?«

»Mehr tanzen gehen!«, ruft Jenny. »Das Leben ist kurz!«, und sie hebt ihre Tasse.

»Erst trinken, wenn es zwölf ist!«, ruft Oma. »Und du, Herta?«

Mutti lacht. Es ist schön, wenn Mutti so fröhlich ist. Aber ein bisschen unheimlich ist es auch. Ihre Augen glänzen, und Moni sieht, dass ihr Gesicht fast so rot ist wie das von Jenny.

»Reich werden!«, schreit Mutti. »Einen Millionär heiraten!«, und sie fängt an zu lachen und Jenny lacht auch. Omas Gesicht wird plötzlich ganz hart.

»Das war kein guter Scherz«, sagt sie, aber in dem Augenblick läuten im Radio die Glocken und das grüne Auge leuchtet, und Oma stößt mit ihrer Tasse ganz vorsichtig mit Monis Tasse an.

»Ein schönes neues Jahr, Deern«, sagt sie, und die Glocken läuten immer noch.

»Ein schönes neues Jahr!«, sagt Moni und stößt auch gleich noch mit Mutti an und mit Jenny, und dann dreht sie sich um zum Küchenschrank, wo auf der Ablageplatte das Foto steht.

»Prost«, sagt Moni, und der große Junge mit der Strähne im Gesicht und der Schaufel in der Hand lacht, wie er immer gelacht hat, jeden Tag in ihrem ganzen Leben bisher.

Omi streicht ihr über das Haar. »Schön, dass du an ihn denkst«, sagt sie. »Wir wissen ja nicht, wo dein Vati heute Abend feiert, aber dass er noch da ist, das spür ich genau. Eine Mutter spürt so was, Deern.«

Die Glocken läuten immer noch, und Mutti und Jenny versuchen, mit der Schöpfkelle den Rest Bowle aus der Suppenschüssel zu schöpfen.

»Das wird ein wunderbares Jahr!«, ruft Mutti, und jetzt hört Moni genau, dass Mutti ein kleines bisschen betrunken ist. Das müssen Erwachsene Silvester vielleicht sein. »Jubiläum! Zehn Jahre Krieg vorbei!«

»Prost!«, ruft Jenny. »Auf das Jubiläum!«

»Für manche ist er nicht vorbei«, sagt Oma, aber das hört nur Moni, und sie ist ein bisschen böse, dass Oma fast die schöne Stimmung kaputtmacht.

Auf der Straße hört man ein paar Knaller. »Ich geh gucken!«, schreit Moni.

Oma seufzt. »Dass die Leute schon wieder dieses Geknalle hören wollen«, murmelt sie.

»Das sagt Hillis Mutter auch«, sagt Moni und wirft sich ihren Mantel über. »Du brauchst nicht mitkommen, Oma.«

»Manchmal sagt sie was Richtiges«, sagt Oma. »Das kann man ihr nicht verbieten. Wo sind die überhaupt? Wollte Hilli nicht mit dir feiern?«

»Die feiern bei Freunden«, sagt Moni und macht ganz schnell die Wohnungstür auf. Wenn sie sich nicht beeilt, sind die auf der Straße vielleicht schon fertig mit dem Geknalle.

»Freunde«, sagt Oma. »Da weiß man, was das heißt.«

Aber Moni hört nicht mehr hin. Moni saust die Treppe nach unten, wo in der offenen Haustür auch Papes aus dem zweiten Stock stehen und Mewes aus dem Erdgeschoss links.

»Ein schönes neues Jahr!«, ruft Frau Pape.

»Das ist doch unsere Moni!«, sagt ihr Mann freundlich und dreht sich zu Moni um. Er erkennt die Leute immer am Schritt, Moni hat das auch schon mal probiert. Es ist aber nicht so einfach, sie müsste mehr üben.

»Ein schönes neues Jahr, Herr Pape«, sagt Moni und macht einen Knicks. Was bei Herrn Pape ja Quatsch ist. Aber ihre Knie machen es immer von alleine. Vielleicht sind ihre Knie das Höflichste an ihr. Moni kichert.

»Du hattest wohl ein schönes Fest«, sagt Herr Pape ganz lieb.

»Bowle«, sagt Moni und guckt zu, wie der große Uwe auf der Straße seine Knallfrösche anzündet.

Seine Verlobte kreischt und hüpft zur Seite. »Der war fast unterm Rock!«, schreit sie.

»Da will ich auch hin!«, sagt Uwe und greift zu, und jetzt kreischt seine Freundin noch lauter, und Moni ist es ein bisschen gruselig. Silvester benehmen sich die Menschen so sonderbar.

Aber dann sind Uwes Knallfrösche aufgebraucht. Nur am Ende der Straße zündet noch ein Mann ein paar Knaller, dann wird es still. Aus einem offenen Fenster hört man Heinz Rühmann singen, dass vor dem Bettchen zwei Schuh' stehen, und das passt jetzt ja auch.

Plötzlich spürt Moni eine Hand auf der Schulter.

»So, Deern, das Fest ist vorbei«, sagt Oma.

»Gleich!«, flüstert Moni. »Gleich, Oma!«

Wenn sie den Kopf ein bisschen in den Nacken legt, kann sie oben über der Straße den Himmel sehen. Gerade zieht eine Wolke zur Seite, es ist doch komisch, dass es nachts auch Wolken gibt, man denkt, da gibt es nur den Mond und die Sterne.

Ich hab keine Vorsätze, denkt Moni. Eigentlich muss man das ja zum neuen Jahr. Mit zehn muss man das schon. Aber ich hab nur Wünsche.

»Moni!«, sagt Oma.

Einen Hamster, denkt Moni. Und dass ich die Prüfung schaffe. Und dass sie nett sind in der neuen Schule. Und dass ich schlau genug bin.

»Moni!«, sagt Oma wieder.

Und ein Kleid, wie es in Giselas Paket aus Amerika war. So was Schönes. Und dass wir im Sommer wieder an die Elbe zum Baden fahren, sonntags.

»Jetzt ist es wirklich Zeit«, sagt Oma und zieht Moni am Arm. »Da ballert doch längst keiner mehr.«

Moni läuft hinter Oma die Treppe nach

oben. »Ich hab mir nur was gewünscht!«, sagt sie.

Oma dreht sich um und lächelt. »Das tu man, Deern, das tu man ganz fest«, sagt sie. »Denn geht das auch wohl in Erfüllung«, und da weiß Moni, woran Oma denkt, und sie schämt sich, dass sie sich etwas anderes gewünscht hat.

»Bisschen darf ich aber noch aufbleiben!«, sagt sie.

In der Küche hat Jenny ihren Arm um Mutti gelegt, und sie tanzen ganz, ganz langsam.

»1955«, sagt Oma. »Na, wollen wir mal sehen.«

2

Woran merkt man, dass ein neues Jahr angefangen hat? An gar nichts, denkt Moni. An nichts und nichts und gar nichts. Es ist genau wie Geburtstag. Man wacht auf und ist ein Jahr älter und fühlt sich genauso wie vorher. Und jetzt ist die Welt ein Jahr älter, und das merkt man auch nicht.

»Die Stiefel nicht, die drücken!«, sagt Moni böse. Mutti ist schon los zur Arbeit, aber noch nicht lange. Sonst ist sie schon immer längst weg, wenn Moni aufsteht. Aber heute hat Moni zum ersten Mal den weiten Weg, da musste sie auch früher aufstehen.

»Guck mal raus!«, sagt Oma. »Das hat getaut, Deern! In dem Matsch, da geht das nicht mit Halbschuhen. Da kriegst du mir noch eine Lungenentzündung.«

Moni löffelt ihre Haferflockensuppe. Morgens hat sie immer überhaupt keinen Appetit. Aber Oma sagt, essen muss der Mensch, und Moni muss was auf die Rippen kriegen. Sie ist ja sowieso nur ein Strich in der Landschaft.

»Und wenn du Lungenentzündung

kriegst«, sagt Oma und lässt sich schwer auf einen Küchenstuhl sinken, »denn kannst du nicht mehr hin zu deiner Prüfung, Deern. Und das wolltest du ja nun so gern.«

Moni legt den Löffel neben den Teller. Die süße Insel hat sie aufgegessen, jetzt reicht es aber auch. Die süße Insel ist in der Mitte, wo Oma immer einen Löffel Zucker über die Suppe streut. Wenn man den Löffel ganz flach hält, kann man den Zucker abheben, fast ohne Haferflocken.

»Ich mag nicht mehr«, sagt Moni.

Oma schüttelt den Kopf. »Weißt du, wie undankbar du bist, Deern?«, sagt sie. »Kannst du dich gar nicht mehr erinnern, was für dollen Hunger du immer gehabt hast, als du lütt warst? Geweint hast du vor Hunger! Und jetzt lässt du deine Suppe stehen.«

Moni antwortet nicht. Sie kann sich wirklich nicht erinnern. Nicht gut, jedenfalls. Und an schlimme Dinge muss man sich auch nicht erinnern. Wozu auch, sagt Mutti. Jetzt jedenfalls ist morgens immer genug Haferflockensuppe da, und jetzt jedenfalls findet Moni sie schrecklich.

»Aber Lebertran«, sagt Oma. »Mund auf, Augen zu.«

Moni stöhnt. Jeden Morgen hofft sie, dass Oma den Lebertran vergisst. Lebertran ist gut für Kinder, die werden dann nicht krank. Der Lebertran tötet all die lütten Bazillen, die sich bei den Kindern eingeschlichen haben, sagt Oma. Man muss dankbar sein, dass es Lebertran gibt. Moni schafft es nie, für die richtigen Sachen dankbar zu sein.

»So, lass dich angucken«, sagt Oma. »Bluse in den Rock.«

Moni geht zum Ausguss und guckt in den Spiegel, aber da sieht sie nur ihr Gesicht mit den Affenschaukeln und der Tolle oben auf dem Kopf, die Oma ihr immer macht, wenn Moni schön aussehen soll. Und den Kragen sieht sie da auch noch, den Kragen von der weißen Bluse, die sie für diese Woche extra von der Tochter von Muttis Arbeitskollegin ausgeliehen haben. Wer weiß, was das da alles für Leute sind, hat Oma gesagt. Bestimmt sind die etepetete. Lauter Vornehme an der höheren Schule. Da soll unsere Deern nicht gleich schlecht auffallen.

Den Schottenrock hatte Moni aber selber, Oma hat ihn noch umgenäht. Im letzten Jahr hat Moni den von Ingrid geerbt, das ist ihre Cousine und schon vier Jahre älter. Darum sind die Sachen auch immer viel zu groß, wenn Moni sie erbt. Aber der Schottenrock geht.

»Schmuck süchst du ut«, sagt Oma zufrieden. »So richtig as 'n högere Dochter.«

Moni zieht die Winterstiefel an. Das findet sie eigentlich auch. Dass sie vornehm aussieht an so einem ganz normalen Montag, vornehm und ein bisschen fremd. Aber das ist natürlich auch in Ordnung. Schließlich soll heute ja ein neuer Lebensabschnitt anfangen, das hat Mutti gesagt; wenn alles gut geht, fängt mit diesem Tag für dich ein neuer Lebensabschnitt an. Dann hat sie Moni einen Kuss gegeben.

»Ich bin stolz auf dich, Monika«, hat sie feierlich gesagt und ist losgeflitzt, damit sie ihre Straßenbahn nicht verpasst. In der Schuhcremefabrik gibt es eine Maschine, da muss man seine Karte reinstecken, wenn man kommt. Die heißt Stechuhr. Und wenn man zu spät kommt, wissen die Chefs es gleich.

In der Schule darf man auch nicht zu spät kommen. Schon gar nicht am allerersten Tag. Schon gar nicht bei einer Prüfung.

»Brot hab ich dir eingepackt«, sagt Oma und setzt Moni den Ranzen auf den Rücken. »Bring das Papier wieder mit, hörst du?«

Moni nickt. Der Ranzen fühlt sich so leicht an wie sonst nie. Sie müssen nur eine Federtasche dabeihaben zur Prüfung und ihr Frühstücksbrot, das steht auf dem Zettel, den Moni mitgebracht hat und der jetzt auf der Ablage vom Küchenschrank liegt, ein bisschen abgegrabbelt, neben dem Foto von dem großen Jungen, der lacht.

»So, Deern«, sagt Oma und drückt Moni ganz fest. Oma hat eine dicke, weiche Brust, in der Monis Gesicht fast verschwindet, und ihr Kittel riecht ein bisschen nach Küche, nach Suppe vielleicht oder nach lauter Sachen, die man nicht mehr genau erkennen kann, wenn sie erst mal in einem Kittel riechen. »Mach das gut. Und keine Angst, hörst du? Du büss liekers so schlau as de annern. Und wenn das nicht klappt, dann gehst du auf die Mittelschule. Das ist auch was Feines. Da wollte dein Vati auch immer so gerne hin.«

»Tschüs, Oma«, sagt Moni und windet sich aus Omas Armen.

»Ich drück die Daumen!«, flüstert Oma, weil Moni jetzt schon im Treppenhaus ist, und im Treppenhaus muss man leise sein.

Moni flitzt nach unten. Die Stiefel drücken. Aber wenn man erst mal unterwegs ist, merkt man so was immer ganz schnell nicht mehr. Das weiß Moni ja.

Oben an der Straße biegt Moni nach links in den Wiesendamm. Gestern ist sie den Weg mit Mutti gegangen, das war ihr Sonntagsspaziergang. Oma hat sich lieber aufs Ohr gelegt. Sonntags legt sich Oma immer gerne mal aufs Ohr, weil sie das ja in der Woche nicht kann. In der Woche muss sie Geld verdienen gehen, im Krankenhaus. Da putzt sie die Zimmer und die Flure, und alle kennen sie und sagen Guten Tag und mögen sie gerne.

»All de Dokters, de sünd man ok blot Minschen«, sagt Oma. Und wenn Moni krank ist, weiß Oma immer genau, was man tun muss. Das weiß man, wenn man im Krankenhaus arbeitet.

Aber Mutti will sich sonntags nicht aufs Ohr legen, und darum ist sie mit Moni spazieren gegangen, zu Fuß, zu der Schule, in der die Prüfung sein soll. Den Namen sagen sie nicht, sie sagen immer nur: die Schule. Weil es so unheimlich klingt, wenn man weiß, dass es eine Oberschule ist. In unserer Familie war noch keiner auf der Oberschule. Studiert haben wir auch nicht. Haben wir auch nicht gebraucht.

Aber wenn die Lehrerin doch sagt, dass Moni da hinsoll, hat Mutti gesagt.

»Willst du wissen, was ich von so einer Lehrersch halte?«, hat Oma gesagt. »Na, dat segg ick di leber nich. Lehrers Kinner, Pasters Vieh gedeihen selten oder nie.«

»Sie sagt, Moni ist eine von den Schlausten«, hat Mutti gesagt. »Warum soll sie denn nicht auf die höhere Schule? Wenn sie das kann?«

»Bruk se dat?«, hat Oma gefragt. »Was soll das nützen?«

Aber da hat Mutti gesagt, ziemlich viel kann das Moni später mal nützen. Sogar studieren kann sie dann und selber Lehrerin werden oder sogar Ärztin.

»De Dokters, de sünd man ok all blot Minschen«, hat Oma gesagt, aber Moni konnte doch sehen, dass sie nachgedacht hat. Das findet Oma bestimmt auch schön: eine Enkeltochter, die eine Doktersch ist.

»Wenn ich jetzt studiert hätte!«, hat Mutti gesagt. »Dann müsste ich nicht in die Schuhcremefabrik. Arbeiten müsste ich auch, das ist klar, aber was ich da verdienen könnte!«

Und Oma hat gesagt, ja, ja, die Zeiten ändern sich, und man sieht ja nun, dass es nicht schaden kann, wenn die Frauen auch was lernen. Darauf, dass immer ein Mann zum Verdienen da ist, kann man sich nicht verlassen.

»Das wollen wir der Deern ja nicht wünschen, dass wieder ein Krieg kommt«, hat Oma gesagt. »Und dass sie ihren Mann verliert. Oder erst gar keinen abkriegt, wie deine Jenny da! Aber wer weiß, wozu das sonst noch gut sein kann mit der höheren Schule.«

Dann hat sie geseufzt und Moni nachdenklich angeguckt. »Und wenn sie doch so schlau ist, die Deern«, hat sie gesagt. »Das war ihr Vater ja auch, da hat sie das von. Den wollte der Lehrer auch immer zur Mittelschule schicken.«

Mutti hat ein bisschen böse geguckt, weil das doch so geklungen hat, als ob die ganze Schlauheit nur von dem Jungen mit der Strähne kommt, der nie etwas anderes tut als vom Küchenschrank runterlächeln, und kein bisschen Schlauheit kommt von Mutti. Aber gesagt hat sie nichts. Vielleicht hat sie gedacht, die Hauptsache ist erst mal, dass Moni die

Prüfung macht. Von wem sie ihre Schlauheit hat, das kann man ja hinterher immer noch besprechen.

Und darum sind Moni und Mutti gestern also den ganzen Weg zu der Schule gegangen, in der die Prüfung sein soll, und das war ziemlich weit. »Aber das ist ja auch nur für diese eine Woche«, hat Mutti gesagt. »Wenn du die Prüfung schaffst, kommst du ja auf eine andere Oberschule«, und Moni hat gemerkt, wie etwas in ihr gezittert hat bei dem Wort. Sie will da hin, sie will das jetzt. Sie will die Prüfung bestehen, und dass der Weg ziemlich weit ist, ist ihr ganz egal. Ich geh auf die Oberschule. In unserer Familie war da noch keiner. Haben wir auch nicht gebraucht. Ich heiße Monika Schleier und ich gehe auf die Oberschule, Oberschule.

Sie geht den Wiesendamm hoch, bis sie zur U-Bahn kommt. Da steigt Gisela jetzt ein und fährt eine Station, Ruth auch. Bestimmt bringt Ruths Mutter sie hin, die betüdelt ihr Kind ja vorne und hinten, dass es nicht mehr schön ist. Rosi muss auch zu Fuß gehen, genau wie Moni, aber die findet Moni ziemlich blöd. Mit Rosi hat sie sich extra nicht verabredet. Man muss ja nicht mit einer zusammen gehen, nur weil ihre Mutter auch sagt, dass man das Fahrgeld sparen kann.

Hinter dem Kanal könnte Moni ein Stück durch den Park gehen, aber Mutti hat gesagt, dass sie das bitte lassen soll. Man weiß nicht, was da alles passieren kann. Es ist so dunkel morgens, und wer weiß, wer da hinter den Büschen lauert.

»Für Mitschnacker bin ich zu alt!«, hat Moni gesagt, aber Mutti hat böse den Kopf geschüttelt und behauptet, dass man für Mitschnacker nie zu alt ist.

»Du gehst an der Straße!«, hat Mutti gesagt, und das tut Moni also jetzt auch.

»Ich heiße Monika Schleier und gehe auf die Oberschule«, flüstert Moni. Das klingt so richtig. Viel richtiger, als wenn sie denkt, dass sie Moni heißt und auf die Volksschule geht. Aber Hochmut kommt vor dem Fall, denkt Moni. Ich darf das nicht immer denken. Harald kommt auch nicht auf die Oberschule, auf die Mittelschule kommt der auch nicht. Harald kommt auf die Volksschule, und der ist auch ziemlich schlau. Mindestens so schlau wie ich. Aber sein Vater hat gesagt, was soll der Junge seine Zeit vergeuden. Der lernt mal ein Handwerk, da hat er immer sein Auskommen.

Moni überlegt, ob das stimmt. Haralds Vater hat auch ein Handwerk gelernt, aber so ein richtig gutes Auskommen hat er jetzt nicht. Sogar in den Nissenhütten auf der anderen Straßenseite wohnen sie immer noch, Harald und seine Eltern und seine kleine Schwester Ina. Dabei hatte Haralds Vater einen eigenen Betrieb, im Osten, vor der Flucht. Ein eigenes Haus und eine eigene Schreinerei in Stolp, das heißt jetzt anders und ist nicht mehr Deutschland und der Osten.

»Im Osten hatten sie alle einen eigenen Betrieb!«, hat Oma gesagt, als Moni ihr davon erzählt hat. »Was sag ich, ein *Rittergut* hatten sie da alle! Meine Güte, was muss das da voll sein mit Rittergütern! Kannst du gar nicht mehr treten, trittst du überall auf ein Rittergut!«

»Hatten sie ja gar nicht!«, hat Moni gerufen. »Eine eigene Schreinerei hatten sie, hat Harald gesagt.«

»Wer's glaubt, wird selig«, hat Oma gesagt. »Wer backt, wird mehlig. Das weiß eine alte Frau ja wohl, wann einer ein Märchen erzählt.«

Aber Moni glaubt nicht, dass Harald lügt. Sonst hat er sie ja auch noch nie beschummelt.

Die Schule sieht aus, wie alle Schulen aussehen, groß und dunkel und ein bisschen bedrohlich. Man muss draußen eine Treppe hochsteigen, bevor man zur Eingangstür kommt, das ist bei allen Schulen so, und die Eingangstür ist so schwer, dass Moni sie gar nicht richtig aufdrücken kann.

Aber das ist hier ja auch eine Schule für die Großen, denkt Moni. Die stärker sind als ich. Die sind ja schon alle älter, manche sind sogar schon fast zwanzig. Dass man da noch in die Schule gehen kann.

Auf einer Tafel im Eingang steht, wohin man gehen muss, wenn man die Aufnahmeprüfung machen will. Vielleicht wäre es jetzt doch nicht so schlecht, wenn Mutti Moni auch ein bisschen betüdeln würde wie Ruths Mutter ihre Ruth. Wenn Mutti mitgekommen wäre und Moni jetzt an die Hand nehmen könnte und mit ihr zu dem Klassenraum gehen, in dem schon bestimmt vierzig Mädchen in ihren Sonntagssachen sitzen und gespannt aussehen und kichern. Ich heiße Monika Schleier und gehöre hierher. Ich heiße Monika, und ich habe keine Angst.

»Moni!«, ruft Gila von ganz hinten. »Huhu! Hier sind wir!«

Moni spürt, wie sie rot wird. Dass Gila sich das traut! Dass sie einfach so ruft, dass alle sie hören können, wo sie doch auch niemanden kennt, genau wie Moni!

Moni guckt nach unten und geht ganz schnell zwischen den Reihen hindurch. »Aber hier ist kein Platz mehr«, sagt Gila bedauernd. »Siehst du ja. Wir dachten schon, du kommst gar nicht mehr.«

Moni nickt. Sie sieht, dass die hintere Reihe besetzt ist und die Reihen davor. Warum hat sie das nicht gleich gemerkt. Jetzt muss sie ganz alleine wieder durch den Gang nach vorne gehen bis zur ersten Reihe, in der sind noch zwei Stühle frei. Und alle gucken sie an.

Ich bin genauso schlau wie die anderen, denkt Moni. Und wenn das hier nicht klappt, geh ich auf die Mittelschule. Das ist auch was Feines.

»Puuuh!«, sagt eine Stimme neben ihr. Dann lässt sich ein Mädchen auf den allerletzten Platz plumpsen. »Das wäre jetzt was gewesen, was? Zu spät gleich am ersten Tag!«

Moni dreht sich zur Seite. Das Mädchen hat einen blonden Pferdeschwanz, das hätte

Moni auch gerne. Aber Oma sagt, mit Affenschaukeln sieht man immer gut aus. Ein Pferdeschwanz, das ist so was Amerikanisches.

»Ich heiß Heike«, sagt das Mädchen und legt seine Federtasche auf den Tisch. »Na bitte sehr. Jetzt können sie anfangen.«

»Ich heiß Monika«, sagt Moni.

»Hast du auch Schiss?«, fragt Heike und sieht kein bisschen aus, als ob sie Schiss hat. »Ich konnte gar nicht einschlafen gestern. Meine Mutter hat mir Zuckerwasser gemacht.«

Moni nickt. »Doch«, sagt sie.

Aber schlafen konnte sie gut in der letzten Nacht. Schlafen kann Moni eigentlich immer.

»Solltest du?«, fragt Heike. »Ich sollte eigentlich gar nicht her, weißt du! Meine Lehrerin hat gesagt ...«

Vom Flur hört man Schritte. Hackenschuhe, denkt Moni. Hackenschuhe im Winter. Das ist so in so einer Schule. Alle etepetete und alle vornehm.

»Aber bei uns in der Familie waren sie alle immer auf dem Gymnasium«, flüstert Heike. Die Frau mit den Hackenschuhen hat ein graues Kostüm an und trägt einen Knoten. Sie sieht aus, wie eine Lehrerin aussehen muss, die nur mit schlauen Schülern zu tun hat. Moni spürt, wie ihr Herz schlägt.

»Ich soll mich am Riemen reißen, sagt mein Vater«, flüstert Heike, aber dann springt sie auch auf wie alle anderen und schiebt ihren Stuhl mit den Kniekehlen zurück.

»Guten Morgen, Mädchen!«, sagt die Lehrerin, und »Guten Morgen, Frau ...«, rufen die Mädchen. Dann sind sie still, mitten im Satz.

Die Lehrerin lacht, und auf einmal sehen ihr Knoten und ihre Brille und ihr Kostüm überhaupt nicht mehr so streng aus.

»Na, das klappt doch schon ganz wunderbar!«, sagt sie. »Obwohl ihr noch nicht mal wisst, wie ich heiße. Setzen.«

Es ist gar nicht so anders, denkt Moni. Es ist auch nur eine Schule und eine Klasse und eine Lehrerin.

»Ich erzähle euch jetzt mal, was wir in dieser Woche hier zusammen tun werden«, sagt die Lehrerin. Ihren Namen hat sie an die Tafel geschrieben, Frau Dr. Einfeld. Da hat Monis Herz gleich wieder geklopft. Was Oma wohl sagt, wenn sie hört, dass Monis Lehrerin bei der Prüfung eine echte Doktersch ist.

In der ersten Pause will Moni zu Gisela und Ruth gehen, aber Heike redet die ganze Zeit. Da kann Moni sie doch nicht einfach stehen lassen.

»Dann wäre ich die Enttäuschung seines Lebens!«, sagt Heike gerade ganz vergnügt und holt eine Banane aus dem Ranzen. »Meine großen Brüder gehen alle aufs Gymnasium, nur ich bin so eine dumme Nudel!« Und sie lacht, als ob ihr das überhaupt gar nichts ausmacht.

»Du bist doch gar nicht dumm«, sagt Moni.

»Nein, das finde ich auch!«, sagt Heike. »Nur Rechnen, das finde ich schrecklich. Magst du Rechnen?«

Moni überlegt, ob sie jetzt zugeben kann, dass sie Rechnen schön findet. Wie Rätselraten irgendwie. Oder ob Heike dann denkt, dass sie eine Streberin ist.

»Und Lesen!«, ruft Heike da schon. Vielleicht will sie gar keine Antwort hören. »Lesen, nee, du!« Und sie lässt ihre Schultern sacken und rollt mit den Augen. »›Nesthäkchen‹, kennst du das? Ich soll immer ›Nesthäkchen‹ lesen! All die alten Bücher von Mama«, und sie wirft die leere Bananenschale in den Papierkorb. »Findest du Lesen auch so schrecklich?«

Moni schüttelt den Kopf. Rechnen, das ist etwas anderes. Aber dass man gerne liest, das kann man doch sagen. Weil Lesen spannend ist. Und lustig.

»Dann bring ich dir das mal mit, soll ich?«, fragt Heike. »Aber am Freitag brauch ich das wieder.«

»Ja, das schaff ich«, sagt Moni, und sie spürt plötzlich so ein glückliches Gefühl, und damit hat sie doch gar nicht gerechnet. Jetzt hat sie schon gleich eine neue Freundin und die bringt ihr ein Buch zum Lesen mit, und das muss doch bedeuten, dass sie Moni nett findet.

Es ist eine Prüfung, denkt Moni. Aber es ist auch etwas Schönes. Es ist wie Schule, aber es ist auch ganz anders und aufregend und schön.

Sie überlegt, ob sie Harald davon erzählen kann. Harald kann man das meiste erzählen.

Nach der Schule bringt Heike Moni noch ein Stück. Obwohl sie eigentlich in die andere Richtung muss.

»Ist doch egal, wo ich in die Straßenbahn

steige«, sagt sie und drückt sich mit Moni im Erdgeschoss in die Nische hinter dem Springbrunnen mit den braunen Kacheln, aus dem kein Wasser kommt. »Ist sie das?«

Moni nickt und zieht Heike dichter zu sich heran. Ganz langsam geht Rosi die Treppe nach unten und sieht sich immerzu um. Dann zieht sie die schwere Eingangstür auf.

»Puuh!«, sagt Heike. »Das hat Spaß gemacht.«

Moni hält sie fest. »Warte noch mal!«, flüstert sie. Wenn sie jetzt losgehen, sieht Rosi sie doch noch. Und dann muss Moni mit ihr zusammen nach Hause gehen, den ganzen Weg. Und Rosi ist wirklich fürchterlich langweilig.

»Glaubst du, ich hab das gut gemacht heute?«, fragt Heike. »Ich glaub, ich hab das alles gekonnt. Ich glaub, ich schaff das.«

Moni nickt. Eigentlich war es gar nicht wie Schule, denkt sie. Eigentlich war es beinah ein bisschen wie Geburtstagsfeiern. Rätsel raten und Gedichte ausdenken und Denksportaufgaben lösen. Überhaupt nicht wie Schule. Wenn die Oberschule nachher genauso ist, will sie da jetzt noch viel lieber hin.

»Jetzt können wir gehen«, sagt Moni.

»Mein Vater ist Chefarzt, auf der Inneren«, sagt Heike und setzt sich ihren Ranzen verkehrt herum auf, vorne vor die Brust, wie es die Jungs immer tun, wenn sie Kämpfen spielen.

»Mein Opa hatte eine Praxis, aber die ist ausgebombt. Wir sind alle Ärzte bei uns. Was macht dein Vater?«

Moni guckt verblüfft. Eigentlich hat sie mit ihren Freundinnen noch nie darüber gesprochen, was die Väter arbeiten. Das weiß man, bei manchen. Da hat man es irgendwann mal gemerkt, irgendwie. Und bei manchen weiß man es nicht. Aber gefragt hat Moni noch keine. Warum muss man das auch wissen.

»Mein Vater ist vermisst«, sagt Moni, und plötzlich merkt sie, wie froh sie ist, dass sie das sagen kann. Vermisst kann man immer erzählen, vermisst, das ist gut und anständig. Ein Vater, der vermisst ist, ist viel besser als eine Mutter in der Schuhcremefabrik.

»Mein Onkel auch!«, ruft Heike. »Ist das nicht komisch? Wir haben ihn für tot erklären lassen, meine Tante hat das getan. Lasst ihr deinen Vater auch für tot erklären?«

Moni schüttelt schnell den Kopf. Für tot

erklären lassen, das ist so ein schrecklicher Gedanke. Als ob man den Menschen damit überhaupt erst richtig totmacht. Als ob er vorher lebendig war, irgendwo auf der Welt, und dann lässt man ihn für tot erklären, und dann ist er auch tot.

»Ich würde Rente kriegen!«, hat Mutti zu Oma gesagt, irgendwann, als ihre Freundin Jenny da war. Mit der hatte sie das vorher bestimmt besprochen. »Und wenn Heinrich wirklich tot ist, dann steht die mir doch auch zu! Und wenn er noch lebt, dann schadet es ihm auch nichts, wenn ich ihn für tot erklären lasse. Glaubst du nicht, Heinrich möchte, dass es uns ein bisschen besser geht? Dass ich und die Kleine wenigstens die Rente haben?«

Da ist Oma so böse geworden, wie Moni sie noch nie vorher gesehen hat. Und seitdem auch nicht mehr wieder.

»Solange ihr hier in meiner Wohnung wohnt«, hat Oma gesagt, ganz leise und mit Augen, so bösen, schrecklichen Augen, als ob sie zu einer ganz anderen Frau gehören, »wird mein Sohn nicht für tot erklärt.«

Dann ist sie auf den Flur gegangen und hat ihren Mantel genommen.

»Heinrichs Vater ist doch auch im Krieg

geblieben, weißt du«, hat Mutti entschuldigend zu Jenny gesagt, nachdem die Wohnungstür ins Schloss gefallen war. »Das könnte sie nicht ertragen, glaub ich, dass der Heinrich nun auch gefallen sein soll. Und man weiß es ja auch nicht, Jenny! Vielleicht lebt er ja wirklich noch. Sind doch noch so viele in Kriegsgefangenschaft.«

»Wenn du auf das Geld verzichten willst!«, hat Jenny gesagt, und dabei geht es sie doch wirklich nichts an. »Das dir doch nun eindeutig zusteht!«

Aber danach war davon nie mehr die Rede. Vom Küchenschrank hat weiter der große Junge mit der Strähne gelächelt, nicht ein Vater in Uniform wie der bei Rosi zu Hause mit einem schwarzen Band um die Ecke, das heißt Trauerflor und bedeutet, dass der Mensch auf dem Bild tot ist. Solange man ihn nicht in Uniform hinstellt, mit einem Band um die Ecke, ist er nicht tot.

»Meine Oma möchte das nicht«, sagt Moni und sie denkt, dass sie es vielleicht auch nicht möchte, das weiß sie nicht so genau, weil sie nicht weiß, ob man das möchten darf. Irgendwie denkt sie immer, dass der liebe Gott von oben guckt, was sie macht. Und sogar, was sie denkt, das ist ja das Schlimme. Wenn es den gibt. Hilli sagt, nein. Und Moni überlegt, ob sie möchte, dass man ihren Vati für tot erklären lässt, nur weil sie dann mehr Geld hätte und vielleicht öfter mal eine Tafel Schokolade und im Sommer eine Kugel Eis; und wenn sie das möchte, ob sie das darf.

»Was hat deine Oma denn damit zu tun!«, sagt Heike und bleibt an dem grünen Pfahl mit dem gelb-grünen Straßenbahnschild stehen. »Hier steig ich ein. Tschüs, Moni, bis morgen!«

»Bis morgen«, sagt Moni, und plötzlich fällt ihr ein, dass Heikes Vater Oma vielleicht kennt, dass er einer von den Ärzten ist, die Oma alle kennen und Guten Tag sagen und sie gerne mögen. Und sie weiß gar nicht, warum sie sich nicht darüber freut.

3

»Na, Deern, und wie war das?«, fragt Oma, als sie Moni die Wohnungstür aufmacht. »Zieh gleich deine Stiefel aus. Die stellen wir vor den Herd.«

»Das ist nicht so schwer«, sagt Moni und geht in die Küche. »Ich glaub, ich schaff das.«

Oma sieht zufrieden aus. Sie stellt die nassen Stiefel vor den Küchenherd, aber vorher stopft sie sie noch mit dem Zeitungspapier aus, das zum Anzünden auf dem Eimer mit den Eierbriketts liegt. »Zeig du das denen man«, sagt Oma. »All den feinen Leuten. Dein Vati war in der Schule auch immer so schlau.«

Dann stellt sie zwei Teller Kartoffelsuppe auf den Tisch, die hat sie extra gekocht, zur Feier des Tages. Mit Würstchen drin. Weil Kartoffelsuppe Monis Lieblingsessen ist.

»Und Hausaufgaben?«, fragt Oma. »Was du heute kannst besorgen, das verschiebe nicht auf morgen.«

Moni geht zum Herd und holt sich noch einen Teller Suppe. Aber Würstchen sind keine mehr da.

»Hausaufgaben hab ich nicht«, sagt sie und begreift überhaupt jetzt erst das ganze Glück, das in dem Satz steckt. Natürlich sind Hausaufgaben nichts Schlimmes, aber die Zeit ist trotzdem immer futsch. Und heute ist überhaupt keine Zeit futsch. Heute Nachmittag kann sie einfach nur tun, wozu sie Lust hat. Vielleicht hilft sie Harald beim Wäscheaustragen, und dann kaufen sie sich hinterher von dem Geld was Süßes.

Oma nickt nachdenklich. »Klog sünd se joar«, sagt sie. »Kiek, so können die schlauen Eltern ihren Kindern auch nicht helfen. Klog sünd se, dat hebb ick goar nich glövt.«

Dann holt sie einen Lappen und wischt das Wachstuch sauber.

»So, Deern, ich geh dann jetzt«, sagt Oma. »Abwaschen brauchst du nicht, das machen wir nachher. Ruh du dich man aus für all die Denkerei morgen wieder«, und sie zieht sich ihren Kittel aus und den Wintermantel an. »Leg Briketts nach«, sagt Oma. »Nicht vergessen.«

Moni nickt und denkt an den langen, langen Nachmittag, an dem sie gar nichts, gar nichts tun muss. Wenn sie jetzt schon das Buch von Heike hätte, könnte sie sich einfach auf dem Küchensofa einkuscheln und lesen. Das macht sie morgen. Moni merkt, wie sie sich auf die Gemütlichkeit freut.

»Wo bist du da eigentlich immer, da im Krankenhaus?«, fragt Moni. »Auch auf der Inneren?«

Oma gibt ihr einen Abschiedskuss, wie jeden Tag.

»Na, du kennst dich ja wohl aus, was?«, sagt sie. »Nee, doar bün ick nich, Deern. Chirurgie, das ist, wo sie schneiden«, und dann verschwindet sie auf dem Flur.

Wo sie schneiden, denkt Moni. Da ist Heikes Vater jedenfalls nicht.

Nach dem Abendbrot waschen sie zu dritt ab. Oma hat auf dem Herd das Wasser heiß gemacht und den Küchentisch ausgezogen, dass die beiden Spülschüsseln zum Vorschein kommen, und dann hat sie das Wasser in die linke Schüssel geschüttet und fast gar kein kaltes dazu. So wird das Geschirr schön sauber. Aber für Moni ist das viel zu heiß. Moni trocknet lieber ab.

»Nun können wir nur hoffen, dass wenigstens *ein* Paar bis morgen trocknet«, sagt Mutti unfreundlich und hilft auch mit. Eben hat sie noch das Papier in Monis Winterstiefeln ausgewechselt und dabei auch gleich frisches Papier in die Halbschuhe geknüllt. Die hat Moni am Nachmittag angezogen, als sie mit Harald Wäsche ausgetragen hat. Sie haben nur zwanzig Pfennige verdient, aber dafür haben sie sich bei Frau Kröger Bonsche gekauft, und Frau Kröger hat ein bisschen mit den Augen geplinkert und gesagt, wenn sie auch mit den backsigen zufrieden sind, kann sie ihnen noch einen Zuschlag geben.

»Im Mund werden die ja sowieso backsig«, hat Harald gesagt, und Frau Kröger hat gelacht und gesagt, so ist es recht. Dann hat Moni Harald von der Prüfung erzählt.

»Keine Hausaufgaben?«, hat Harald gerufen. »Findest du das gerecht?«

Darüber hat Moni noch nicht nachgedacht.

»Du könntest ja auch gehen«, hat sie gesagt.

Harald hat seinen Bonbon im Mund herumgeschoben. »Nee, lohnt doch nicht mehr«, hat er gesagt, und Moni hat »Wieso?« gefragt, aber da hat Harald schon einen matschigen Rest Schnee zusammengeschabt und einen Ball daraus geformt. Mit dem hat er dann nach ihr geschmissen.

»Musstest du die Halbschuhe unbedingt auch noch nass machen, Monika?«, sagt Mutti. »Nachher kriegst du wieder Frostbeulen. Wie letztes Jahr. Und dann haben wir das Gejammer.«

Moni schüttelt schnell den Kopf. An die Frostbeulen im letzten Jahr will sie sich gar nicht erinnern. Es hat so wehgetan, dass sie weinen musste. Und Mutti hat teure Salbe gekauft, die hat nach Erdbeeren gerochen, ganz süß, dass Oma gesagt hat, so einen Firlefanz hat es früher nicht gegeben. Aber geholfen hat die Salbe nicht. Darum hat Oma Moni dann ja auch die Stiefel besorgt, im Schlussverkauf. Aber in diesem Winter sind sie schon gleich wieder zu klein.

»Ich pass auf«, sagt Moni und erzählt nicht, dass ihre Zehen längst angefangen haben zu jucken, und das ist kein gutes Zeichen. »Neben mir sitzt eine, die heißt Heike.«

»Schön«, sagt Oma.

Moni überlegt, ob sie erzählen soll, was Heikes Vater macht. Und dass Heike trotzdem so eine dumme Nudel ist. Aber Mutti ist schneller.

»Nächsten Monat kommt Soraya her!«, sagt sie. »Das weiß ich von Frau Leberecht auf der Arbeit. Die kriegt immer die Lesemappe.«

»Wenn sie sich das leisten kann«, sagt Oma spitz, aber Mutti hat sie vielleicht gar nicht gehört.

»Weißt du, wer das ist, Moni? Soraya? Das ist die Kaiserin von Persien. Weißt du, wo Persien liegt?«

Moni schüttelt den Kopf.

»Na, ziemlich weit weg«, sagt Mutti unbestimmt. »Wo ›Tausendundeine Nacht‹ spielt, da ist das. Das kennst du doch.«

Moni nickt.

»Und der Kaiser da heißt Schah, Schah heißt Kaiser auf Persisch, weißt du, und der wohnt in einem Palast, da ist alles aus Gold und Edelsteinen und Diamanten«, sagt Mutti träumerisch. »Stell ich mir so vor.«

»Und der kommt her?«, fragt Moni.

»Nach Hamburg!«, sagt Mutti. »Und weißt du was? Seine Frau kommt auch mit, Soraya, und das ist eine Deutsche!«

»Die Kaiserin von Persien ist eine Deutsche?«, fragt Moni verblüfft. Wenn so was möglich ist, wer weiß, was dann aus ihr noch mal alles werden kann. Wen sie mal heiratet, nur mal so zum Beispiel. Wenn sie jetzt vielleicht die Prüfung schafft und alles. Aber das sagt sie natürlich nicht.

»Aus Berlin!«, sagt Mutti, aber da klingelt es an der Tür und Oma nimmt die Spülschüssel und schüttet das schmutzige Wasser in den Ausguss.

»Vielleicht der Eiermann?«, fragt sie.

»Heute ist Montag!«, sagt Mutti. Der Eiermann kommt immer freitags abends mit einem Fahrrad, da ist vorne ein großer Kasten dran, und in dem Kasten hat er Eier und Käse und Wurst. Und immer, wenn es Geld gegeben hat, am Monatsanfang, kauft Oma bei ihm ein Stück Mettwurst, die ist so gut, dass man es gar nicht sagen kann. Schwarzbrot mit Mettwurst, darauf freut Moni sich immer schon wieder, wenn sie gerade erst den letzten Haps runtergeschluckt hat.

Aber heute ist es natürlich nicht der Eiermann. Vor sich her schiebt Oma jetzt Hilli in die Küche, und Moni sieht genau, dass Hilli geweint hat.

»Mama ist noch nicht zurück«, flüstert sie und ihre Stimme zittert ein bisschen. Sie ist ja schließlich noch nicht mal ganz neun.

»Na, da mach du dir mal keine Sorgen, Deern«, sagt Oma freundlich, aber Moni sieht genau, dass sie Mama dabei so einen Blick zuwirft, wie sie ihn immer hat, wenn sie von Hillis Mutter spricht. »Die kommt schon wieder.«

Hilli zieht die Nase auf.

»Hast du gegessen?«, fragt Oma, und dann kriegt Moni auch gleich noch einen Teller Kartoffelsuppe ab, die sollte eigentlich für morgen sein; aber wenn Hilli jetzt die Hälfte davon wegisst, reicht der Rest sowieso nicht mehr.

»Schon wieder gewonnen!«, sagt Moni unzufrieden. Oma hat ihnen extra den Ofen im Wohnzimmer angemacht, damit sie da Mühle spielen können. »Du musst dir aber auch mal mehr Mühe geben, Hilli.«

»Ich kann gar nicht richtig aufpassen!«, flüstert Hilli, und jetzt zittert ihre Stimme schon wieder. »Ich muss immer an Mama denken.«

»Ach was!«, sagt Moni energisch. »Unkraut vergeht nicht. Die kommt schon noch«, und sie denkt, dass sie Hilli eigentlich nicht so ganz gerne mag. Hilli ist so zimperlich. Aber natürlich ist sie auch erst nicht mal ganz neun Jahre alt, und dann ist ihr Vater auch noch nicht so sehr lange tot, vielleicht ist sie darum immer so komisch. Die ganze Familie ist komisch, denkt Moni. Als ich klein war, hab ich das bloß nicht gemerkt.

»Bestimmt halten sie sie wieder fest«, flüstert Hilli und setzt ihren schwarzen Stein wirklich ganz blöde. So gewinnt Moni natürlich wieder.

»Wer?«, fragt Moni und kassiert den Stein. »Ich hab dir doch gesagt, du musst dir mehr Mühe geben.«

»Die Polizei«, flüstert Hilli. »Ich hab immer solche dolle Angst, dass sie sie dabehalten.«

Moni nickt. Mit Hillis Mutter ist es komisch, sie versteht wirklich nicht, warum die immer Sachen macht, die man nicht darf. Wäre doch eigentlich sonst eine ganz patente Frau, sagt Oma. Aber die waren schon immer so, die ganze Familie. Und sind aus Schaden nicht klug geworden. Nichts dazugelernt.

»Haben sie sie schon mal behalten?«, fragt Moni.

Hilli schüttelt den Kopf. »Aber meinen Papa«, sagt sie. »Weißt du doch.«

Moni nickt, weil sie nicht will, dass Hilli

merkt, wie wenig sie weiß. Oma gibt nie eine vernünftige Antwort, wenn Moni sie fragt.

»Je weniger wir damit zu tun haben, desto besser«, sagt Oma. »Das geht uns alles nichts an. Und wenn ihr nebenan nicht reicht, was passiert ist, muss sie eben in ihr Unglück rennen. Wir halten uns da raus.«

»Das war doch früher«, sagt Moni vorsichtig. »Das mit deinem Vater. Im Krieg oder bei dem Hitler da. Jetzt doch nicht mehr«, und sie sieht, dass sie Hilli schon wieder einen Stein klauen kann.

»Jetzt auch«, sagt Hilli, und nun fängt sie tatsächlich an zu weinen. »Zweimal war er doch wieder im Gefängnis! Ich will nicht, dass Mama da auch hinkommt!«, und sie schluchzt und schluchzt, und Moni lässt den Mühlestein stehen und gibt Hilli ihr Taschentuch.

»Tut sie doch nicht!«, sagt Moni tröstend. »Die kommt gleich wieder, wirst du schon sehen!«, aber dabei denkt sie, wie komisch es ist, dass Hillis Vater so oft im Gefängnis war, als er noch gelebt hat, und sie hat ihn gekannt. Wer ins Gefängnis kommt, ist ein Verbrecher. Sie wohnt neben einer Verbrecherfamilie, und sie spielt mit dem Verbrecherkind

Mühle und tröstet es sogar noch. Sie weiß nicht genau, ob sie das morgen Heike erzählen kann.

»Besser?«, fragt Moni, als Hilli sich die Nase geputzt hat. »Aber warum macht sie das denn immer, Hilli? Wenn sie doch weiß, dass es verboten ist!«

Hilli starrt sie an. Einen Augenblick glaubt Moni, dass sie gleich wieder anfangen wird zu weinen, aber auf einmal sieht Hilli sie an mit einem Blick, der ist fast hochnäsig. Fast als ob sie mich verachtet, denkt Moni verblüfft. Die dumme kleine Hilli, die nicht mal im Mühle gegen mich gewinnen kann.

»Irgendwer muss es ja tun!«, sagt Hilli. »Und ihr haltet euch doch alle da raus!«

»Wo raus?«, fragt Moni. Manchmal denkt sie, dass Hilli vielleicht Sachen weiß, von denen hat sie keine Ahnung.

»Aus allem!«, sagt Hilli, und dann guckt sie auf das Spielbrett und setzt einen Stein, als ob sie die ganze Zeit an nichts anderes gedacht hätte.

Ist auch gut so, denkt Moni. Oma sagt sowieso, aus der Politik soll man sich raushalten. Das haben wir ja gesehen, wo das hinführt. Nur Krieg und die Häuser alle kaputt und die Männer gefallen und vermisst und gleich hinter der Elbe schon Schluss mit unserem Deutschland. Um Politik sollen die sich in Bonn kümmern, die verstehen mehr davon. Wenn Hillis Mutter das auch endlich begreifen würde, dann hätte sie auch keinen Ärger.

»Das war sowieso kein echtes Rechnen«, sagt Heike am nächsten Mittag, als sie wieder mit Moni geht. Vorher hat Rosi gefragt, ob sie mitkommen kann, aber Moni hat gemurmelt, dass sie noch was erledigen muss.

»Alles nur Buchstaben! Da kann ja gar nichts rauskommen!«

Moni wischt sich über die Nase. Nicht weinen jetzt, denkt sie. Jetzt bin ich durchgefallen, aber so dumm wie Heike bin ich trotzdem noch lange nicht. Die ist wirklich eine ganz dumme Nudel. Ich hab es nicht rausgekriegt, aber Heike hat ja noch nicht mal verstanden, was wir machen sollten.

»Wir mussten das ja auch nicht rechnen!«, sagt Moni. »Also *wie Rechnen* rechnen! Wir sollten einfach nur rauskriegen, was die Buchstaben bedeuten, verstehst du? Ob A eine Drei ist oder so. Und W eine Vier. So irgendwie.«

»Das ist doch Quatsch!«, sagt Heike ärgerlich. »Wenn die so was machen, das kann ja keiner rauskriegen! Das machen die nur, damit wir alle durchfallen, wetten?«

Moni nickt, aber sie weiß, dass es nicht stimmt. In der Pause nach dem Mathebogen mit den Buchstaben haben sie sich darüber unterhalten, und Rosi hat gesagt, das war doch ganz einfach. Jetzt will Moni erst recht nicht mehr mit ihr nach Hause gehen.

»Ich war auch so müde«, sagt sie. »Ich bin gestern erst so spät ins Bett gegangen. Dann kann man ja immer nicht so gut denken.«

Heike nickt. Sie sind am Straßenbahnschild angekommen, aber Heike tut, als ob sie es gar nicht gesehen hat. »Ich muss immer ganz früh ins Bett«, sagt sie. »Jetzt. Meine Mutter sagt das auch, dass man ausgeschlafen besser denken kann. Weiß deine Mutter das nicht?«

Moni schüttelt den Kopf. Sie weiß nicht, was sie Heike erzählen kann. Nachher sagt Heike, mit so einer will sie nichts mehr zu tun haben. Die neben Verbrechern wohnt. Und mit einem Verbrecherkind spielt. Aber natürlich ist es auch spannend.

»Hilli war gestern Abend noch so lange

da«, sagt sie. »Das ist meine Freundin, die wohnt nebenan. Aber die ist erst acht.«

»Und dann darf die so lange aufbleiben?«, sagt Heike entrüstet. »Na, das ist ja ein starkes Stück.«

Moni holt tief Luft. Eigentlich kennt sie Heike ja nun schon ganz gut. Und Heike hat ihr heute auch das Buch mitgebracht, »Nesthäkchen«, mit so einem schönen, altmodischen Umschlag, der ist noch kein bisschen schmutzig. Bestimmt versteht Heike, dass Moni nichts mit der ganzen Geschichte zu tun hat. Und dass Hilli eben einfach nur ihre Nachbarin ist.

»Ihre Mutter war so lange bei der Polizei«, sagt Moni. »Aber zum Glück ist sie nachher doch noch gekommen. Oma hatte schon gedacht, sie haben sie eingesperrt. Sie hat Hilli meinen zu kleinen Schlafanzug gegeben.«

Und sie denkt daran, wie Oma ins Wohnzimmer gekommen ist, irgendwann ganz spät, da hatte Moni schon längst keine Lust mehr, Mühle zu spielen und Dame auch nicht.

»So, min Deern, ich glaub, heute kommt deine Mutti wohl nicht mehr«, hat Oma gesagt und Hilli über die Haare gestrichen. »Da darfst du bei Moni schlafen. Ich hab dir schon Nachtzeug rausgelegt.«

»Eingesperrt?«, schreit Heike. »Klaut die? Was macht die denn? Wieso war die im Gefängnis?«

»War sie ja gar nicht«, sagt Moni. »Wir hatten nur gedacht, sie ist da.« Aber sie weiß natürlich, dass sie damit die Frage nicht beantwortet hat.

»Schwörst du, dass du das nicht weitersagst?«, flüstert Moni und zieht Heike in einen Hauseingang. »Wenn ich dir das jetzt erzähle?«

Heike reißt ihre Augen auf und nickt. »Ich schwöre, schwöre, schwöre!«, flüstert sie und hält drei Schwurfinger in die Luft.

»Keinem Menschen?«, flüstert Moni, und plötzlich denkt sie, dass das hier vielleicht gar kein Spiel ist, sondern Ernst. »Dass du die nicht verrätst? Nachher kommt sie sonst doch noch ins Gefängnis, und das wäre doch schlimm für Hilli!«

Heike schluckt. Moni kann sehen, dass sie jetzt wirklich aufgeregt ist. »Keinem Menschen!«, flüstert Heike.

»Sie sind *Kommunisten*!«, flüstert Moni und guckt sich um, ob auch niemand im Treppenhaus lauert. »Hillis Familie alle! Meine Oma wohnt ja schon ganz lange neben denen. Das waren die immer.«

Heike lässt die Schultern sinken. »Ach so!«, sagt sie enttäuscht. »Ich hab gedacht, die sind Räuber oder so was! Oder bringen welche um!«

»Quatsch!«, sagt Moni. »Aber ins Gefängnis müssen sie trotzdem immer. Es ist verboten, verstehst du?«

»Warum?«, fragt Heike. »Was machen die denn?«

Moni überlegt. »Sie verteilen Flugblätter«, sagt sie. »Solche Sachen. Und sie reden und reden auf die Leute ein, dass sie nachher vielleicht auch noch glauben, was die glauben.«

»Und das darf man nicht?«, fragt Heike verblüfft. »Warum nicht?«

Moni überlegt. Darüber hat sie eigentlich noch gar nicht nachgedacht, weil es doch immer so gewesen ist. Verboten ist verboten. Zuerst war Hillis Vater bei diesem Hitler im Gefängnis, da hieß das Lager und KZ, aber das war ja noch im Krieg. Und danach hat er einfach immer weitergemacht, und da durfte er nicht mehr arbeiten. Kommunisten durften das nicht mehr. Aber das hat ihn gar nicht gestört.

»Na ja«, sagt Moni. »Nachher glauben die Leute noch, was die sagen, verstehst du.«

Heike nickt. »Lügen die denn?«, fragt sie.

Moni schämt sich ein bisschen. Danach hat sie eigentlich noch nie gefragt. Interessiert hat es sie auch nicht. Vielleicht fragt die dumme Heike nur, weil sie sowieso nie was versteht.

»Sie wollen nicht, dass wir wieder Soldaten kriegen, sagt Hilli«, sagt sie. »Das gibt dann bloß wieder Krieg. Ach, ist doch egal. Es ist verboten, wenn sie immer auf alle einreden, verstehst du, aber die machen trotzdem immer weiter.«

»Der Vater von der?«, fragt Heike.

»Der doch nicht!«, sagt Moni. Sie ärgert sich, dass sie Heike überhaupt davon erzählt hat. »Der ist doch tot!«

»Ja?«, fragt Heike. »Im Krieg?«

»Hinterher«, sagt Moni. »Das waren die Spätfolgen, sagt Hilli. Vom Lager. KZ. Frag jetzt nicht wieder, was das bedeutet. Der war sowieso schon alt.«

Heike schüttelt den Kopf. »Nee, nee«, sagt sie. »Ich glaub, meine Eltern wollen auch nicht, dass wir wieder Soldaten kriegen! Glaubst du, die kommen auch ins Gefängnis?« Und sie sieht plötzlich ganz erschrocken aus.

Moni tippt sich gegen die Stirn. »Ärzte doch nicht!«, sagt sie. »Nur Kommunisten. Wenn man Flugblätter verteilt und auf die Leute einredet. Dann nur.«

»Das tun meine Eltern nicht«, sagt Heike, aber sie sieht trotzdem noch beunruhigt aus. »Vielleicht klauen deine Nachbarn doch was, du. Das kann ja sonst gar nicht sein. Oder bringen welche um. Und die Hilli erzählt dir das nur nicht, weil es ihr peinlich ist.«

Moni schüttelt wild den Kopf. »Quatsch!«, sagt sie. Aber vielleicht hat Heike doch Recht. Was ihr Hilli erzählt hat, ist eigentlich ein komischer Grund, um Leute ins Gefängnis zu stecken. Vielleicht hat Hillis Vater in Wirklichkeit doch geklaut.

»Hier fahr ich«, sagt Heike. »Wenn ich zu Hause erzähl, dass ich das heute gar nicht gekonnt hab, mit Mathe das, dann gibt es aber Ärger, oha.«

Warum musste sie Moni bloß wieder daran erinnern.

Oma sieht ein bisschen bekümmert aus, als Moni ihr von den schwierigen Aufgaben erzählt. »Aber was nicht ist, ist nicht, Deern«, sagt sie und legt Moni Kartoffeln auf den Teller. »Du gehst da morgen hübsch wieder hin, und wenn du am Schluss durchgefallen bist, dann ist das auch kein Beinbruch. Aus unserer Familie war noch keiner auf der Oberschule.«

Moni schiebt ihren Weißkohl hin und her. Es ist schön, dass Oma nicht böse ist.

»Was sind Spätfolgen?«, fragt sie.

Oma guckt verblüfft. »Redet ihr dadrüber?«, fragt sie. »Na, wenn einer im Krieg war, zum Beispiel, und da ist er verwundet worden. Oder in Gefangenschaft und hat immer gefroren und nicht genug zu essen gehabt. Und dann stirbt er daran, aber erst viel später.«

»Oder im KZ?«, fragt Moni.

»Da redet ihr drüber?«, ruft Oma. »Über solche Sachen? Na, denn weiß ich gar nicht, ob deine Mutti und ich wollen, dass du auf die höhere Schule kommst! Wenn die euch da nur lauter Tünkram erzählen!«

»Tun sie ja gar nicht!«, sagt Moni. Immer Weißkohl und Weißkohl und Weißkohl. Winteressen ist so langweilig. »Ich frag ja nur, weil Hilli das gesagt hat.«

Oma schnaubt. »Ja, das ist schlimm für das Kind!«, sagt sie. »Dass die solche Eltern hat. Solche Spinner! Dabei sind wir immer gute Nachbarn gewesen.« Sie überlegt einen Augenblick. »Aber wer weiß, ob der Alte zurückgekommen wäre, wenn er an die Ostfront gemusst hätte wie dein Opa«, sagt Oma. »Der Vater von Hilli. Unser Opa ist im Krieg geblieben, Deern, und was mit deinem Vati ist, wissen wir seit zehn Jahren nicht, da sollen sie nebenan nicht jammern, dass der Alte im Lager war. Wer es da wohl besser gehabt hat.«

»Und warum dürfen die jetzt nicht sagen, dass sie nicht wollen, dass wir wieder Soldaten kriegen?«, fragt Moni.

»Rede nicht von Sachen, von denen du nichts verstehst«, sagt Oma. »Fertig? Wieder den Teller nicht leer gegessen!«, und sie schüttelt den Kopf und löffelt den restlichen Weißkohl selber auf. »Kein Wunder, dass du so ein Spiddel bist.«

Da klingelt es an der Wohnungstür.

»Harald«, sagt Oma.

4

An diesem Nachmittag verdienen sie leider nichts, keinen einzigen Pfennig.

»Die Scholzens geben nie was«, sagt Harald. »Aber Frau Stegowitz sonst immer. War es schwer heute bei der Prüfung?«

Moni erzählt ihm von den komischen Matheaufgaben. Eigentlich ist es ja Angabe, dass Harald sagt, er findet das kinderleicht. Und dass er es ihr dann sogar noch vorrechnet.

»Und was machen wir jetzt?«, fragt Moni darum schnell.

Es wird schon dämmerig, und bei Frau Kröger im Laden ist das Licht angegangen. Die Türglocke klingelt, wenn die Mütter mit den Netzen sie hinter sich zufallen lassen, um noch schnell die letzten Sachen fürs Abendbrot einzukaufen.

»Hast du heute nicht deine Sparstrümpfe an?«, fragt Harald.

»Was?«, sagt Moni. Aber sie weiß natürlich schon, was Harald meint.

»Los, wir suchen Steine!«, sagt Harald. »Wie viele hast du?«

»Nee!«, sagt Moni. »Da schimpft meine Oma nur!«

Harald tippt sich gegen die Stirn. »Merkt sie ja gar nicht«, sagt er. »Wie viele?«

»Die Strümpfe kriegen dann immer Löcher!«, sagt Moni böse. »Letztes Mal haben sie das auch! Ich mach das jetzt nicht mehr, wenn Oma das stopfen muss, merkt sie das, und dann wird sie gnadderig!«

Harald winkt ab.

»Gestern hab ich dir was abgegeben«, sagt er.

Moni seufzt. Das ist natürlich richtig. Aber wenn die Steinchen jetzt wieder zu spitz sind, kriegen ihre langen Strümpfe wirklich oben Löcher im Rand. Und Oma sagt, Moni hat wohl keine Ahnung, wie viel Mühe es macht, die zu stopfen, und was neue Strümpfe kosten.

Harald buddelt mit der Schuhspitze im Bürgersteig, als ob er eine Marmelkuhle graben will. »Hier«, sagt er dann und gibt Moni zwei kleine, abgeschliffene Kiesel. »Guck mal, ob die passen. Ich such noch weiter.«

»Zwei reichen!«, schreit Moni, aber Harald schabt schon wieder über den angefrorenen Sand. Wenn seine Mutter das sieht, wird sie bestimmt böse. So gehen Schuhe ja ganz schnell kaputt.

»Hast du etwa ein neues Leibchen?«, fragt Harald. »Letztes Mal waren es aber noch vier!«

Moni seufzt und dreht sich weg. »Nicht gucken!«, sagt sie, als sie den Rock hochschlägt. Sie hasst lange Strümpfe, lange Strümpfe sind ein Grund, warum sie immer so doll auf das Frühjahr wartet. Immerzu verrutscht einem das Leibchen mit den Strumpfbändern, und es kneift und ziept und ist unbequem. Und wenn es schon so alt ist wie Monis Leibchen, dann sind auch längst die Gummiknöpfe an den Strumpfhaltern ab und man muss irgendwas anderes unter die Strümpfe legen, um es dann durch die Halterlasche zu schieben, und da sind Pfennige grade richtig groß.

»Glaubst du, wir sind Millionäre?«, hat Oma gerufen, als Moni das letzte Mal die Pfennige gegen Steinchen ausgetauscht hat. Für das Geld haben dann sie und Hilli und Harald Salmis gekauft. Hilli hat nichts dazugegeben. Sie hat einfach behauptet, ihr Leibchen ist heil.

»Passen die?«, fragt Harald. »Ich hab noch drei.«

»Weggucken!«, schreit Moni, aber Harald will sowieso gar nicht zugucken, wie sie an ihren Strumpfbändern fummelt. Harald will nur ihre Pfennige.

»Hier!«, sagt Moni. Die Pfennige sind auf der Hand noch warm von ihrem Bein. Vielleicht merkt Oma ja auch nichts.

Aber heute hat Frau Kröger leider keine zusammengebackten Bonbons, und es ist auch so viel Betrieb im Laden, dass sie gar keine richtige Zeit hat. Vier Dauerlutscher für die vier Pfennige, das ist alles, was es gibt.

»Dafür halten die ewig«, sagt Harald tröstend. »Wir können ja mal gucken, wer seinen am längsten hat.«

Moni nickt. Das machen sie eigentlich jedes Mal, und meistens gewinnt Harald. Sie lutscht und lutscht immer, und irgendwann, wenn der Dauerlutscher schon ganz klein im Mund geworden ist und sie längst an etwas anderes denkt, zerbeißt sie ihn doch.

»Der Gewinner kriegt den zweiten vom Verlierer«, sagt Harald. »Einverstanden?«

»Einverstanden«, sagt Moni, und dann gehen sie ins Treppenhaus und setzen sich unten neben der Hoftür auf die Stufen.

»Mal sehen, was ihr da morgen macht«, sagt Harald. »Kannst du mir ja wieder erzählen. Mal sehen, ob ich die Prüfung bestehen würde.«

»Das würdest du!«, sagt Moni mit Überzeugung. »Aber ich bin jetzt vielleicht durchgefallen.«

Und als Harald überhaupt nicht sagt, dass das doch Quatsch ist und Moni eigentlich ziemlich schlau; als Harald immer nur so zufrieden vor sich hin guckt, als ob er sagen will, da siehst du ja mal, wer von uns beiden schlauer ist, egal, auf welche Schule er geht, da muss Moni es doch erzählen.

»Das war ja nur wegen Hilli«, sagt sie. »Die war gestern den ganzen Abend bei uns. Ihre Mutter ist von der Polizei wieder festgehalten worden. Da war ich natürlich müde.«

Harald schiebt sich den Dauerlutscher mit der Zunge im Mund zurecht.

»Kommunisten!«, sagt er. »Nur wegen denen mussten wir weg aus Stolp! Wegen denen haben wir keine eigene Schreinerei mehr. Die sollen sich mal bloß in Acht nehmen!«

»Wegen Hillis Mutter?«, sagt Moni verblüfft. »Die war ja überhaupt nie in Stolp!«

»Nee, aber die Russen!«, sagt Harald. »Die Russen haben uns das weggenommen! Und die Kommunisten sind alle Russenknechte! Die wollen, dass die hier auch herkommen! In der Zone sind sie schon!«

Moni starrt ihn an. Alle wissen sie so viel, denkt sie. Und ich weiß gar nichts. Harald weiß Bescheid und Hilli auch. Auch wenn es ganz genau entgegengesetzt ist, was sie wissen.

»Ich kümmer mich nicht um Politik«, sagt sie darum hochmütig. »Wozu bezahlen wir die Politiker? Sagt meine Oma.«

»Jetzt hast du ihn zerbissen!«, schreit Harald. »Hab ich genau gehört! Mund auf!«

»Schiet, Schiet, Schiet!«, schreit Moni. Jetzt muss sie Harald nur wegen der blöden Hilli und ihrer Politik auch noch ihren zweiten Dauerlutscher geben.

Es lohnt sich nicht. Wenn Harald das nächste Mal fragt, ob sie ihre Sparstrümpfe anhat, sagt sie einfach, Oma hat neue Strippen angenäht.

Latein hat Moni noch gelernt, und ein Bild musste sie beschreiben, und einen Aufsatz geschrieben hat sie auch noch, das kann sie eigentlich gut. Dann war die Woche schon vorbei, und Moni musste Heike ihr »Nesthäkchen«-Buch zurückgeben. Es war ein schönes Buch. Moni ist überhaupt nicht mehr mit Harald zum Wäschewegbringen gegangen. Stattdessen hat sie sich auf dem braunen Küchensofa in die Wolldecke gemummelt und gelesen.

»Tschüs, Moni«, hat Heike am letzten Mittag gesagt, als sie noch einmal zusammen bis zur Straßenbahn getrödelt sind. »Du hast das bestimmt geschafft, du bist so schlau. Aber ich bestimmt nicht, und dann gibt es aber Ärger, ohaua-haua-ha!«

»Du hast das bestimmt auch geschafft!«, hat Moni gesagt. Obwohl sie das eigentlich nicht glaubt. Heike ist so eine nette neue Freundin. Aber verstehen tut sie wirklich wenig.

Dann haben sie gewartet. Und dann ist der Brief gekommen.

»... freuen wir uns, Ihnen mitteilen zu können«, hat Mutti vorgelesen. Ihre Hände waren ganz zitterig, das konnte Moni sehen.

»Du hast es geschafft, Monika! Komm mal her, damit ich dich drücken kann!«

Und Oma hat ihr zur Belohnung ein Bananenbrot gemacht.

Am nächsten Morgen in der Schule sagt Rosi, dass sie auch zur Oberschule darf. Und Gila auch. Nur Ruth weint und sagt, es hat nicht geklappt.

Da hätte ihre Mutter auch das schöne Fahrgeld sparen können, denkt Moni. Jeden Tag mit der U-Bahn, und dann auch noch für zwei Personen, weil die Mutter sie immer gebracht hat. Und nun war das ganze Geld rausgeschmissen. Moni weiß gar nicht genau, warum ihr das so ein kleines zufriedenes Gefühl im Kopf gibt. Das ist bestimmt nicht schön von ihr. Da denkt sie lieber weg.

Nur, ob Heike die Prüfung bestanden hat, weiß Moni nicht. Bestimmt hat Heike Telefon. Solche wie Heike haben immer Telefon, Ärzte, da könnte Moni natürlich in die Zelle gehen und anrufen und fragen. Oder von Frau Kröger. Aber sie weiß ja die Nummer nicht. Heike hat ihr Buch zurückgekriegt, und nun sieht Moni sie vielleicht nie mehr wieder in ihrem ganzen Leben.

»Harry!«, schreit Moni in der großen Pause, als die Mädchen auf ihrer Hofseite spielen und die Jungs auf der anderen. »Harry, komm mal!«

Sie muss ziemlich lange schreien, weil sie ja nicht auf die Jungsseite gehen darf, und von so weit weg hört Harald sie auch schlecht. Aber dann hört wenigstens Michael ihr Gebrülle, das ist Haralds Freund, und der haut Harald auf die Schulter, und da kommt er an die weiße Linie.

»Was ist?«, sagt Harald unfreundlich. Vielleicht will er nicht, dass seine Freunde über ihn lachen, weil er mit einem Mädchen redet. Oder vielleicht hat er auch nur Angst vor den Lehrern.

»Ich hab bestanden!«, ruft Moni. Sie passt auf, dass sie nicht über die Linie tritt. »Wir haben den Brief gekriegt, gestern!«

Harald nickt. »Na, dann hätte ich auch, oder was glaubst du«, sagt er. »Wo ich alles konnte, was du mir gesagt hast.«

Da taucht neben Harald Herr Kaldewei auf, der hat das böseste Gesicht von allen Lehrern, so alt und zusammengekniffen, und von seiner rechten Schulter hängt manchmal ein leerer Jackenärmel, der ist in der Mitte hochgefaltet und oben in der Achsel festgesteckt; und manchmal guckt auch unten aus dem Ärmel ein harter, brauner Handschuh, daran sieht man, dass seine Hand nur aus Holz ist.

»Was soll das?«, fragt Herr Kaldewei. »Zurück auf eure Seiten, marsch, marsch!«

»Wir sind gar nicht über den Strich getreten!«, sagt Harald trotzig, aber er weiß natürlich genauso gut wie Moni, dass das als Entschuldigung nicht reicht. Der weiße Strich ist da, damit die Jungs in der Jungsschule und die Mädchen in der Mädchenschule in der Pause nicht miteinander spielen und nicht miteinander reden und überhaupt nichts miteinander zu tun haben sollen, und das haben sie nun leider doch.

Darum geht Moni lieber schnell wieder zurück zu Gisela und Rosi und Brigitte und den anderen, die grade angefangen haben, die Meier'sche Brücke zu spielen, und da möchte sie noch mit in den Kreis.

Aber dann dreht sie sich noch einmal um. Herr Kaldewei ist verschwunden, und Harald schlendert langsam zurück zu seinen Freunden, die mit einem zusammengeknüllten Brotpapier Fußball spielen, weil grade kein Lehrer guckt.

»Harry!«, schreit Moni. »Harry! Klar hättest du das auch geschafft!«

Aber Harald kann sie gar nicht mehr hören.

Mutti steht am Ausguss, nur im Rock und in ihrem alten rosa Büstenhalter, und guckt in den Spiegel.

»Mittwoch«, sagt Mutti. »Da kommt Soraya. Und ich muss arbeiten«, und sie zieht sich vorsichtig mit einem Stück Kohle die Brauen nach und wischt daran herum. »Ich wäre so gerne zum Flughafen gefahren! Ich hab noch nie eine Kaiserin gesehen. Und sie soll so wunder-, wunderschön sein.«

»Ja?«, sagt Moni.

Mutti malt ihre Lippen an und knautscht den Mund hin und her. »Bestimmt trägt sie einen Nerz«, sagt Mutti. »Die Krone hat sie natürlich nicht auf im Flugzeug, ganz normale Kleidung wahrscheinlich. Aber wenn die in einem offenen Wagen fahren«, Mutti seufzt.

»Ich hab noch nie eine Kaiserin gesehen«, sagt sie wieder. »Eine eigentlich deutsche Kaiserin aus Berlin.«

»Nee«, sagt Moni.

»Aber Jenny und ich haben beschlossen«,

sagt Mutti, »wir gehen nach der Arbeit zum Hotel. Wenn du mitwillst, kannst du mit.«

»Kann man sie da sehen?«, fragt Moni.

Mutti nimmt die Lockenwickler aus den Haaren. »Vielleicht kommt sie auf den Balkon«, sagt sie. »Ans Fenster. Und winkt. Ich will das nicht verpassen.«

»Ich komm mit«, sagt Moni. Eine echte Kaiserin, das gibt es ja nicht so oft. Und sie hat auch ein Foto gesehen, im Tabakladen auf einer Zeitschrift, als sie Omas Lottoschein abgegeben hat. Da hatte diese Soraya ein weißes Kleid an voller Brillanten und eine glitzernde Krone auf dem Kopf. »Darf Hilli auch mit? Und Harald?«

Mutti zuckt die Achseln. »Wenn die wollen«, sagt sie.

In der Wohnungstür dreht sich der Schlüssel. Bis jetzt hat Oma gearbeitet.

»Mittwoch gehen wir Soraya gucken!«, sagt Moni.

Oma zieht ihre Schuhe aus und stöhnt. Dann lässt sie sich auf einen Küchenstuhl fallen. Den Mantel hat sie immer noch an.

»Und wo soll's heute hingehen?«, fragt sie. Im Spiegel über dem Ausguss trifft sich ihr Blick mit Muttis Blick.

Mutti schüttelt ihre Haare aus. Sie sieht viel jünger aus, wenn sie sich hübsch macht, denkt Moni. Wie eine ganz andere Frau.

»Tanzen, mit Jenny«, sagt Mutti, und Moni hört, dass da in ihrem Ton etwas ist, etwas Fremdes, das kennt Moni sonst nicht. Trotz, vielleicht. Aber kein richtiger Trotz. Schließlich ist Mutti ja eine Mutter.

»Tanzen mit Jenny!«, sagt Oma. »Tanzen mit Jenny!« Und sie guckt wieder in den Spiegel, als ob sie Muttis Augen noch einmal treffen will, aber Mutti zupft nur immer an ihren Haaren und nimmt die Schultern zurück.

»Du bist immer noch verheiratet!«, ruft Oma und beugt sich vor. »Hes du dat all vergeeten? Du hes all 'n Mann, Deern, du hes 'n Mann!«

Mutti dreht sich blitzschnell um.

»Hab ich?«, ruft sie. »Wo denn, zeig ihn mir doch mal! Seit zehn Jahren hab ich nämlich keinen Mann mehr, so lange warte ich schon auf Heinrich! Und weiß nicht mal, ob er noch lebt!«

Es sieht aus, als ob Oma wächst, denkt Moni erschrocken. Als ob sie immer größer wird. Dagegen kann sich keiner wehren.

»Heinrich ist im Osten vermisst«, sagt die große, mächtige Oma, und ihre Stimme zittert von der Anstrengung, sie ruhig zu halten. »Soll ich dir erklären, was das heißt? Grad letzten Monat sind wieder welche zurückgekommen! Und solange wir keine Todesnachricht haben, ist er für uns auch lebendig! Das wäre ja wohl noch schöner!« Und jetzt schlägt sie mit ihrer schweren Hand auf den Tisch, mit dieser Hand, auf die Moni abends schon wartet, dass sie ihr über die Wangen streicht, ein kleines bisschen kratzig und hart und trotzdem ganz sanft. Mutti gibt ihr einen Gutenachtkuss. Aber Oma streichelt ihr Gesicht.

»Du lebst ja in einer Traumwelt!«, ruft Mutti. »Soll ich *dir* mal erklären, was das heißt, vermisst, zehn Jahre danach?« Und sie knöpft sich ihre Bluse zu, mit fliegenden Fingern.

»Ich bin neunundzwanzig«, sagt Mutti, und ihre Stimme wird immer lauter, je länger sie spricht. »Und seit zehn Jahren bin ich Witwe. Und heute geh ich tanzen, geh ich tanzen, *geh ich tanzen*!« Und sie streckt den Kopf vor und starrt Oma an.

Es klingelt.

»Mach auf«, sagt Oma.

»Tag, Monika!«, sagt Jenny und ist noch viel bunter geschminkt als sonst immer. »Ist deine Mutti schon fertig?«

Mutti reißt den Mantel vom Haken und läuft ins Treppenhaus. »Wir gehen!«, sagt sie und vergisst sogar, Moni einen Abschiedskuss zu geben.

Als Moni wieder in die Küche kommt, sitzt Oma immer noch auf dem Stuhl. Ihren Mantel hat sie auch noch an.

Moni huscht in die Sofaecke und tut, als ob es sie nicht gäbe. Wenn sie jetzt noch so ein schönes Buch hätte wie das von Heike, könnte sie es lesen. Dann wäre ganz schnell alles wieder in Ordnung.

Und Oma bemerkt sie gar nicht. Oma sitzt da in ihrem Mantel und starrt irgendwohin, wo es nichts zu sehen gibt, und hat ein altes, altes Gesicht.

»Wir können doch Mensch-ärgere-dich-nicht spielen!«, sagt Moni vorsichtig. »Ist doch Wochenende, Oma!«

Oma dreht sich zu ihr hin, so langsam, langsam, als ob irgendetwas in ihr kaputtgegangen wäre.

»Geh du man spielen, Deern«, sagt sie. »Spiel du man schön.«

Moni steht auf und geht aus der Küche. So gruselig ist Oma heute Abend, da will sie wirklich nicht bei ihr sitzen.

Bei Hilli macht niemand die Tür auf, aber natürlich ist es auch schon Abend. Vielleicht ist Hilli mit ihrer Mutter wieder zu irgendwelchen Freunden gefahren, von denen Oma sagt, da weiß man ja, was das für welche sind.

Dann geh ich zu Harald, denkt Moni. Fragen, ob er mitwill am Mittwoch. Die Kaiserin gucken.

Ein bisschen Angst hat sie schon, als sie die Haustür öffnet. Draußen ist es dunkel, aber aus den Nissenhütten auf der anderen Straßenseite kommt Licht. Moni flitzt über die Straße und klopft an die Tür.

»Herein!«, ruft Haralds Mutter. »Herein, wenn's kein Schneider ist!«, und Moni denkt, wie lustig es immer klingt, wenn Haralds Mutter und Haralds Vater sprechen, »herejn, wänn's kejn Schnejder ist«, nur Harald und Ina sprechen ganz normal.

»Tag«, sagt Moni. »Ich bin das nur.«

Am Tisch sitzt Haralds Vater im Mantel

und liest die Zeitung. Die Mutter sitzt daneben und flickt einen Bettbezug, und auf dem Boden spielt Ina mit ihren Margarinetieren. Aber viele hat sie nicht.

An den Wellblechwänden glitzert es, das tut es immer im Winter, das ist das Eis. Harry hat es ihr erklärt, wenn man atmet, wird die Luft feucht, und an den winterkalten Wellblechwänden wird das Feuchte zu Eis. Schön sieht das aus, denkt Moni. Eis, mitten in der Wohnung. Aber natürlich ist es auch kalt. Warm ist es nur, wo der Ofen steht. Und noch nicht mal ein richtiges Radio haben die. Und da sagt Haralds Vater, ein Handwerker hat immer sein Auskommen. Sollte er Harald mal lieber auf die Oberschule lassen.

Harald steht auf und lässt sein Cowboyheft auf dem Tisch liegen, »Bill Jenkins«, das lesen die Jungs ja alle. Bestimmt hat er es sich ausgeliehen. »Na?«, sagt Harald und sieht verlegen aus. Eigentlich sieht Harald immer verlegen aus, wenn man ihn besucht.

Vielleicht findet er es nicht schön, wenn man sieht, wie sie hier immer noch in so einer schäbigen Nissenhütte wohnen, denkt Moni. Und hatten eine eigene Schreinerei in Stolp. Aber sauber ist es, sagt Oma. Sauber hält die

Frau ihre Wohnung, da kann man nichts sagen. Obwohl ihr ja wisst, was ich von den Flüchtlingen halte. Polacken.

»Setz dich doch«, sagt Haralds Mutter mit ihrer Singsang-Stimme freundlich und zeigt auf den letzten freien Stuhl. »Monika.«

»Nee, danke, ich muss gleich wieder nach Hause«, sagt Moni und macht einen Knicks. Plötzlich weiß sie genau, dass sie hier auch nicht sein möchte, nicht in dieser stillen Nissenhütte mit dem verlegenen Harald. »Ich wollte Harald nur fragen, ob er am Mittwoch mitwill, Soraya gucken.«

Aber als sie es sagt, merkt sie selber, wie albern es klingt. Niemals wird Harald zu so etwas mitkommen. Wenn es ein Fußballer wäre, Fritz Walter vielleicht, oder ein Boxer, Hein ten Hoff. Aber was soll Harald wohl mit einer Frau im weißen Kleid mit Diamanten! So was finden Jungs ja immer langweilig.

»Nö, keine Lust«, sagt Harald da auch schon. »Nö, das ist doch alles Quatsch.«

»Im Südosten hat es gebrannt!«, sagt Haralds Vater plötzlich, als hätte er gar nicht gemerkt, dass Moni gekommen ist, und sieht von seiner Zeitung auf und hin zu seiner Frau. »Waldbrände. Tausende von Farmern haben alles verloren!« Und er schlägt auf die Zeitung.

»Ja, Farmer!«, sagt Haralds Mutter. »Glaubst du, das ändert was?«

»Wo denn, im Südosten?«, fragt Moni, und dann denkt sie, dass das jetzt natürlich wieder unhöflich war. Man kann sich ja nicht einfach so in ein Erwachsenengespräch einmischen.

»Australien«, sagt Harald, und sein Vater seufzt.

»Wissen kann man gar nichts«, sagt er und steht auf. »Nur beten kann man. Komm, Jungchen, wir gehen.«

Harald nimmt seine Jacke. Im Licht sieht man genau, dass es eine alte Soldatenjacke ist. Wo die Abzeichen abgetrennt sind, ist sie dunkler. »Wir gehen zu Otto«, sagt Harald. »Fernsehen.«

Moni starrt ihn an. »Und du darfst mit?«, fragt sie verblüfft.

»Wenn mein Vater dabei ist?«, sagt Harald. »Ich hab zwei Einsen geschrieben, letzte Woche. Willst du auch mal gucken?«

Moni merkt, wie sie ganz aufgeregt wird.

»Darf ich das denn?«, fragt sie vorsichtig.

Haralds Vater guckt sie an.

»Na, Marjellchen!«, sagt er. »Hast du noch nie gemacht, was? Fernsehen gesehen?«

Moni schüttelt den Kopf. Sie würde gerne »Oh, bitte!« sagen. Aber Betteln ist verboten.

»Na, dann komm mal mit«, sagt Haralds Vater. »Wirst du schon nicht verschütt gehen, was?«

Moni schüttelt wieder den Kopf. »Danke!«, flüstert sie.

Erst als sie draußen sind, merkt Moni, dass sie gar keine Winterjacke anhat. Nur mal schnell zu Hilli flitzen wollte sie und schräg rüber zu Harald, und jetzt geht sie ganz bis an die Ecke mit zu Otto. Aber Haralds Vater sagt nicht, dass er sie so nicht mitnehmen kann. Vielleicht achten Männer auf so was nicht, denkt Moni. Dass die Kinder warm genug angezogen sind. Männer sind vielleicht anders. Kann ich doch nicht wissen.

Harald macht die Kneipentür auf. An der Theke lehnen fünf Männer mit Biergläsern, und an drei kleinen Tischen drängen sich noch mehr. Und alle gucken sie nach oben in die Ecke, wo direkt unter der Decke ein kleiner Kasten auf einem Brett steht, der ist vorne grau und darauf zappelt es.

Frauen sind keine im Raum. Anständige

Frauen gehen nicht in die Kneipe, sagt Oma. Darum hat Moni auch noch nie Fernsehen gesehen, noch nicht mal im letzten Jahr sind sie gegangen, als die Weltmeisterschaft war, im Fußball, und Deutschland war im Endspiel. Alle waren sie da bei Otto, die ganze Straße, man musste sich vorher anmelden, damit man noch reindurfte.

»Da macht der das Geschäft seines Lebens«, hat Oma gesagt. Aber hingegangen ist sie nicht. »Wir haben Radio«, hat sie gesagt. »Erzählt mir nicht, dass man das da nicht alles genauso gut hören kann.« Und das hat Moni eigentlich auch geglaubt. Sowieso interessiert sie sich nicht für Fußball.

»Gib dem Jungen mal eine Brause, Otto!«, sagt Haralds Vater und hat schon den Kopf schräg gelegt wie die anderen alle, damit er nichts verpasst. Auf dem Bildschirm redet ein winzig kleiner Mann im karierten Jackett und reibt sich die Hände. Was er sagt, kann man in all dem Kneipenlärm gar nicht richtig hören, aber so wichtig ist das schließlich auch nicht. Dass man ihn sehen kann, das ist wichtig. Als ob er lebendig wäre. Als ob man ihn da oben eingesperrt hätte mit seiner karierten Jacke, in dem kleinen Kasten, und er bleibt trotzdem ganz fröhlich und lacht und reibt sich die Hände.

»Und du?«, fragt Haralds Vater. »Auch eine Brause?«

Moni schüttelt erschrocken den Kopf. Sie kann doch nicht in einer Kneipe stehen und was trinken! Wenn Oma davon hört, wird sie auf Moni bestimmt genauso böse, wie sie das heute Abend auf Mama schon ist.

»Nein, danke«, sagt Moni. Und außerdem kann sie doch Haralds Vater nicht bezahlen lassen! »Ich hab schon gegessen.«

Jetzt sind noch zwei Leute zu dem kleinen grauen Mann gekommen, die reden mit ihm und sehen auch ganz lebendig und vergnügt aus. Moni spürt, wie ihr Herz schlägt. Das kannst du später mal deinen Kindern erzählen, sagt Oma immer, wenn irgendetwas Wichtiges passiert. Und das hier kann ich später wirklich mal meinen Kindern erzählen, denkt Moni. Dass ich so was gesehen habe, und da war ich erst zehn. Fernsehen. Vielleicht nehme ich die später dann auch mal mit in die Kneipe, damit sie gucken können. Zur Belohnung, wie Haralds Vater. Wenn sie artig waren.

Da legt ihr jemand seine schwere Hand auf

die Schulter. »So 'n seute lütje Deern!«, nuschelt eine Stimme neben Monis Kopf, und Moni riecht den Alkohol, dass sie fast spucken muss. »Nu sag dem Onkel mal schön Guten Tag!«

»Ich muss nach Hause!«, sagt Moni erschrocken und dreht ihre Schulter aus der Hand von dem unheimlichen Mann. Vorsichtig, damit sie nicht unhöflich ist. »Ich hab jetzt keine Zeit mehr.«

»So 'n seute lütje Zuckersnut!«, sagt der Mann und beugt sich vor, dass er fast umkippt. »Nu sag dem Onkel doch mal Guten Tag!«

Moni läuft zur Tür. Am Tresen steht Harald neben seinem Vater und guckt hoch zum Fernseher und hat gar nichts gemerkt von dem betrunkenen Mann und dem ekligen Geruch und der Hand auf Monis Schulter.

Oma hat Recht, denkt Moni. Mädchen sollen nicht in Kneipen gehen, da ist es nicht schön für sie. Aber wie sollen die Mädchen denn dann wohl Fernsehen gucken. Das ist eigentlich ungerecht.

»Na, Deern«, sagt Oma. Sie hat immer noch diese müde, müde Stimme, aber ihren Mantel hat sie ausgezogen und auf den Haken gehängt, und jetzt sitzt sie in der Küche am Tisch und tut einfach gar nichts.

»Ich war nur schnell bei Harald«, sagt Moni.

Oma tut immer was, immer. Wer rastet, der rostet, sagt Oma. Sich regen bringt Segen.

»Fein, min Deern«, sagt Oma, und sie sieht Moni mit diesem müden Blick an. »Nun musst du aber auch ins Bett.«

»Oma?«, sagt Moni. Weil sie es einfach nicht aushält. Sie braucht es ja nicht genauso zu erzählen, wie es wirklich war. »Ich hab Harald und seinen Vater noch schnell zu Otto gebracht. Die sind Fernsehen gucken gegangen.«

»So«, sagt Oma.

»Und da hab ich – nur mal ganz kurz, Oma! – da hab ich durch die Tür geguckt, und weißt du was? Die sind wie eingesperrt, die Menschen im Fernseher!«

»Jaja«, sagt Oma und jetzt lächelt sie doch ein bisschen. »Ich weiß, Deern.«

»Aber nur grau«, sagt Moni. »Genau wie Fotos, weißt du. Und so zappelig.«

»Ich weiß«, sagt Oma. »In der Fuhlsbütteler Straße kann man das sehen. Im Radiogeschäft. Da stellen sie die Kästen immer ins

Fenster. Wenn du das möchtest, gehen wir da mal hin.«

Moni nickt. »Hören kann man da natürlich nichts«, sagt sie. Und plötzlich fällt ihr ein, dass sie vielleicht sogar einen Menschen kennt, der selber einen Fernseher hat. Heike. Ärzte haben doch bestimmt so was. Ärzte und andere reiche Leute.

Oma streichelt ihr übers Gesicht. »Jaja, Fernsehen«, sagt sie. »Allns ward anners. Müssen wir uns vielleicht dran gewöhnen«, und sie steht auf und öffnet den Küchenherd und stochert noch ein bisschen mit dem Schürhaken. »Müssen wir uns dran gewöhnen«, sagt sie wieder. »Was, Deern? Nun geh du mal ins Bett. Ich geh auch gleich.«

»Wartest du noch, bis Mutti kommt?«, fragt Moni.

»Nun geh du mal ins Bett«, sagt Oma.

5

Zuerst wollte Hilli gar nicht mitfahren.

»Ich weiß nicht!«, hat sie gesagt. »Mama sagt, mit diesem Schah und seiner Soraya …« Dann hat Hilli einen Augenblick nachgedacht. »Für so was sind wir nicht.«

»Was ist da denn bei?«, hat Moni verblüfft gefragt. »Wenn da sogar Bundespräsident Heuss kommt? Der ist doch Chef von Deutschland! Dann kann das doch nichts Schlimmes sein.«

Einen Augenblick lang hat sie geglaubt, dass Hilli jetzt wieder dieses Gesicht kriegt, das bedeutet, dass Moni nichts, aber auch gar nichts versteht. Das bedeutet Hillis Gesicht oft, auch wenn sie es nicht sagt. Aber dieses Mal hat sie nur nachdenklich geguckt.

»Und die hat wirklich echte Brillanten auf dem Kleid?«, hat Hilli gefragt.

»Klar«, hat Moni gesagt. »Kommst du nun?«

Vielleicht wäre Hilli trotzdem nicht mitgefahren, aber nun ist ihre Mutter wieder unterwegs, und Hilli sieht auch ganz ängstlich aus, und da schreibt sie einen Zettel, wo sie ist, und legt ihn ihrer Mutter auf den Küchentisch und geht mit Moni zur S-Bahn.

»Hast du Fahrgeld?«, fragt Moni.

Hilli nickt.

Moni fährt gerne mit der S-Bahn, und dieses Mal haben sie auch Glück und kriegen einen Platz in dem kleinen Abteil, das hinten in jedem Wagen ist, da stehen die Bänke längs und es passen nicht so viele Leute rein. Nur ein alter Mann sitzt da und liest Zeitung.

»Ist es wieder wegen den Soldaten?«, fragt Moni. »Deshalb ist sie wieder unterwegs?«

Hilli beugt sich vor. »Jetzt soll das unterschrieben werden«, flüstert sie und guckt vorsichtig zu dem Mann, ob er auch nicht zuhört. »Übermorgen. Dass wir mit den anderen mitkämpfen, wenn wieder Krieg ist. Mit England und Frankreich und Amerika. Und dann sind wir richtig zwei Länder, so kommt das dann, die DDR und wir, und nachher müssen wir noch auf die aus der DDR schießen.«

»Ja?«, sagt Moni. Sie hat nur gefragt, weil sie nett sein wollte. Interessieren tut es sie nicht, und verstehen tut sie sowieso nichts.

Es gibt Sachen, die muss man wirklich nicht wissen, sagt Oma. Du weißt ja auch nicht, wie ein Automotor funktioniert. Alles muss man nicht wissen. Schon gar nicht als Kind. Lass die mal machen, die das angeht.

Aber was DDR ist, weiß ich, denkt Moni. Ostzone. Das sagt man eigentlich. Nur Hilli nicht und ihre komische Mutter.

»Schon Berliner Tor!«, sagt sie. »Nächste müssen wir raus.«

Vor dem Hotel drängeln sich die Leute. Mutti hat Moni und Hilli am Hauptbahnhof abgeholt, dahin ist sie gleich nach der Arbeit gefahren, und dann haben sie noch auf Jenny gewartet. Aber jetzt stehen sie vor dem Hotel, und ganz viele Schutzmänner sind auch da und passen auf, dass niemand einfach reingeht.

»Wir hätten auch was mitbringen sollen!«, sagt Jenny und zeigt auf eine Frau, die einen Blumenstrauß im Arm hält. Ganz viele Frauen haben Blumen. Nur wir haben das natürlich wieder vergessen, denkt Moni. Was mitzubringen für die schöne, junge Kaiserin.

Vor ihr zeigt eine Frau ihrer Nachbarin etwas, das sieht aus wie ein gehäkeltes Deckchen, auf das man eine Vase stellen kann. Dann geht sie zur Absperrung und redet mit einem Schupo.

»Du glaubst doch nicht, dass sie das brauchen kann!«, sagt Mutti und kichert. »Die hat ein Schloss zu Hause in Teheran! Die kann so viele Blumen haben, wie sie will, und so viele Häkeldeckchen. Häkeldeckchen!«, sagt Mutti und jetzt kichert sie richtig. »Nun will ich sie aber auch endlich sehen!«

Moni weiß nicht, was an Häkeldeckchen so komisch ist. Haralds Mutter häkelt auch. Und Oma kann stricken, Wolljacken und Pullover. Jetzt grade strickt sie Moni einen Parallelo, der wird richtig schick und hochmodern, sagt Oma. Es ist schade, dass Oma nicht mitgekommen ist.

»Soraya!«, schreit eine Frau neben Jenny. »Soraya!«, und jetzt schreien schon ganz viele mit. »Soraya, Soraya, Soraya!«, und da hilft es gar nichts, dass die Schutzmänner sagen, sie sollen ruhig sein.

»Wenn sie jetzt nicht rauskommt!«, sagt Mutti und starrt an der Hotelfront hoch.

»Vielleicht muss sie sich ausruhen von der Reise«, sagt Moni.

Jenny stupst Mutti an. »Und was ist nun

am Sonnabend?«, fragt sie. »Du triffst dich doch mit Helmut?«

Mutti guckt kurz zu Moni hin und schüttelt den Kopf. »Ich glaube, sie kommt!«, sagt sie laut. »Da oben! Guck mal!«

»Soraya!«, schreien die Menschen. »Soraya! Soraya!«

Vielleicht, denkt Moni. Vielleicht ist sie wirklich die schönste Kaiserin der Welt. Aber das kann man nur entscheiden, wenn sie sich auch wie eine Kaiserin anzieht. So sieht sie aus wie eine ganz normale Frau. Man muss eben einfach immerzu ganz fest daran denken, dass sie trotzdem eine Kaiserin ist und eigentlich aus Berlin, sonst hat es sich doch gar nicht gelohnt, das ganze schöne Fahrgeld auszugeben.

»Soraya!«, schreien die Menschen. »Soraya! Soraya!«

Neben Moni schreit eine helle Stimme lauter als alle anderen.

»Soraya!«, schreit Hilli und hüpft hoch in die Luft, damit sie besser sehen kann, und schwenkt ihre Arme. »Soraya! Huhu, Soraya!«

Wie die guckt, denkt Moni. Nanu.

»Soraya!«, schreit Hilli.

Als ob sie grade gehört hätte, dass sie ihre Mutter wieder nicht geschnappt haben, denkt Moni. Als ob sie drei Kugeln Eis haben kann.

Dann schreit sie mit.

Als Moni am Sonntagmorgen aufwacht, liegt Mutti noch im Bett neben ihr und schläft. Mutti und Moni schlafen in Omas altem Schlafzimmer mit dem Ehebett, das braucht sie ja nicht mehr, weil es Opa nicht mehr gibt. Und Oma schläft im Wohnzimmer nebenan.

Moni überlegt, ob sie auch noch mal versuchen soll, wieder einzuschlafen. Sonst ist Mutti immer längst wach, wenn Moni aufwacht. Aber heute liegt sie ganz zerknautscht da in ihrem Bett mit einem Rest Lippenstift auf dem Mund und lächelt im Schlaf.

Es sieht komisch aus, wenn eine Mutter schläft, denkt Moni. Gar nicht mehr wie eine Mutter. Ich geh lieber zu Oma.

In der Küche steht Oma in ihrem Nachthemd am Herd und legt Briketts auf die Eierkohlen.

»Na, Deern«, sagt sie. »Nimm mal die Decke, bis es richtig durchgewärmt ist.«

»Mutti schläft noch«, sagt Moni und kuschelt sich in die Sofaecke.

Oma antwortet nicht.

»Kann ich ein Ei?«, fragt Moni. Sonntags gibt es manchmal ein Ei zum Frühstück. Man muss sich ja auch mal was gönnen, sagt Oma. Da darf man nicht auf den Pfennig gucken.

Oma nimmt einen Ring aus dem Ofenloch und stellt Wasser auf. »Natürlich darfst du ein Ei«, sagt Oma. »Und neue Marmelade hab ich auch. Vierfrucht.«

Moni seufzt. Sonntagmorgende sind so schön, dass sie es manchmal gar nicht glauben kann. Man kann so lange schlafen, wie man möchte, und dann sitzen sie alle drei gemütlich zusammen am schön gedeckten Frühstückstisch und es gibt ein Frühstücksei, und Moni weiß, dass sie nun den ganzen Tag gar nichts tun muss und Mutti und Oma auch nicht und dass sie vielleicht alle drei zusammen was Schönes machen.

»Soll ich Mutti wecken?«, fragt Moni.

»Die lass man schlafen«, sagt Oma. »Die hat Schlaf nötig«, und dabei legt sie vorsichtig mit einem Esslöffel drei Eier in den Wassertopf.

»Ja?«, fragt Moni. Sie weiß ja, dass Oma es nicht schön findet, wenn Mutti mit Jenny auf den Swutsch geht. Auf den Swutsch, sagt Jenny und Oma sagt es auch, mit so einem Ton, dass es klingt, als ob Mutti etwas Schlimmes tut.

»Du kannst auf die Eier aufpassen«, sagt Oma. »Ich zieh mich an«, und sie verschwindet im Wohnzimmer.

Moni stellt sich neben den Herd, da ist es auch ohne Wolldecke schon schön warm. Mütter dürfen es sich auch mal schön machen, denkt Moni. Wenn sie eine Oma haben, die auf das Kind aufpasst. Kinder allein lassen dürfen sie deshalb nicht, wie Hillis Mutter das immerzu tut, da denken sie ja nur an sich, und das dürfen Mütter nicht. Aber wenn sie eine Oma haben, die aufpasst, dürfen Mütter schon mal zum Tanzen gehen. Oder ins Kino. Wenn Oma wiederkommt, sagt Moni ihr das. Dass es ihr gar nichts ausmacht, wenn Mutti am Sonnabend abends weg ist. Vielleicht muss Oma dann nicht mehr so böse auf Mutti sein.

Die Eieruhr ist fast durchgelaufen und Moni hebt vorsichtig mit dem Löffel die Eier aus dem Wasser und passt auf, dass sie sich nicht am Dampf verbrennt. Dann schreckt sie sie am Ausguss unter kaltem Wasser ab und wickelt sie in ein Küchenhandtuch, damit sie schön warm bleiben.

Jetzt stell ich noch die Eierbecher auf den Tisch, denkt Moni. Und dann ist alles fertig und richtig sonntäglich.

Zuerst merkt sie nicht, was am Küchenschrank anders ist, aber als sie schon die obere rechte Tür aufgemacht hat und auf Zehenspitzen steht, um die Eierbecher herauszunehmen, sieht sie es plötzlich.

»Oma?«, fragt sie, als Oma fertig angezogen zurück in die Küche kommt. Sonntags zieht sie immer einen frischen Kittel an. »Wo ist denn das Bild von meinem Vati?«

Oma zieht sich den Küchenstuhl zurecht. Laut. Vielleicht wacht Mutti davon auf.

»Guck an, du hast es gemerkt«, sagt sie.

»Willst du jetzt doch ein anderes?«, fragt Moni und denkt an die Bilder mit den Vätern in Uniform und den schwarzen Streifen um die Ecke. Aber sagen kann sie das natürlich nicht.

»Ich glaub, der ist bei mir drüben besser aufgehoben, Deern«, sagt Oma und steckt Monis Ei in den Becher. »Hier stört der nur.«

»Ach, ich weiß doch nicht!«, sagt Moni. Sie sitzt mit Harald auf der Böschung am Kanal und schmeißt kleine Stöcke ins Wasser. Viele konnten sie aber nicht finden. »Sie ist plötzlich ganz komisch. Sie ist böse auf Mutti. Sie findet, dass sie auf meinen Vati warten soll.«

»Muss sie doch auch«, sagt Harald.

Moni zieht die Stirn kraus. »Ja, klar, das muss sie«, sagt sie. »Aber doch nicht immer nur die ganze Zeit! Sie weiß ja nicht, ob der noch lebt. Und nachher ist er tot und sie ist überhaupt nie im Kino gewesen und alles ganz umsonst.«

Harald nickt. »*Gefallen* ist besser«, sagt er. »Da weiß man Bescheid. *Vermisst* ist blöd, da weiß man nicht, was man machen soll.«

Es ist schön, dass man mit Harald immer so reden kann, denkt Moni. Mit Hilli geht das nicht, die fängt dann gleich wieder an von ihrem Vater und wie gemein sie alle zu dem waren und dass er ins Lager musste und jetzt tot ist. Aber Harald versteht solche Sachen gut.

»Man kann ihn für tot *erklären* lassen«, sagt Moni.

»Aber davon *ist* er nicht tot«, sagt Harald. »Nicht, wenn er nicht tot *ist*.«

»Nee«, sagt Moni und wirft ihr letztes Stöckchen. Zuletzt hat sie sie ganz klein gebrochen, da waren es mehr.

»Ist deine Mutter traurig?«, fragt Harald. »Dass sie ihn nicht mehr hat?«

Moni schüttelt erstaunt den Kopf. »Nee!«, sagt sie wieder. »Sie hat ihn ja gar nicht richtig gekannt, Harry. Das war ja im Krieg, und da hatte er Heimaturlaub und da hat sie ihn kennen gelernt, und dann ist es leider passiert.«

»Was?«, fragt Harald.

Moni guckt sich um. Aber außer ihnen sitzt niemand auf der Böschung. »Sagst du es nicht weiter?«, flüstert sie. »Ich bin ein Siebenmonatskind!«

»Was?«, fragt Harald wieder.

Moni seufzt. »Also, er hatte Heimaturlaub«, sagt Moni. »Und da hat Mutti ihn kennen gelernt, beim Tanzen. Aber nur einen Abend, verstehst du? Und dann musste er wieder an die Front. Und dann hat Mutti gemerkt, dass was Kleines unterwegs war.«

»Wie, was Kleines?«, fragt Harald.

»Ich, du Dösbaddel!«, sagt Moni. »Was Kleines, begreifst du das nicht!«

»Oh«, sagt Harald, und dabei sieht er so verlegen aus, dass Moni denkt, vielleicht weiß er noch gar nicht, wo die kleinen Babys herkommen. Vielleicht glaubt er immer noch an den Klapperstorch.

Moni weiß das alles von Gudrun im Nebenhaus, die ist schon vierzehn, und im letzten Sommer hat sie Moni und Hilli alles genau erklärt. Das war natürlich ganz sonderbar und unglaublich, aber Moni vermutet doch, dass es stimmt. Wenn stimmt, was Gudrun ihnen erklärt hat, kann sie plötzlich auch die ganze Geschichte von Mutti und Vati und dem Siebenmonatskind besser verstehen.

»Da musste sie ihn ja heiraten, verstehst du«, sagt Moni. »Kriegstrauung, er war ja an der Front und Mutti war hier. Brautkleid hatte sie auch keins, aber verheiratet waren sie trotzdem. Und dann war er auch schon gleich vermisst. Und meine andere Oma war ja ausgebombt, und darum ist Mutti zu Oma gezogen. Mit mir.«

Sie guckt Harald an. Eigentlich soll man über solche Sachen nicht reden. Nicht über Siebenmonatskinder. Man kriegt dann einen schlechten Ruf, sagt Oma. Aber Moni glaubt nicht, dass Harald es weitererzählt.

»Sie hat ihn gar nicht richtig gekannt«, sagt Moni. »Aber sie möchte ja natürlich trotzdem nicht, dass er tot ist. Ein Mann wäre praktisch. Aber was nicht ist, ist nicht.«

Harald nickt. »Das sagt meine Mutter auch

immer«, sagt er. »Glaubst du, er kommt noch wieder?«

Moni überlegt. »Eigentlich denk ich da nicht so viel drüber nach«, sagt sie dann. »Nur wegen Oma. Die würde sich bestimmt freuen.«

»Es regnet«, sagt Harald. »Du kannst mit zu mir kommen.«

Moni schüttelt den Kopf.

»Jetzt ist Mutti bestimmt auch wach«, sagt sie.

Bis sie an der Haustür ist, ist sie klatschenass geregnet.

Nicht alle Sonntage sind schön. Oma hat den ganzen Tag nicht mit Mutti geredet. Sie hat Grünkohl in der großen Waschwanne gewaschen und ihn geschnitten und gekocht, mit viel mehr Lärm als sonst; sie hat den Tisch gedeckt und mit Mutti und Moni gegessen und abgewaschen, alles ohne zu sprechen.

»Was hab ich getan?«, hat Mutti gerufen. »Was hab ich denn um Himmels willen getan, was nicht alle anderen auch tun?«

Aber Oma hat die Lippen zusammengekniffen.

»Ich war tanzen!«, hat Mutti gesagt. »Mit meiner Freundin! Na und?«

Da hat Oma sie zum ersten Mal angesehen. »Flittchen!«, hat sie gesagt und ist aufgestanden und ins Wohnzimmer gegangen.

Mutti hat zu Moni hingeguckt. »Mensch-ärgere-dich-nicht?«, hat sie gefragt. »Quartett? Mühle?« Und Moni hat genau gesehen, dass Mutti nur so getan hat, als ob nichts wäre und als ob es ihr nichts ausmacht, wie Oma mit ihr geredet hat. Vielleicht hat es sogar ein bisschen ausgesehen, als ob Mutti gleich weinen will.

»Mühle«, hat Moni gesagt. »Das haben wir schon so lange nicht mehr gespielt. Und geht ja auch nur zu zweit.«

Dann haben sie das Brett aufgebaut und gelost, wer die weißen Steine haben durfte und wer die schwarzen, und dann hat Moni Mutti zweimal geschlagen. Weil Mutti nicht aufgepasst hat, natürlich. Darum macht es Moni auch gar keinen richtigen Spaß.

Als sie gerade das dritte Mal spielen und Moni schon wieder eine Zwickmühle geschafft hat, dass ja schon klar ist, jetzt verliert Mutti wieder, reißt Oma plötzlich die Küchentür auf.

»Mit deiner Freundin!«, ruft sie. »Glaubst du, dass ich blind bin? Glaubst du, ich hab keine Augen im Kopf?«

Und sofort vergisst Mutti das Spiel und schreit zurück. »Dann hast du ja auch gesehen, dass er mich nur gebracht hat!«, schreit sie. »Dann hast du ja auch gesehen, dass weiter nichts war!« Und jetzt springt Mutti auf und rennt ins Schlafzimmer und knallt die Tür hinter sich zu.

Moni guckt auf das Brett und schiebt den Zwickmühlenstein hin und her. Als ob das jetzt noch etwas ausmachen würde.

»Geh du mal an die frische Luft, Deern«, sagt Oma mit einer rauen Stimme, die bedeuten kann, dass sie traurig ist oder dass sie sich schämt, weil sie so mit Mutti gesprochen hat, das weiß man nicht. »Du bist doch kein Stubenhocker.«

Moni stapelt die Steine ordentlich im Seitenfach, dann legt sie den Deckel über die Schachtel. Die Pappe ist schon ganz bröselig und eine Ecke ist längst eingerissen. Mit diesem Spiel hat Oma ja schon immer mit ihrem kleinen Jungen gespielt, das war lange, lange vor dem Krieg, und er war so schlau, dass Oma einfach nicht gewinnen konnte. Nicht, wenn sie Halma gespielt haben oder Dame oder Mühle. Genau wie bei Moni.

»Tschüs, Oma!«, sagt Moni auf dem Flur und zieht sich ihren Mantel nicht mal richtig über. Wenn sie wieder nach oben kommt, ist vielleicht wieder alles gut.

Draußen spielen Harald und Hilli mit Olaf Hinkebock. Der Sand ist noch ganz feucht, da kann man schön die Kästchen malen.

»Kann ich mitmachen?«, fragt Moni.

Olaf nickt. Er ist der Älteste. Sonst spielt er nie Hinkebock. Und schon gar nicht mit den kleinen Kindern. Aber vielleicht hat er heute sonst keinen.

»Hat sie wieder bessere Laune?«, fragt Harald. Moni muss einen Augenblick überlegen, bis sie sich erinnert, worüber sie am Morgen mit ihm gesprochen hat.

»Nee«, sagt sie und schluckt. »Flittchen« hat Oma zu Mutti vorher noch nie gesagt. Über Jenny hat sie das manchmal gesagt, ich sehe gar nicht gerne, dass du dich mit so einem Flittchen abgibst, aber dann hat Mutti nur gelacht und gesagt, ach was, die Jenny sieht nur so aus. Und eigentlich ist sie wirklich eine anständige Frau.

Aber jetzt hat Oma Flittchen zu Mutti gesagt, und wenn Moni richtig verstanden hat, warum, dann hat Oma ja vielleicht auch Recht. Wenn ein Mann Mutti nach Hause gebracht hat, ein fremder Mann, und dabei ist doch irgendwo noch ihr Vati vermisst und wartet, dass er endlich zu ihnen nach Hause darf. Da kann Mutti doch nicht mit fremden Männern tanzen gehen.

Aber vielleicht ist er ja auch tot, ihr Vati, und dann kann Mutti das natürlich doch. Sie sieht so hübsch aus, wenn sie sich die Haare aufrollt und die Lippen schminkt. Man kann es nicht richtig sagen, denkt Moni. Ob Mutti das darf oder nicht. Darum ist ja Rechnen so schön. Alles ist immer entweder richtig oder falsch. Das hätte ich Heike erzählen können, als sie mich gefragt hat, ob ich Rechnen mag. Im Leben ist es alles viel schwieriger.

»Die beruhigt sich auch wieder, sollst du mal sehen«, sagt Harald und stellt sich zu ihr an die Seite. »Meine Mutter ist manchmal auch wütend auf meinen Vater. Wenn er zu lange bei Otto war. Aber dann ist nachher doch alles wieder gut.«

»Ich weiß«, sagt Moni.

Olaf tippt sich an seine Mütze. Er hat eine

alte, dunkelblaue Skimütze, die ist richtig flott. »Tschüs, ich geh jetzt!«, sagt er. »Spielt man schön, ihr Süßen!«, und er geht die Straße runter mit einem wiegenden Gang, daran soll man sehen, dass Olaf kein Kind mehr ist und nur mit ihnen gespielt hat, weil er nett sein wollte.

»Na?«, sagt Hilli.

»Zieh mal die Striche nach!«, sagt Harald. »Hat der ja alles ganz verwischt mit seinen großen Käsemauken!«

Hilli kichert und hockt sich auf den Boden und bessert mit einem Stock die Felder aus.

»Die hat hier schon wieder rumgejammert!«, sagt Harald. »Bald halt ich das nicht mehr aus mit der! Dabei haben sie ihre Mutter doch gar nicht ins Gefängnis gesteckt! Aber immer jammern und jammern. Die ist schon genau wie ihre Alten, sagt mein Vater. Die hätten mal tausend Kilometer zu Fuß gesollt, im Winter, da wüssten die, was ein Grund zum Jammern ist.«

»Aber es ist ja auch nicht schön!«, sagt Moni. »Dass Hilli immer Angst haben muss, sie stecken ihre Mutter ins Gefängnis. Wenn man sagt, dass man nicht mit den anderen Ländern kämpfen will, ist das doch nicht so schlimm!«

Harald tippt sich gegen die Stirn. »Darf sie ja auch sagen!«, sagt er. »Nur Kommunist darf sie nicht sein, verstehst du das nicht! Wo die regieren, machen sie die Leute gleich einen Kopf kürzer, wenn die was sagen, was sie nicht sollen. Aber hier bei uns jammern!«

»Ich hab das alles nachgezogen!«, sagt Hilli. »Der Jüngste fängt an!«

»Jaja, fang du mal an!«, sagt Harald abschätzig.

Dann dreht er sich wieder zu Moni um. »Ihr wisst hier doch gar nichts!«, sagt er. »Ihr musstet ja auch nicht fliehen! Wir kennen die Kommunisten, da kannst du meine Mutter fragen und meinen Vater! Rechtzeitig aufpassen, sonst wird das hier auch alles noch mal Russland!«

»Ja?«, sagt Moni erschrocken. Wirklich, sie versteht überhaupt nichts von solchen Sachen, darum kann sie ja auch nicht sagen, wer Recht hat. Und Oma, die alles versteht, mag die Kommunisten nicht und die Flüchtlinge mag sie auch nicht. Vielleicht kann man noch was anderes denken als Hilli oder Harald. Was Drittes.

»Ich bin auf den Strich getreten!«, ruft

Hilli. »Ihr passt ja gar nicht auf! Was redet ihr denn da?«

»Freu dich doch!«, sagt Harald. »Los, Moni, du bist dran.«

Und Moni schafft das Feld fast einmal durch. Man muss einfach über all diese Sachen nicht nachdenken. Erwachsenensachen. Ändern kann man sowieso nichts.

»Ja!«, ruft Moni. »Sieger!« Und sie zieht ihren Wintermantel aus und legt ihn zusammengerollt auf den Boden. Ihr ist ganz warm geworden vom Hüpfen. Und außerdem ist die Sonne herausgekommen.

Als sie sich wieder aufrichtet, fällt es ihr plötzlich ein, wie einem Dinge manchmal einfallen und man weiß nicht, warum. Mutti hat nicht mal gemerkt, dass der Junge mit der Strähne nicht mehr auf dem Küchenschrank steht.

2. Teil

6

Als die neue Schule anfängt, darf Moni schon Kniestrümpfe anziehen. Kniestrümpfe und ihren Schottenrock und wieder die weiße Bluse von der Tochter von Muttis Arbeitskollegin, das ist jetzt Monis Bluse. Der Tochter war sie zu klein.

Mutti hat sich einen Tag freigenommen bei der Arbeit, das durfte sie, und Oma geht auch erst später ins Krankenhaus. Da wird sie ja wohl dabei sein dürfen, wenn ihre Enkeltochter auf die höhere Schule kommt, hat Oma gesagt. Dann hat sie ein Paket aus dem Kleiderschrank geholt, das war in Packpapier eingewickelt. »Da, Deern. Oberschule ist ja schon fast erwachsen, was.«

Moni hat gemerkt, wie ihre Finger gezittert haben, weil es ein großes Paket war und dabei war nicht mal Geburtstag und nicht Weihnachten, und sie wusste wirklich nicht, was da nun drin sein sollte.

»Eine Aktentasche!«, hat Moni geschrien.

Neu ist die Tasche nicht, hat Oma gesagt,

wenn Moni genau hinguckt, kann sie sehen, dass die Tasche schon gebraucht ist. Aber nicht so viel. Ihr Vati hat die gehabt, der wollte ja auch immer so gerne eine echte lederne Aktentasche für die Arbeit, und als seine alte kunstlederne kaputt war, hat er sich diese gekauft. Aber das war ganz kurz vor dem Krieg, darum ist die Tasche noch so schön. Fast gar nicht benutzt.

»Ich bin auch ganz vorsichtig!«, hat Moni gerufen. »Ich pass auch auf die auf, Oma! Und wenn er wiederkommt, kann er sie zurückhaben. Ich mach keine Kratzer.«

»Das ist schön, Deern, da freut sich dein Vati«, hat Oma gesagt und zu Mutti hingeguckt und Mutti hat so getan, als ob sie nichts gehört hätte, und hat weiter ihr hellblaues Sommerkleid gebügelt. Das wollte sie ja bei der Einschulung anziehen.

Ein bisschen hat Moni einen Schrecken gekriegt, als sie die neue Schule gesehen hat. »Wie ein Gefängnis!«, hat sie geflüstert, so klein und regelmäßig sind die Fenster in der dunkelbraunen Mauer und keine Verzierungen daran, gar keine. Aber Mutti hat gesagt, ach was, das ist die Mädchenoberschule mit dem besten Ruf, und wenn Moni schon auf die

Oberschule kommt, dann soll es auch eine gute sein.

Rosis Mutter hat das auch gesagt, nur Gila kommt auf eine andere Schule, die ist nicht so alt und nicht so berühmt und ein kleines bisschen näher.

»Muss ich mit Rosi?«, hat Moni gejammert. »Kann ich nicht mit Gila, Mutti? Muss ich mit Rosi?«

Aber Mutti hat gesagt, in der neuen Schule gibt es so viele Mädchen, da lernt Moni bestimmt ganz schnell jemanden kennen. Wenn sie Rosi nicht mag, muss sie auch nicht mit ihr zusammen sein.

Und jetzt stehen sie also in der Aula in der neuen Schule, und um sie herum ist ein Gewühle und ein Gewimmel. Bestimmt fünfzig Mädchen, die alle ungefähr so alt sind wie Moni, gucken sich suchend um, und alle sind sie schön angezogen. Bei manchen sieht man sogar, dass sie ganz neue Sonntagskleider anhaben, obwohl doch noch lange nicht Pfingsten ist, das findet Moni ein kleines bisschen affig. Und alle haben sie ihre Mütter dabei und Omas und manchmal auch einen Vater oder einen Opa.

»Ich glaub, man kann sich setzen, wo man

will«, flüstert Mutti und zieht Moni in eine Reihe ziemlich weit vorne, aber ganz vorne auch nicht. Oma kommt hinterher. Sie sieht heute ganz fremd aus, denkt Moni. Sie hat sich ihre Haare gewaschen, dass sie sich ein bisschen zauselig aus dem Knoten bauschen, der sonst immer so fest und sicher und energisch an ihrem Hinterkopf liegt, aber jetzt sieht er plötzlich so weich und ein kleines bisschen unordentlich aus und fast, als ob er sich gleich auflösen will. Eine Strähne hat sich schon gelöst, aber das sagt Moni Oma lieber nicht. Oma sieht sowieso so unruhig aus, wie sie sich da in ihrem besten Taubengrauen durch die Reihe schiebt.

Vielleicht hätte sie nicht ihr bestes Taubengraues anziehen müssen, denkt Moni. Das hängt sonst immer nur im Schrank, und wenn Oma die Tür aufmacht, um etwas anderes, Normales herauszuholen, streicht sie es glatt. Und einmal im Jahr, im Frühling, wird es auf einem Bügel auf den Balkon gehängt, zum Auslüften.

»Da ist Rosi!«, flüstert Mutti aufgeregt und zeigt quer über die ganze Aula, und da sitzt wirklich Rosi mit ihrer Mutter, und neben ihrer Mutter sitzt ein Mann, den hat

Moni vorher noch nie gesehen. Aber so viel hat sie mit Rosi ja auch nicht zu tun.

Vorne auf der Bühne haben sich jetzt die großen Mädchen aufgestellt, und manche sehen so alt aus, dass sie bestimmt schon längst arbeiten könnten. Noch älter als Olaf oder Uwe und seine Freundin sogar. Und als sie singen, weiß Moni, dass sie nun wirklich in der höheren Schule angekommen ist. Weil es so schön klingt, so schön, fast wie im Radio. Natürlich haben sie in ihrer Schule auch gesungen, sogar Kanon, aber dies hier ist noch viel, viel schöner und viel, viel feierlicher. Mindestens drei Stimmen, denkt Moni glücklich, und keine kommt raus.

Die Frau, die danach hinter das Rednerpult tritt, ist bestimmt schon so alt wie Oma, aber sie hat keinen Knoten, sondern ganz kurz geschnittene graue Haare, kurz und streng und ohne Dauerwelle, und sie trägt ein graues Kostüm wie Frau Dr. Einfeld in der Prüfung. Vielleicht müssen die Lehrerinnen an so einer Schule das, denkt Moni erstaunt. Weil es so vornehm und so ernst und so gebildet aussieht. Wenn eine junge Lehrerin anfängt und trägt ein geblümtes Sommerkleid, dann muss sie zur Direktorin. Und die erklärt ihr dann, dass so was nicht geht. Weil es nicht der Würde des Ortes entspricht, der Würde des Ortes.

Die Frau da oben am Pult spricht lange, und die Erwachsenen starren auf ihr Gesicht, und Mutti hat sogar ganz rote Backen. Aber Moni glaubt nicht, dass von den Mädchen viele zuhören. Sowieso kann man nicht verstehen, was die Frau ihnen erklärt. Nicht richtig.

»Ich finde, deine Direktorin ist nett!«, flüstert Mutti, als die Frau sich in die erste Reihe setzt und ein großes Mädchen den Hocker vor dem Flügel hochschraubt. »Was, Moni?«

Meine Direktorin, denkt Moni erschrocken und denkt an die Mädchenschule und an die weiße Linie auf dem Hof, hinter der sie in den Pausen Harald zugewinkt hat. *Das* war doch meine Schule, denkt Moni, diese hier kenn ich ja gar nicht, und sie spürt einen kleinen Knoten in ihrem Bauch, ein Ziehen, das da eigentlich nicht sein sollte. Jetzt hat sie die Prüfung geschafft, jetzt muss sie es auch machen. Aber dass es so feierlich sein würde, hat sie ja vorher nicht ahnen können, so feierlich, dass Oma sogar ihr Taubengraues anzieht. Auf einmal hat Moni das Gefühl, dass sie hier vielleicht gar nicht hergehört.

Auch das Mädchen am Flügel spielt wie im Radio, und Moni fällt ein, dass sie in der Mädchenschule in der Aula im obersten Stock, die sie sich mit den Jungs teilen mussten, natürlich keinen Flügel hatten, nur ein altes Klavier. Aber was ein Flügel ist, weiß sie trotzdem. Mutti hat ihn ihr beschrieben, nach dem Konzert neulich, und daran will Moni nun ganz bestimmt nicht denken.

Wenn es mir nicht gefällt, bin ich einfach ganz schlecht, denkt Moni. Aus unserer Familie war noch keiner auf der höheren Schule. Haben wir auch nicht gebraucht. Ich schreibe einfach lauter Sechsen, das kann ich ja leicht, und dann darf ich zurück zu den anderen. Ich muss ja wohl dumm gewesen sein, dass ich hierher wollte. Aber ich konnte ja auch nicht wissen, wie es sein würde.

»Schleier, Monika!«, ruft von vorne eine Frauenstimme.

»Träum nicht!«, sagt Mutti und gibt ihr einen kleinen Schubs. »Wir warten vor der Schule auf dich, Oma und ich.«

Da läuft Moni den Mittelgang entlang nach vorne, wo zwei Lehrerinnen stehen und die

Namen der Mädchen aufrufen, die in ihre Klassen kommen, und Moni weiß nicht genau, ob es die rechte war oder die linke, die ihren Namen gerufen hat, aber sie hofft, dass es die linke war, weil die ein blaues Kleid anhat mit einem weißen Kragen, das sieht fast freundlich aus, und alt ist sie auch noch nicht. So alt wie Mutti vielleicht, denkt Moni, und ein Lachgesicht hat sie auch, und sie versucht, sich ganz schnell in die Schlange zu drängen, bevor die Lehrerin sie bemerkt.

»Schubert, Susanne?«, fragt die Lehrerin freundlich und hat sie also doch bemerkt. »Bist du Susanne?«

»Ich bin Susanne!«, ruft ein dickes Mädchen, das gerade vorne ankommt, und reckt dabei den Arm hoch in die Luft. Gleich schnipst sie noch mit den Fingern, denkt Moni.

»Guten Tag, Susanne!«, sagt die Lehrerin und lächelt freundlich. »Na, dann sind wir ja schon fast vollzählig. Und wer bist du denn dann?«

Ich bin in der falschen Schlange!, denkt Moni und merkt, wie sie rot wird, so rot, gleich am ersten Tag hab ich nicht aufgepasst, und jetzt gucken mich alle an, und immer, wenn sie mich sehen, denken sie nun: Das ist doch die, die in der falschen Schlange war.

»Moni!«, ruft da eine Stimme, ganz laut und als ob hier nicht eine feierliche Oberschulaula wäre. »Huhu, Moni, hier bin ich!« Und ein Arm kommt aus der Schlange und die Hand greift nach ihr. »Wie prima, dass du auch hier bist!«

Heike!, denkt Moni. Heike hat die Prüfung geschafft.

»Ach, Monika bist du!«, sagt die Lehrerin und macht einen Haken auf ihrer Liste. »Na, da hast du aber ein bisschen getrödelt, Monika«, und dann macht sie schon den nächsten Haken, weil jetzt auch Weihrauch, Brigitte, angekommen ist, und damit sind sie vollzählig.

Gleich am ersten Tag getrödelt, denkt Moni und macht sich ganz klein. Vielleicht hat Mutti das aber gar nicht mitgekriegt. Und Oma. Vielleicht vergisst die Lehrerin das auch wieder. Ich trödel jetzt nicht mehr. Wenn ich hier bleib, dann trödele ich nie mehr.

Aber Heike lässt ihr gar keine Zeit zum Grübeln. Sie trägt auch ein Kostüm, Pepita, genau wie die Lehrerinnen, Moni wusste gar nicht, dass es das für Kinder schon gibt, und genau wie in der Prüfung redet sie die ganze Zeit, und Moni merkt, wie sie langsam wieder ruhiger wird und fröhlicher. Es ist doch gut, dass Heike auch hier ist. Nur mit der blöden Rosi, das wäre ja schrecklich gewesen.

»Ich hab eine Armbanduhr gekriegt«, sagt Heike. »Weil ich bestanden hab, stell dir mal vor! Was hast du gekriegt?«

Moni zuckt die Achseln. Auf der Bühne beginnt der Chor jetzt wieder zu singen, aber nichts Feierliches diesmal, ein Wanderlied, und dazu marschieren die beiden Lehrerinnen jetzt mit ihren beiden Klassen aus der Aula, im Gänsemarsch. Aus der vierten Reihe winkt Mutti Moni ein winziges bisschen zu, und Moni sieht, dass Muttis Gesicht auch ganz rot ist, rot und aufgeregt. Dabei hat Mutti doch nichts falsch gemacht.

»Nichts«, sagt Moni, als die Aulatür hinter ihnen zugefallen ist, »hab ich gekriegt.« Sie überlegt, was Heike wohl sagen würde, wenn sie ihr erzählt, dass Oma ihr ein Bananenbrot geschmiert hat.

»Bei dir war das ja auch sowieso klar!«, sagt Heike. »Bei dir haben sie es sowieso gewusst, oder? Du bist ja so schlau, Moni! Wollen wir zusammensitzen?«

Und da denkt Moni, dass sie es doch erst mal ausprobieren will. Wenn Heike auch da ist, ist die neue Schule schon nicht mehr so fremd.

Zum Mittagessen gibt es Kotelett, ein ganzes Kotelett für Moni alleine. Oma und Mutti haben keins, aber die sind ja heute auch nicht auf die höhere Schule gekommen, sagt Oma. Und dass Moni sich noch Soße nehmen soll, und abgeben muss sie gar nichts.

»Und wie gefällt es dir nun?«, fragt Mutti. Ihr schönes blaues Sommerkleid hängt längst wieder im Schrank auf dem Bügel. Omas Taubengraues auch.

»Fräulein von Siegburg ist nett«, sagt Moni, obwohl sie das natürlich noch gar nicht so genau weiß. »Wir müssen unsere Hefte alle einschlagen. Den Stundenplan haben wir auch schon gekriegt.«

»Dokter ist die nicht?«, fragt Oma. »Deine Lehrerin?«

Moni schüttelt den Kopf.

»Aber *von*!«, sagt Mutti ärgerlich. »Das reicht doch wohl auch! *Von Siegburg!* Das ist adelig!«

Oma schnaubt. »Ich dachte, die müssen

Dokter sein, wenn die an der höheren Schule Lehrer sein wollen«, sagt sie. »Na, un wat schall dat wohl för 'n Odl ween, wenn die Lehrerin ist.«

»Aus dem Osten?«, sagt Mutti böse. »Die müssen sich jetzt auch alle ihre Brötchen selber verdienen.«

»Frag sie, ob sie zu Hause ein Rittergut hatte«, sagt Oma und fängt an, die Teller aufeinander zu stapeln. »Bestimmt hatte die zu Hause ein Rittergut.«

Mutti schüttelt den Kopf, und als Oma ihnen den Rücken zudreht, um den Topf mit dem Abwaschwasser auf den Herd zu stellen, zieht sie sogar eine Grimasse.

»Ich finde, sie sieht sehr nett aus«, sagt Mutti. »Und fröhlich. Habt ihr schon Englisch gelernt?«

»Morgen«, sagt Moni und spürt, wie ein kleines, glückliches Gefühl ihren Rücken herunterläuft. »Heike ist auch in meiner Klasse.«

»Welche Heike?«, fragt Mutti.

Als die Stunde vorbei war und Fräulein von Siegburg den Stundenplan an die Tafel geschrieben hatte, ist Moni mit Heike zusammen nach draußen gegangen.

»Lass uns bloß nicht vergessen, wo unsere

Klasse ist, du!«, hat Heike beschwörend gesagt. »Dass wir die morgen auch wiederfinden! Zweiter Stock, hinten ganz links. Ich vergess das immer so leicht, wenn ich nicht aufpass.«

»Ich weiß, du dumme Nudel«, hat Moni gesagt und gemerkt, wie etwas von ihr abgefallen ist, das hatte ihr die ganze Zeit die Schultern zusammengezogen.

Heike hat sie in die Seite geboxt. »Du hilfst mir doch, Moni!«, hat sie gesagt. »Du lässt mich abschreiben!«, und dann hat sie Moni einfach stehen lassen, ohne Tschüs zu sagen, und hat wild zu einer Gruppe hingewinkt, die stand am Straßenrand neben einem glänzenden schwarzen Auto, und ein Mann hat sie aufgefangen und durch die Luft geschleudert, wie man es sonst nur mit ganz kleinen Kindern macht.

»Sie haben ein Auto«, sagt Moni. »Opel, glaube ich. So ein großes.«

»Wer hat ein Auto?«, fragt Oma und dreht sich vom Herd zu ihnen um.

»Meine Freundin!«, sagt Moni. »Aus der Prüfung. Heike.«

»Ohaua-ha!«, sagt Oma. »Vornehm geht die Welt zugrunde.«

Mutti legt Moni ihren Arm um die Schulter und drückt sie ganz fest. »Daran wirst du dich jetzt wohl gewöhnen müssen!«, sagt sie zum Herd hin. »Dass Moni mit solchen Leuten verkehrt.«

Dann beugt sie sich vor, um Moni in die Augen zu sehen. »Hast du den Flügel gesehen? Hast du dich erinnert? Was ich dir erzählt hab?«

Moni nickt und macht sich vorsichtig los. Sie weiß, dass es jetzt gefährlich wird. Nur Mutti weiß das nie so richtig.

Da dreht Oma sich auch schon blitzschnell um.

»Der Flügel!«, ruft sie. »Der Flügel! Seit du in diesem Konzert warst, tust du grad so, als ob du für so was schwärmst! Hast du doch sonst auch nicht hören wollen! Schubert! Der blonde Hans, Schmachtfetzen, die haben euch gefallen, deiner Jenny und dir! Erzähl doch nichts!« Und sie schiebt den Topf zur Seite und nimmt mit dem Schürhaken noch einen Ring aus dem Ofenloch.

»Ein bisschen Bildung kann ja wohl nicht schaden!«, sagt Mutti böse. »Und außerdem war das wirklich schön! Der Benjamino Gigli ist weltberühmt! Den solltest du eigentlich auch kennen!«

»Ich kenn noch ganz andere!«, sagt Oma grimmig.

»Und außerdem«, sagt Mutti, »schließt sich das nicht aus! Ich kann doch beides mögen, sagt Helmut, Schlager und . . .«

Oma guckt Mutti an, und Moni denkt erschrocken, dass sie jetzt gleich wieder wachsen wird, wie sie das in der letzten Zeit so oft tut, obwohl das doch eigentlich gar nicht möglich ist, natürlich nicht. Wachsen und groß und mächtig werden, bis Mutti geht und die Tür hinter sich zuschlägt. Erst dann wird Oma jedes Mal wieder ganz klein. Ganz grau und alt und noch kleiner als sonst.

Aber bevor das passieren kann, klingelt es an der Wohnungstür.

»Mach du auf, Moni«, sagt Mutti. »Vielleicht will dir jemand gratulieren.«

Fast hätte Moni sich an die Stirn getippt, aber dann stehen vor der Tür wirklich Harald und Ina, und Ina hält Moni ihre kleine Schultüte hin, die hat sie im letzten Jahr gekriegt, als sie eingeschult worden ist, und seitdem liegt sie bei ihr zu Hause in der Nissenhütte auf dem Schrank, da hat Moni sie schon gesehen.

»Alles Gute zur Einschulung!«, sagt Ina und guckt schnell zu Harald hoch, ob sie es auch richtig gemacht hat.

Moni starrt Harald an. »Kannst du schon nehmen!«, sagt er. »Hab ich ihr gesagt, dass sie das soll.«

»Danke schön, Ina!«, sagt Moni verblüfft. Sie denkt, wie gut es ist, dass Ina nicht schon heute Morgen mit der Tüte angekommen ist. Dann hätte Mutti vielleicht sogar vorgeschlagen, dass Moni die mitnimmt zur Einschulung, weil sie das lustig findet.

»Brauchst du die denn nicht mehr?«, fragt Moni.

Ina guckt wieder zu Harald hoch. »Ich kann sie sowieso nicht mitnehmen, hat Harry gesagt«, sagt sie dann. Es sieht aus, als ob sie gleich weinen will.

»Drin ist nichts«, sagt Harald schnell, und erst jetzt spürt Moni, wie leicht die Tüte ist, ganz leicht. »Nur die Tüte. Die kannst du ja aufheben. Zur Erinnerung.«

Oma macht die Küchentür auf. »Ach, Harald!«, sagt sie ganz freundlich. »Und unsere kleine Ina! Wollt ihr nicht büschen reinkommen? Ich mach euch Kaukau, zur Feier des Tages!«

Ina nickt und ist schon fast im Flur, aber Harald zieht sie zurück. »Danke, ich muss noch Wäsche austragen!«, sagt er.

Moni macht die Wohnungstür hinter den beiden zu. Mit Harald bin ich doch sowieso nie in derselben Schule gewesen, denkt sie. Also wenigstens mit Harald, das bleibt alles, wie es war.

7

Seit sie in die neue Schule geht, muss Moni morgens früher aus dem Haus, weil sie doch jetzt mit der Straßenbahn fährt, da sieht sie Harald nicht mehr. Und mittags kommt sie auch später zurück, und dann muss sie Hausaufgaben machen.

»Du hast nie mehr Zeit!«, sagt Harald, als er klingelt, um Moni zum Wäscheaustragen mitzunehmen. »Bist du jetzt zu fein oder wie?«

»Ich mach Schularbeiten!«, sagt Moni. »Das ist nicht so leicht, du. Oktaeder und Dodekaeder, und das sollen wir auch noch basteln!«

»Hä?«, sagt Harald böse, und Moni schämt sich ein bisschen. Das war Angabe eben, und das weiß sie auch selber.

»Mathe«, sagt sie erklärend und merkt, dass das schon wieder falsch war. *Rechnen* hätte sie sagen müssen, *Rechnen* heißt das in der Volksschule, und dabei konnte Harald das doch immer viel besser als sie.

»Ich frag dich, wenn ich mal was nicht versteh«, sagt Moni darum schnell. »Im Rechnen, ja, Harry? Und wir müssen uns eben einfach richtig verabreden. Das machen die Erwachsenen ja auch.«

»Find ich affig«, sagt Harald. »Und das jetzt, das Kaederzeug, das verstehst du?«

»Heute hab ich keine Zeit«, sagt Moni. »Wirklich nicht, Harry! Aber morgen, in Ordnung? Für morgen verabreden wir uns.«

Harald springt die Treppe nach unten. »Selber schuld«, sagt er.

Und zum ersten Mal merkt Moni, wie es Frühling wird. Natürlich hat sie es auch in den letzten Jahren immer gemerkt, das ist klar, wenn die ersten gelben Blüten an den Büschen am Kanal aufgegangen sind und kurz danach sind an den dünnen Bäumen die Knospen aufgeplatzt. Sie hat es gesehen und sie hat es gewusst, aber in diesem Jahr spürt sie es auch. Die Luft ist so warm an ihren Beinen, wenn sie zur Straßenbahn läuft, und es riecht alles so anders, dass Moni immerzu hüpfen möchte, aber mit einer Aktentasche in der Hand sieht das komisch aus.

»Merkst du das auch?«, fragt Moni, als sie mit Heike in der Pause eingehakt über den Schulhof geht. »Irgendwie fühlt sich alles so glücklich an, dass es wehtut, irgendwo drin.«

Heike tippt sich an die Stirn. »Jetzt bist du aber die Dumme!«, sagt sie. »Glücklich tut nicht weh, Mr. Ken has a dog. His name is Bob. Good morning, Mr. Ken. This is Mr. Ken's cat. Sag, was das heißt.«

In der Pause sprechen sie oft Englisch miteinander. Und vielleicht hätte ich sie nicht auf dem Schulhof fragen sollen, denkt Moni. Hier ist alles so eng und die schmutzigen Häuser drum herum. Am Kanal könnte ich Heike das erklären, auf der Böschung, aber hier geht es wirklich schlecht.

»Du kannst ja zu mir kommen, heute Nachmittag«, sagt Heike. »Dann können wir zusammen Englisch machen. Du fragst mich die Vokabeln ab, und ich frag dich die Vokabeln ab. Ich hab ein Puppenhaus.«

»Ein Puppenhaus?«, ruft Moni und weiß natürlich, dass sie dafür schon fast zu alt ist. Fast aber nur. Und außerdem hängt es vom Puppenhaus ab.

»Siehst du, ich wusste, dass du das gut findest«, sagt Heike zufrieden. »Mit Biegepuppen. Das ist noch von meiner Oma, stell dir mal vor! Dann hatte es meine Mutti, und jetzt ist es meins.«

»Mit Biegepuppen?«, fragt Moni. Biegepuppen sind das Schönste. Sie haben Arme und Beine, die man überall knicken kann, darum sind sie auch fast wie echte Menschen. Man kann sie auf einen Puppenstuhl setzen und den Kopf aufstützen lassen, und dann sieht es aus wie in Wirklichkeit. Im Spielzeuggeschäft hat Moni die immer angeguckt, vor Weihnachten, in der Innenstadt. Für Puppen ist sie natürlich eigentlich längst zu alt, aber mit Biegepuppen, das geht.

»Du hast kein Puppenhaus, oder, Moni?«, fragt Heike. »Puppen*stube*?«

Moni schüttelt den Kopf. »Meine Oma ist doch die Mutter von meinem Vati!«, sagt sie. »Und der hat ja wohl nicht mit Puppen gespielt.«

Heike kichert.

»Und meine Mutti war ausgebombt«, sagt sie. »Da war nichts mehr nach.«

Sie sagt nicht, dass sie nicht glaubt, dass Mutti als Kind ein Puppenhaus gehabt hat, mit Biegepuppen. So reich war ihre andere Oma ja auch nicht.

»Vier Uhr ist gut«, sagt Heike. »Da hab ich die Schularbeiten gemacht. Komm um vier Uhr«, und dann beschreibt sie Moni, wo sie umsteigen und wo sie aus der Straßenbahn aussteigen muss. »Nummer 23«, sagt Heike. »Kannst du dir das merken?«

Und jetzt tippt sich Moni an die Stirn.

Mutti ist natürlich nicht zu Hause, weil sie erst um fünf aus der Fabrik kommt, aber Oma ist noch da. Sie geht immer morgens ins Krankenhaus, ganz früh, und dann nachmittags noch mal. Aber mittags ist sie zu Hause.

»Dann bügel ich dir noch schnell das Buntgestreifte!«, sagt Oma, als Moni ihr erzählt, was sie am Nachmittag machen will. »Wenn du den Parallelo drüberziehst, ist es warm genug, und sehen tut man auch nichts.«

»Warum?«, fragt Moni und stochert in ihrem Teller. Schmunke, das gibt es immer, wenn der Monat fast um ist. Schwarzbrot in Malzkaffee gebröckelt. »Ich bin satt.«

»Du musst was auf die Rippen kriegen!«, sagt Oma böse. »Iss deinen Teller leer.«

»Ich mag das nicht«, sagt Moni maulig. »Und außerdem bin ich satt.«

Oma guckt sie an und seufzt. »Du weißt, dass man seinen Teller leer essen muss, Deern«, sagt sie. »Aber na gut, heute mach ich eine Ausnahme. Zieh saubere Kniestrümpfe an.«

»Warum?«, fragt Moni wieder, aber Oma hat schon die zusammengefaltete Wolldecke auf den Küchentisch gelegt und das Bügeleisen heiß gemacht.

»Die sollen nicht denken, dass wir nicht wissen, was sich gehört«, sagt Oma grimmig. »Abwaschen kannst du, wenn du wiederkommst.«

Heikes Haus findet Moni ganz leicht. Zuerst fährt sie ein Stück mit der U-Bahn, dann steigt sie um und fährt mit der Straßenbahn weiter. Und als sie aussteigt, muss sie nicht mal mehr eine Viertelstunde laufen.

Zuerst hat alles noch ausgesehen, wie Moni es kennt, aber dann werden die Straßen plötzlich ganz anders. Komisch, denkt Moni. Hier war ich noch nie. Aber überall kann man ja auch nicht sein, und sie merkt, dass sie eigentlich gedacht hat, dass es in Hamburg überall so aussieht wie bei ihnen in der Straße, wie bei ihnen oder so ähnlich. Überall, wo Mutti und Oma Leute kennen, sieht es schließlich so aus, hohe, rotbraune Häuser und Trümmer und neue hellrote hohe Häuser dazwischen. Nur die Innenstadt, die ist natürlich anders, da gibt es die Geschäfte mit den großen Schaufenstern, die Oma vor Weihnachten immer mit Moni angucken fährt, und den großen Tannenbaum am Alsterhaus. Aber sonst sieht es in der Stadt doch eigentlich überall ziemlich ähnlich aus.

Nur wo Heike wohnt, nicht, denkt Moni verblüfft. Die Häuser in Heikes Straße sind niedriger und schmutzig weiß und haben Schnörkel um die Fenster und Vorgärten, in denen blüht es überall. Vornehm, denkt Moni erstaunt. Vielleicht ist das vornehm.

Nummer 23 hat eine kleine Treppe vor der Haustür, die geht Moni jetzt hoch. Holthusen, so heißt Heike mit Nachnamen, aber das müsste Moni gar nicht wissen, weil sowieso nur ein Name auf dem Klingelschild steht. Und das Klingelschild ist ganz golden.

Aber Heike ist eine dumme Nudel, denkt Moni. Und außerdem ist sie meine Freundin.

»Ach, du bist sicher die kleine Monika!«, sagt die freundliche Frau, die Moni die Tür aufmacht. Sie trägt einen engen Rock und Pumps, obwohl sie doch zu Hause ist, und gar keinen Kittel. »Heike erwartet dich schon.«

Und geschminkt ist sie auch, denkt Moni

erschrocken. Zu Hause in ihrer Wohnung geschminkt, aber nicht wie Jenny. Nicht so, dass Oma Flittchen sagen würde.

»Heike!«, ruft die Frau und schließt die Haustür hinter Moni. »Deine Freundin ist da!«

Eine Dame, denkt Moni erschrocken. Oma würde sagen, das ist eine Dame. Jetzt besuch ich eine echte Dame bei sich zu Hause. In der Schule, die Lehrerinnen, das sind natürlich auch irgendwie Damen. Aber jetzt besuch ich eine echte Dame zu Hause.

»Ach, puuuh, ich war noch gar nicht fertig mit Mathe!«, sagt Heike und kommt die Treppe runtergesaust. Moni kennt sonst keinen, der ein ganzes Haus für sich alleine hat. »Du kannst mir gleich noch mal helfen, Moni! Mit diesem Dodekatheder!«

»Dodekaeder«, sagt Moni, aber dann wird sie rot.

Die Dame lacht. »Wenn ich so was höre, bin ich immer froh, dass ich nicht mehr in die Schule muss!«, sagt sie freundlich. »Möchtest du ablegen, Monika? Ich hab für uns drei im Esszimmer gedeckt.«

Moni schüttelt den Kopf. Wenn sie den Parallelo auszieht, sieht man, dass das Gestreifte auf der rechten Brust einen Fleck hat, den hatte schon Ingrid reingemacht, und den kriegt Oma auch mit Rubbeln nicht mehr raus.

»Geht ihr schon mal vor!«, sagt die Dame. »Ich hol nur schnell den Kaffee.«

Heike boxt Moni in die Seite. »Hier gleich rechts!«, sagt sie. »Da ist das Esszimmer. Meine Mutter hat sich richtig gefreut, dass ich dich eingeladen hab. Da kann sie dich endlich mal kennen lernen.«

Moni nickt. Das Esszimmer ist nicht so fürchterlich groß, aber vielleicht weiß sie nur nicht, wie groß Esszimmer sein müssen. Ein langer Tisch mit einer weißen Decke steht darin und Stühle mit hohen, dunkelbraunen Lehnen, und an der Wand gegenüber dem Fenster gibt es einen Schrank mit Glastüren davor, in dem kann man ganz viele Gläser sehen. Gläser und Geschirr.

»Du kannst da drüben sitzen«, sagt Heike. »Hier vorne sitzt meine Mutter immer.«

Moni geht um den Tisch. Teller stehen darauf und Tassen und ein Krug und eine Kuchenplatte. Und sogar ein Blumenstrauß.

»Kriegt ihr Besuch?«, flüstert Moni. Plötzlich ist sie froh, dass Oma ihr das Kleid aufgebügelt und dass sie saubere Kniestrümpfe angezogen hat.

Heike lässt sich auf einen Stuhl fallen und lacht. »*Du* bist doch mein Besuch!«, ruft sie. »Magst du Sandtorte?«

Moni nickt, obwohl sie Sandtorte eigentlich ziemlich langweilig findet. Aber dafür ist sie vielleicht vornehm.

»So, euer Kakao ist ja schon da!«, sagt Heikes Mutter, als sie aus der Küche zurückkommt mit einer kleinen Kanne in der Hand. Daraus schenkt sie sich vorsichtig ein. »Sei nicht schüchtern, Monika! Nimm dir selbst.«

»Danke schön«, murmelt Moni.

Die Sandtorte wälzt sich klebrig durch ihren Mund und lässt sich überhaupt nicht gut schlucken. Wenigstens Marmorkuchen, denkt Moni. Oder Buttercreme. Auch wenn das vielleicht nicht so vornehm ist.

»Heike hat sich so gefreut, dass ihr in derselben Klasse seid!«, sagt Heikes Mutter. »Nach der Prüfung hat sie sich geärgert, dass ihr nicht eure Adressen ausgetauscht hattet.«

Ich auch, denkt Moni. Aber sagen kann sie es nicht. Die Sandtorte wälzt sich noch immer.

»Und nun sitzt ihr sogar nebeneinander!«, sagt die Mutter aufmunternd. »Ich hab mich wirklich für Heike gefreut. Kanntest du sonst auch niemanden in der Klasse?«

»Doch«, sagt Moni. Sie hofft, dass man in ihrem Mund nichts mehr von dem Sandtortenkleister sieht. Spüren kann sie ihn noch genau. »Rosi.«

»Rosi?«, fragt Heikes Mutter freundlich.

»Ach, die Rosi doch, Mutti!«, ruft Heike. »Von der hab ich dir doch erzählt! Die so langweilig ist! Die hat noch immer lange Strümpfe an, stell dir mal vor!«

Ihre Mutter lacht. »Von den Strümpfen muss man es vielleicht nicht abhängig machen, ob man jemanden mag«, sagt sie. »Was sagst du dazu, Monika?«

Moni schüttelt den Kopf. Sie könnte jetzt sagen, dass sie glaubt, dass Rosi ihre Sachen auch immer erbt, und vielleicht sind ihr ja alle Kniestrümpfe zu klein. Und noch geht es doch schließlich mit den langen Strümpfen.

Heikes Mutter bricht ein Stück von ihrem Kuchen ab. So macht man es also, denkt Moni erschrocken. Und ich hab einfach abgebissen. Jetzt denkt sie bestimmt, ich bin nicht erzogen.

»Heike hat erzählt, dass dein Vater vermisst ist«, sagt sie. »Das tut mir leid.«

Moni nickt. Vermisst ist gut. Vermisst kann man überall erzählen.

»Und dass deine Mutter ihn nicht für tot erklären lassen will«, sagt die Mutter. »Davor habe ich Respekt.«

Moni spürt, wie sie rot wird. »Es ist wegen meiner Oma«, sagt sie. »Von der ist mein Vati der Sohn.«

Die Mutter nickt. »Ich hab selber drei Söhne, das weißt du ja«, sagt sie. »Bestimmt hat Heike von ihren Brüdern erzählt.«

Heike rollt mit den Augen.

»Vielleicht könnte ich das auch nicht«, sagt die Mutter. »Wirklich, ich habe Respekt.«

Auf Monis Teller liegt immer noch der Kuchen und sieht trocken und bröselig aus.

»Und da wohnt ihr nun alle zusammen«, sagt die Mutter. »Deine Mutter, deine Oma und du. Sicher muss deine Mutter arbeiten.«

Moni nickt. Gerade wollte sie wieder abbeißen.

»Aber deine Oma kann sich doch bestimmt um dich kümmern«, sagt die Mutter freundlich. »Oder arbeitet die auch?«

»Im Krankenhaus«, flüstert Moni, und dann denkt sie, dass das dumm von ihr war, so dumm.

»Oh?«, sagt die Mutter, die eine Dame ist. »Davon hat Heike ja gar nichts erzählt! Aber Ärztin ist sie nicht?«

Moni schüttelt schnell den Kopf. Man soll nicht lügen und sie kann auch nicht gut lügen, immer merkt man es ihr an. »Krankenschwester«, flüstert sie und weiß selber nicht, warum sie das gesagt hat.

»Na, dann haben wir ja sogar familiäre Gemeinsamkeiten!«, sagt Heikes Mutter freundlich. »Du darfst deinen Kuchen ruhig liegen lassen, Monika. Und ich verabschiede mich jetzt. Schließlich bist du gekommen, weil ihr spielen wollt«, und sie steht auf und lächelt Moni zu. »Wenn ihr mögt, könnt ihr nachher noch fernsehen. Heute gibt es Kinderprogramm.«

Moni nickt. Schließlich ist es doch ganz egal, was Oma im Krankenhaus macht. Es ist nicht gut erzogen, wenn man andere ausfragt.

Zuerst spielen sie in Heikes Zimmer mit dem Puppenhaus. Heike hat ein Zimmer ganz für sich alleine, und dabei hat sie doch drei große Brüder, und die haben auch ihre Zimmer. Das Puppenhaus ist so wunderschön, dass Moni gleich merkt, sie ist noch lange nicht zu alt dafür. Sie spielen, dass die Familie Ken heißt, Mr. Ken und Mrs. Ken und John Ken und Mary Ken. Die Omapuppe heißt Grandmother Ken. Und alle sprechen sie nur Englisch. Die Wörter, die sie noch nicht kennen, sagen Moni und Heike einfach auf Deutsch.

»Oh, was für eine nice new doll du hast!«, sagt Moni Mrs. Ken zu ihrer Tochter, und Heike Grandmother Ken schnauzt John an. »Now räum aber mal ganz fix your room auf!«

»Jungs sind immer so unordentlich!«, sagt Heike.

Moni hat Mary Ken die Beine umgeknickt und sie auf das Herrenzimmersofa gesetzt. »Du hast es gut, dass du ein Zimmer ganz für dich alleine hast«, sagt sie.

Heike tippt sich gegen die Stirn. »Das geht ja wohl nicht anders!«, sagt sie. »Stell dir mal vor, mit meinen Brüdern! Aber früher hatten wir Einquartierung. Das war schrecklich.«

»Ja?«, sagt Moni. Einquartierung haben sie zum Glück nie gehabt. Dabei hätten sie natürlich auch ein Zimmer abgeben können. Schließlich haben sie zwei und auch noch die Küche.

»Ich hab das eigentlich schon vergessen«,

sagt Heike. »Das waren schreckliche Leute. Plebs, weißt du. Hat meine Mutter gesagt. Und so haben die sich natürlich auch aufgeführt. Meine Oma hat immer geweint. Da hat sie ja noch gelebt.«

»Oh«, sagt Moni. Sie könnte natürlich Oma fragen, was Plebs ist. Aber irgendwie weiß sie das auch selber.

»Mädchen?«, ruft von unten eine Stimme die Treppe hoch. »Möchtet ihr Fernsehen gucken?«

»Wir spielen grade so schön!«, ruft Heike zurück, aber Moni ist schon aufgestanden.

»Lass uns doch!«, sagt sie bittend.

Heike lässt Grandmother Ken auf dem Giebel balancieren. »Das ist nur diese blöde Bastelstunde!«, sagt sie. »Das ist langweilig!«

»Basteln?«, fragt Moni verblüfft. »Im Fernsehen?«

»Da sieht man dann, wie das gehen muss«, sagt Heike. »Nee, aber manchmal sind auch ein paar Dösige dabei, die kriegen das nicht hin«, und sie seufzt und steht auf. »Na gut, wir können das angucken.«

Dann laufen sie zusammen die Treppe nach unten und in ein anderes Zimmer, in dem stehen ein Sofa und drei Sessel und ein moderner Nierentisch. Und in einer Ecke steht eine Musiktruhe, wie Mutti sie sich schon so lange wünscht, und daneben ein Schränkchen mit schrägen Beinen und geöffneten Türen, hinter denen man den Bildschirm sieht.

»Wir dürfen auf dem Fußboden sitzen«, sagt Heike.

Moni spürt, wie sie vor Aufregung anfängt zu zittern. Aber zum Glück nur innerlich.

Vor zwei Jahren ist sie mit Oma ins Weihnachtsmärchen gegangen, im Kirchensaal. Da waren die Fenster alle zugezogen und vor der Bühne hing ein dunkelroter Vorhang aus Samt. Dann sind die Lichter ausgegangen und der Vorhang hat sich geöffnet, und nur auf der Bühne war es noch hell. Und da stand ein kleines Haus, das war natürlich aus Pappe, und ein kleiner Brunnen, der war auch aus Pappe, und davor hat eine Frau gesessen, die sollte ein Mädchen sein, das hat man aber nachher erst gemerkt. Das Märchen war »Frau Holle«, und Moni weiß noch, wie doll ihr Herz geschlagen hat, furchtbar lange, dass sie überhaupt gar nicht aufpassen konnte. Sie musste Omas Hand halten, ganz fest, sonst hätte sie die Aufregung nicht ausgehalten und die Freude und die Angst. Und jetzt fühlt sie sich wieder so.

Dabei ist es doch hell im Zimmer, denkt Moni. Und jetzt bin ich ja auch längst zehn. Und die Menschen sind nicht echt, auch wenn sie so aussehen, und man kann sie wegschalten, wenn man will.

»Ich guck das sonst nie«, sagt Heike. »Oh, nee, du, Moni, findest du nicht auch, dass das langweilig ist?«

»Psst!«, sagt Moni. Gerade hat die schwarzhaarige Frau den Jungs erklärt, wie sie das Papier falten sollen. Ihren kleinen Freunden zu Hause an den Bildschirmen hat sie gesagt, dass es buntes Glanzpapier ist, das kann man natürlich leider nicht sehen. Aber vorstellen kann Moni es sich gut.

»Wenn ich gut gelernt hab, darf ich sogar abends gucken«, sagt Heike. »›Die Familie Schölermann‹. Das ist lustig! Und traurig.«

»Ja?«, sagt Moni. Um die nette Frau herum versuchen die Jungs jetzt, ihre Papiere genau so zu falten, wie sie es ihnen gezeigt hat, und wenn einer es nicht schafft, hilft sie ihm und hält dabei das Papier hoch in die Luft für die kleinen Freunde an den Bildschirmen.

Das bin ich, denkt Moni. Oh, die Freunde an den Bildschirmen, das bin ich.

»Evchen mag ich am liebsten«, sagt Heike. »Das ist die Tochter, weißt du? Und die hat zwei Brüder, na, da hat sie Glück, nur zwei, und beim letzten Mal ...«

Es ist wunderschön, denkt Moni. Fernsehen. Es ist wie richtiges Leben, aber hier einfach so im Wohnzimmer. Wer sich so was Schönes ausgedacht hat.

»So, ihr beiden«, sagt Heikes Mutter, als die Jungs fertig gebastelt haben. »Nun muss Monika sicher nach Hause. Sonst sorgt sich ihre Mutti.«

Moni steht auf. Sie könnte noch viel, viel länger zugucken, egal, ob es langweilig ist.

»Vielen Dank für den schönen Nachmittag«, sagt sie und hält Heikes Mutter die Hand hin. Das hat Oma ihr beigebracht, als sie zum ersten Mal zu einem Kindergeburtstag eingeladen war. Ruth hat immer gefeiert, aber die ist ja nun nicht mehr in ihrer Schule, und Gila, aber die geht auch woandershin. Und Rosi feiert nie.

»Es war schön, dich kennen zu lernen!«, sagt Heikes Mutter und öffnet die Haustür. »Du darfst gerne einmal wieder kommen.«

Moni nickt und macht einen Knicks, wie sie das immer macht, wenn sie nicht genau weiß, was sie sagen soll. Dann flitzt sie durch den Vorgarten zur Pforte und weiter zur Haltestelle.

Als sie in die Straßenbahn steigt um zurückzufahren, scheint die Sonne nicht mehr. »Nächstes Mal komm ich zu dir«, hat Heike im Flur gesagt und Moni hat genickt. Irgendeinen Grund gibt es immer, warum das grade nicht klappen kann.

8

Den ganzen Weg von der U-Bahn bis nach Hause hat Moni vor sich hin gesummt. Laut auf der Straße singen geht ja nicht mehr, wenn man schon zehn Jahre alt ist, aber summen merkt schließlich keiner.

Was für ein schöner Nachmittag das war! Mutti wird staunen, wenn sie ihr das von dem Fernseher erzählt und dem Esszimmer und dass Heikes Familie ein ganzes Haus für sich alleine hat mit goldenem Klingelschild. Und Oma sagt bestimmt: »Na süchst du, Deern? Hebb ick ni Recht hat? Wie gut, dass du dir noch was Frisches angezogen hast.«

Vor den Nissenhütten spielen die Kinder Wer-fürchtet-sich-vorm-schwarzen-Mann, das hat Moni jetzt verpasst. Aber es macht nichts. Bald kommt der Sommer, und dann können sie jeden Tag, jeden Tag draußen spielen.

»Huhu, Harald«, ruft Moni und winkt. »Huhu, Harald!«

Und ohne zu warten, ob Harald zurückwinkt, drückt sie die Tür zum Treppenhaus auf. Im zweiten Stock steht Frau Pape in ihrer geöffneten Wohnungstür und unterhält sich mit Oma.

»Ich will nicht zu viel verraten!«, sagt sie gerade. »Aber mir sind die Tränen gekommen, als ich meinem Mann vorgelesen habe. Er hat gesagt: Hilde, das ist eine Geschichte, die schickt uns der liebe Gott. Uns und den anderen Menschen in Deutschland. Damit wir begreifen: Andere haben auch ein schweres Schicksal.«

Oma nickt und legt Moni den Arm um die Schultern. »Jeder seins«, sagt sie.

»Und mein Mann hat gesagt«, sagt Frau Pape, »nun musst du das aber endlich der Frau Schleier zu lesen geben. Das ist doch ihre Geschichte! Das ist doch ihr Schicksal! Frag sie, ob sie das gelesen hat.«

»Wir kaufen die ›Hör zu!‹ ja nicht«, sagt Oma. »So viel Radio hören wir ja nicht. Aber auf der Arbeit, doar hebb se dovon snackt.«

»Es ist alles so wahr!«, sagt Frau Pape. »Ein Kriegsschicksal, zehn Jahre danach. Mein Mann hat gesagt, noch deutlicher kann man nicht erzählen, wie viel Unglück dieser furchtbare Krieg auch jetzt noch über uns bringt.«

»Na«, sagt Oma, und Moni merkt erstaunt, wie grimmig sie redet. »Wie ich das gehört hab, zeigt die Geschichte, wie viel Unglück Frauen über uns bringen, die nicht wissen, wo sie hingehören.«

Im Wohnungsflur öffnet sich eine Tür. »Hilde?«, sagt Herr Pape mit seiner lieben Stimme. Moni sieht, dass er in der Wohnung die dunkle Brille nicht trägt, und guckt schnell auf den Boden.

»Gleich!«, sagt Frau Pape. »Ich geb Frau Schleier nur schnell das ›Suchkind‹. Hattest du doch vorgeschlagen!«

»Ich will Sie auch gar nicht aufhalten!«, sagt Oma. Vielleicht mag sie Herrn Pape ohne Brille auch nicht angucken. »Vielen Dank! Wenn wir das gelesen haben, kriegen Sie es zurück. Wenn wir dann vielleicht auch noch die letzten Fortsetzungen haben können. Dass man weiß, wie es ausgeht.«

»Natürlich!«, sagt Frau Pape, und Moni hat das Gefühl, dass sie sich ein bisschen mehr in den Flur zurückzieht, als wollte sie ihren Mann abschirmen vor Omas und Monis Blicken. »Lassen Sie sich Zeit!«

»Was ist das?«, fragt Moni, als Oma die Wohnungstür aufschließt.

Oma hat einen dicken Stapel herausgerissene Zeitschriftenseiten in der Hand. »›Suchkind 312‹«, sagt sie. »Aus der Rundfunkzeitung. Hat Frau Pape alles aufgehoben, jede Fortsetzung. Nun ist das fast zu Ende.« Und sie geht in die Küche, wo Mutti gerade ihre Haare gewaschen hat. Das sieht Moni sofort, weil Mutti vor dem Ausgussspiegel sitzt mit einem Handtuch um den Kopf und der Abwaschtisch ist ausgezogen und beide Schüsseln sind voll Wasser und über dem Ofenloch dampft immer noch der Wasserkessel ohne Tülle.

»Na, meine große Tochter«, sagt Mutti. In der letzten Zeit ist sie viel fröhlicher als sonst, denkt Moni. Vielleicht freut sie sich auch, dass es Frühling wird.

Wenn nur Oma freundlicher wäre, Oma ist jetzt immer so multschig. Mit Moni vielleicht nicht so doll. Aber mit Mutti redet sie überhaupt nicht mehr viel.

»Gehst du aus?«, fragt Moni. »Mitten in der Woche?«

Mutti lacht. »Ins Kino!«, sagt sie. »›Der Förster vom Silberwald‹. Da heulen sie alle wie die Schlosshunde, sagt Jenny.«

»Holt sie dich ab?«, fragt Moni. Aber bevor Mutti antworten kann, hat Oma die Zeitschriftenseiten auf den Küchentisch geknallt.

»Und du solltest das auch lesen!«, sagt sie. »Hier! Das ist die Wirklichkeit! Da kannst du lesen, wie es ausgehen wird!«

Mutti zieht ihre Brauen nach. Dann nimmt sie das Handtuch von den Haaren und fühlt, ob sie trocken sind.

»Was ist die Wirklichkeit, Oma?«, fragt Moni. Vielleicht kann sie die Geschichte auch lesen. Heike hat ihr schon lange kein Buch mehr geliehen.

»Mit deiner Jenny also«, sagt Oma. »Bitte sie doch rein! War ja schon lange nicht mehr hier, die Jenny. Und dabei habt ihr doch sonst immer in meiner Küche gehockt.«

»Sie holt mich nicht ab«, sagt Mutti und nimmt einen Wickler aus den Haaren. Ein bisschen feucht sind sie noch, das kann Moni sehen.

»Sie holt dich nicht ab!«, sagt Oma und baut sich neben Mutti auf. »Schon lange nicht mehr, was? Und dabei seid ihr doch ständig zusammen unterwegs! Sagst du!«, und Moni denkt, dass Oma jetzt wieder zu wachsen und groß und mächtig zu werden versucht, aber wie sie da neben Mutti steht, die ruhig und wie gelangweilt den Wickler zurück ins Haar dreht, gelingt es ihr nicht.

Es hat schon lange nicht mehr geklappt, denkt Moni erschrocken. Oma kann Mutti gar keine Angst mehr machen, und sie denkt, dass sie sich darüber doch eigentlich freuen müsste, weil sie sich immer so gefürchtet hat, wenn Oma plötzlich eine fremde, bedrohliche Frau geworden ist, eine ganz fremde, bedrohliche Frau, aber stattdessen wird sie nur traurig.

»Ich geh noch mal raus!«, sagt Moni und schlüpft aus der Tür, bevor es ihr noch jemand verbieten kann.

Harald kann ich das auch erzählen, denkt Moni, während sie die Treppe nach unten hüpft. Das letzte Stück rutscht sie auf dem Geländer. Von Heike. Von dem Fernseher und dem Esszimmer und dem goldenen Klingelschild. Harald staunt bestimmt.

Vor den Nissenhütten spielen sie immer noch. Olaf ist der schwarze Mann, und die anderen rennen.

»Harry!«, ruft Moni und winkt. Bei der nächsten Runde könnte sie mitspielen. Aber erst mal will sie Harald alles erzählen. »Harry!«

»Na?«, sagt Harald und kommt ganz langsam zu ihr rübergeschlendert.

»Mensch, du, Harry!«, ruft Moni. »Ich war Fernsehen gucken!«

Harald guckt sie an, aber er sagt nichts.

»Bei Heike, weißt du?«, ruft Moni. »Aus meiner Klasse. Die haben einen eigenen Fernseher und ein eigenes Esszimmer, Harry, und ein ganzes Haus nur für sich alleine, mit goldenem Klingelknopf, und ihre Mutter ist eine Dame, weißt du, so, dass man das sieht!«

Harald dreht sich um und geht zu den anderen zurück. »Wir waren verabredet«, sagt er über die Schulter, und da fällt es Moni auch wieder ein, und plötzlich schämt sie sich so doll, dass sie Harald am liebsten nachlaufen würde. Sie hat das mit dem Verabreden doch gestern selber vorgeschlagen, und Harald hat gesagt, er findet es affig, und nun hat sie es sogar noch vergessen.

»Harry!«, ruft Moni. »Das war nur wegen Englisch! Wir mussten Schularbeiten zusammen machen!«

Jetzt dreht Harald sich blitzschnell wieder um. »Das glaubst du doch selber nicht!«, sagt er. »Oh, ein Fernseher, oh, ein Esszimmer, oh, ein goldener Klingelknopf!«, und er tritt nach einem Stein, der auf dem Gehweg liegt. »Oh, die wunderbare Heike, oh, die vornehme Mutter!« Und er zeigt Moni einen Vogel.

Aber jetzt darf Moni auch wütend sein.

»Du bist ja nur neidisch!«, ruft sie. »Die waren nett! Und da kann ich doch nichts dafür, dass die reich sind!«

»Nee, aber dagegen hast du auch nichts«, sagt Harald. »Tschüs. Ich muss mitmachen.«

»Harry!«, sagt Moni. Plötzlich weiß sie, dass Harald nicht einfach nur eifersüchtig ist. Dann würde er sich doch wohl nicht so aufregen, nur weil Moni vergessen hat, dass sie heute Nachmittag zusammen Wäsche austragen wollten. »Harry, das war doch nur heute! Und morgen hab ich ja Zeit. Und überhaupt immer, Harry! Wir können doch immer was zusammen machen, aber Heike ist so weit weg, und die besuch ich nur manchmal.«

Da bleibt Harald stehen. Einen Augenblick sieht es aus, als ob er weinen muss, vielleicht wartet er darum noch mit dem Reden.

»Wir ziehen weg«, sagt er dann. »Ist nichts mehr mit Immer-was-zusammen-Machen. Nach Australien.«

Moni sieht, wie Olaf sich Hilli schnappt.

Nun muss sie beim nächsten Mal der schwarze Mann sein. »Nach Australien?«, fragt Moni. »Warum das denn?«

Und vielleicht merkt Harald, wie verblüfft sie ist, weil er sie jetzt mit dem Kopf in den Hauseingang winkt, da setzen sie sich unten neben die Kellertür, wo keiner sie stören kann.

»Nächste Woche fahren wir«, sagt Harald. »Ich hab's dir vorher nicht gesagt, weil es noch nicht ganz sicher war. Meine Mutter wollte das nicht. Sie hat gesagt, wir sollen nichts erzählen, Ina und ich. Nachher klappt es nicht und dann reden die Leute nur.«

Moni guckt auf ihre Beine. Australien, Australien. Australien.

»Kannst du dir doch vorstellen: ›Na, das haben die sich so gedacht, die Polacken, aber so blöde sind die in Australien ja auch nicht, dass sie da jeden Flüchtling haben wollen!‹«, sagt Harald. »Das wollte meine Mutter nicht.«

»Ina hätte das beinah verpetzt«, sagt Moni. Plötzlich erinnert sie sich an die Schultüte.

Und dann, jetzt erst, versteht sie, worüber sie sprechen, versteht sie es wirklich. »Harry!«, schreit Moni so laut, wie man es im Treppenhaus überhaupt gar nicht darf, wenn man ein Kind ist. »Und dann kommst du nie mehr wieder?«

Harald schüttelt den Kopf. »Nee«, sagt er, und jetzt hört Moni genau, dass er gleich weint. »Weißt du, wo das liegt? Australien?«

Moni schüttelt den Kopf und guckt zur Seite, damit Harald denken kann, sie hat das mit dem Weinen nicht gemerkt.

»Sauweit!«, sagt Harald, und seine Stimme zittert. »Noch weiter geht gar nicht!«, und dann legt er seinen Kopf auf die Knie, und seine Schultern zucken.

»Harry!«, flüstert Moni. »Harry!« Aber sie weiß nicht, ob sie ihn streicheln darf.

Harald zieht die Nase hoch. »Sag das keinem!«, murmelt er drohend. »Dass ich geflennt hab! Wir fahren mit dem Schiff. Und viel mitnehmen können wir nicht.«

»Mensch, Harry«, flüstert Moni.

»Na, was hättest du denn getan?«, fragt Harald. »Glaubst du, mein Vater hätte hier jemals wieder eine eigene Schreinerei gekriegt? Hier sind wir doch immer die Polacken. Aber in Australien, da wollen sie deutsche Handwerker, das deutsche Handwerk hat einen guten Ruf in Australien, haben sie meinem Vater gesagt, als er sich erkundigt hat. Und das Land ist so riesig und ganz wenige Menschen drin. Da ist für jeden Platz, der arbeiten kann.«

»Aber ihr habt doch Geld gekriegt, oder?«, fragt Moni. »Hat meine Oma gesagt. Wer im Osten was hatte, hat hier dafür Geld gekriegt. Da hättet ihr doch hier auch eine Firma aufmachen können.«

Harald tippt sich an die Stirn. »Lastenausgleich!«, sagt er. »Weißt du, was man da alles für Papiere gebraucht hat? Und wie man das beweisen musste, was man mal gehabt hat? Das kann doch keiner! Das bisschen Geld, das wir da gekriegt haben, das war doch gar nichts, hat mein Vater gesagt.« Harald zieht wieder die Nase hoch. »Aber in Australien«, sagt er, »da kann das unser neuer Anfang sein.«

»Was sprechen die da?«, fragt Moni. »Auch Deutsch?«

Harald schüttelt den Kopf. »Englisch«, sagt er. »Meine Eltern üben schon immer. Und Kinder lernen das ganz schnell, haben die gesagt. Wenn sie erst mal im Land sind. Die vergessen nachher sogar, dass sie mal Deutsch gesprochen haben.«

»Du nicht, Harry!«, ruft Moni erschrocken. »Du musst mir doch schreiben!«

Harald guckt sie an. Jetzt ist seine Stimme wieder ganz ruhig. »Weißt du, wie lange ein Brief von Australien braucht?«, sagt er. »Bestimmt einen Monat. Ich wollte dich eigentlich fragen, ob du meine Tour übernehmen willst. Darum wollte ich dich treffen. Mit dem Geld, das läuft grade ganz gut. Aber manche kaufen sich jetzt natürlich auch solche elektrischen Waschmaschinen, da werden die Kunden weniger.«

Moni versucht wegzudenken von Australien. Wenn Harald ihr das vor zwei Monaten vorgeschlagen hätte. Immer hat sie ihn um seine Wäschetour beneidet. Aber jetzt geht es nicht mehr. Wegen der Schule. Jeden Nachmittag, bestimmt erlaubt Oma das nicht.

»Ich muss lernen«, sagt sie darum. Sie sieht, dass Harald gekränkt ist. Jeder will bestimmt gerne seine Tour haben, aber ihr hat er sie als Erster angeboten. Und nun sagt sie nein.

»Dann frag ich Manfred«, sagt Harald und steht auf. »Ich muss jetzt nach Hause.«

Moni klopft sich den kalten Po ab. »Harry?«, sagt sie. »Aber ich schreib dir bestimmt!

Auch wenn das lange dauert. Du musst mir nur deine Adresse schicken.«

Harald dreht sich nicht mehr um, und als die Haustür zufällt, gibt er ihr noch einen Tritt dazu.

Einen Augenblick bleibt Moni neben der Kellertür stehen. Sie weiß nicht, ob sie jetzt Wer-fürchtet-sich-vorm-schwarzen-Mann spielen möchte. Aber nach oben in die Wohnung zurück, wo Oma und Mutti so schrecklich miteinander reden, möchte sie auch nicht.

Moni drückt die Haustür auf. Auf der anderen Straßenseite spielen sie immer noch, aber Harald ist nicht dabei.

Sie geht die zehn Schritte zum Kanal und setzt sich auf die Böschung. Die Erde ist wärmer als der Treppenhausterrazzo.

Auf der anderen Seite wachsen Bäume und sehen nach Frühling aus. Früher hat es hier einmal eine Brücke gegeben, vor dem Krieg, da konnte man ganz leicht nach drüben, hat Oma gesagt. Aber dann ist eine Bombe darauf gefallen, in einer Nacht, die »Feuersturm« heißt. Dass die Brücke kaputt ist, ist weiß Gott nicht das Schlimmste, hat Oma gesagt. Ob man nun zwei oder fünfzehn Minuten braucht bis zur Kirche auf der anderen Seite, so oft gehen wir da sowieso nicht hin. Die Häuser, das war das Furchtbare.

Aber unsers ist heil geblieben, hat Moni gesagt.

Unsers ist heil geblieben, hat Oma geantwortet. Aber was wir sehen mussten, als wir aus dem Bunker gekommen sind. Das vergisst man nicht, Deern.

»Was denn?«, hat Moni gefragt, aber Oma hat nur den Kopf geschüttelt.

»Sei froh, dass du da noch nicht auf der Welt warst«, hat sie gesagt. »Die Kinder, die das miterleben mussten.«

Aber ich muss auch was miterleben, denkt Moni. Sie spürt, wie ihre Augen feucht werden. Über den Häusern auf der anderen Seite färbt sich der Himmel rötlich. Gleich geht die Sonne unter. Jetzt zieht Harald nach Australien, und dabei ist er doch immer da gewesen. Immer verschwinden die Männer und die Jungs, mein Opa und mein Vati und Hillis Papa und jetzt verschwindet auch Harald. Nur die Mädchen und die Frauen, die bleiben, darauf kann man sich verlassen. Mutti hat ganz Recht, dass sie sich so oft mit ihrer Jenny trifft. Auch wenn Oma wütend ist, weil sie findet, Jenny ist ein Flittchen und nun wird Mutti nur wegen ihr auch langsam eins.

Moni wischt sich mit dem Handrücken über die Augen. Kein Grund zu heulen. Schließlich ist Harald nur ein ganz normaler Junge, den sie immer schon gekannt hat. Die Tränen kommen nur, weil der Himmel so blutrot ist und die Luft immer noch lau und weil die Büsche auf der Böschung blühen, als gäbe es nichts Wichtigeres auf der Welt.

Moni steht auf und dreht sich um. Ich geh nach Hause, denkt sie. Vielleicht lässt Oma mich ja lesen. Diese Geschichte, die so wahr ist wie die Wirklichkeit.

Die Haustür wird aufgerissen, nur ein paar Schritte von Moni entfernt, und Mutti stürmt aus dem Haus. Ihren Mantel hat sie über den Arm gehängt, und ihre Haare sind am Hinterkopf immer noch ein kleines bisschen feucht.

»Mutti!«, ruft Moni, aber Mutti hört sie nicht, weil sie schon angefangen hat zu laufen, in die andere Richtung zu laufen, die Straße hoch bis zum Wiesendamm.

Da steht ein Mann mit einem Moped, der beugt sich jetzt vor, als Mutti kommt, und nimmt eine Hand vom Lenker und zieht Mutti zu sich heran. Und Mutti knöpft ihren Mantel zu und setzt sich hinter dem Fremden auf den Gepäckträger. Dann hört Moni, wie der Mann den Motor anlässt, bis zu ihrem Platz am Kanal kann sie es hören; und die beiden verschwinden hinter den Häusern.

9

»Englisch!«, sagt Moni und beißt gleich noch einmal ab. Bei Hilli macht es nichts, wenn man mit vollem Mund spricht. »Das ist mein Lieblingsfach.«

»Schön!«, sagt Hillis Mutter und hält ihr den Teller hin, auf dem der Kuchen liegt, jedes Stück ordentlich schwarz-weiß gestreift. »Dann kannst du dich später mit Menschen auf der ganzen Welt unterhalten. Und das ist ja wichtig. Wenn die Menschen in den verschiedenen Ländern miteinander sprechen können, gibt es nicht so viele Missverständnisse. Und vielleicht gibt es dann auch nicht so schnell wieder Krieg.«

Moni nimmt sich noch ein Stück Kuchen. Schwarzer Igel, deshalb ist sie jetzt überhaupt bei Hilli drüben. Hilli hat Geburtstag, aber eine richtige Feier gibt es nicht. Den Kuchen gibt es, Schwarzer Igel, das ist der schönste, den Moni sich vorstellen kann, immer eine Lage Kekse und eine Lage Schokolade. Hillis Geburtstagskuchen.

»Ich kann doch gegen Krieg nichts machen, nur weil ich Englisch kann!«, sagt sie. Das ist wieder so ein typisches Hillis-Mutter-Gespräch. Mit Hillis Mutter redet Moni immer über ganz andere Dinge als mit Mutti und Oma. Oder mit der Mutter von Heike, zum Beispiel.

Hillis Mutter lacht. »Aber mit den Menschen aus den Ländern unterhalten kannst du dich!«, sagt sie. »Dann kann dir keiner mehr so schnell einreden, dass das deine Feinde sind.«

Moni schüttelt den Kopf. »Als ob ich da mal hinkommen würde!«, sagt sie und stellt sich England vor, wo sie Englisch sprechen, und Amerika. Das ist ja so weit, nie im Leben kann sie dahin reisen. Oder nach Australien.

»Abwarten!«, sagt Hillis Mutter. »Noch Kakao?«

Moni nickt. Sie weiß ganz genau, dass ihr gleich übel wird, Kakao und Schwarzer Igel zusammen, davon wird ihr immer übel. Aber wer weiß, wann es wieder so etwas Gutes gibt.

Hillis Mutter schenkt ihr ein. Sie ist fast so alt wie Oma, denkt Moni. Viel zu alt für eine Mutter, die arme Hilli. Aber das kommt, weil ihr Vater so viele Jahre eingesperrt war, im Lager, bei diesem Hitler, von dem man immer hört, aber nie so richtig, und erst als der Krieg zu Ende war, ist Hillis Vater wieder nach Hause gekommen. Und dann ist ja auch gleich Hilli geboren. Aber leider hat sie nun so schrecklich alte Eltern, dass einer davon sogar schon tot ist.

»Wenn es da schön ist, auf deiner Schule«, sagt Hillis Mutter, und das ist nun doch ein ganz normales Müttergespräch, »vielleicht kann Hilli da dann in zwei Jahren ja auch hingehen. Wenn sie fleißig ist.«

»Ich erzähl das dann«, sagt Moni, wieder mit vollem Mund. »Ob das gut ist.« Und sie denkt, dass Hilli doch eigentlich jetzt schon ziemlich schlau ist, von manchen Sachen weiß sie mehr als Moni. Aber nicht von Mathe.

»Wenn ihr satt seid, können wir eine Runde Mensch-ärgere-dich-nicht spielen!«, sagt Hillis Mutter und nimmt schon den Teller mit dem Schwarzen Igel vom Tisch. »Aber diesmal schlage ich euch, das wäre ja gelacht.«

»Tust du nicht!«, schreit Hilli und holt den Kasten aus dem Schlafzimmer.

Moni leckt sich die Finger ab. Sie weiß sowieso, dass sie wieder gewinnt, bei Hilli gewinnt sie meistens, und Erwachsene können auch nicht so gut Mensch-ärgere-dich-nicht spielen. Es ist schön, dass Hilli Geburtstag hat.

»Bitte!«, sagt Moni und stellt den Teller auf den Küchentisch. Vier Stücke Igel hat Hillis Mutter ihr noch mitgegeben, für Mutti und Oma. »Den Teller sollen wir bitte wieder zurückgeben.«

»Muss die das extra sagen?«, fragt Oma böse und poliert die Herdstange mit dem Rücken zur Küche. »Haben wir schon mal was behalten von ihr?«

Moni guckt erschrocken. Auf dem Sofa sitzt Mutti und näht einen Knopf an ihrer Wolljacke an. Mutti guckt nicht auf.

»Nee«, sagt Moni schnell. »So meint sie das doch nicht, Oma.«

»Nein?«, sagt Oma, und jetzt dreht sie sich blitzschnell zu Moni um. »Und was hat sie dir erzählt?«

»Von dem Teller?«, fragt Moni überrascht.

Oma schlägt mit der flachen Hand auf den Herd. Sie heizen schon lange nicht mehr ein, nicht jetzt im Mai. Nur noch zum Kochen.

»Von gestern!«, sagt Oma. »Hett se doch

bestümmt! Darum hat sie dich doch rübergeholt!«

»Also, Mutter!«, sagt Mutti und rollt mit den Augen. Moni hat sie gefragt. Wer der Mann war, neulich abends. Und Mutti hat gesagt, ein Freund von Jenny. Der hat sie abgeholt, weil er doch das Moped hat. Aber Oma muss das nicht wissen.

Moni weiß, dass Mütter nicht lügen. Mütter lügen nicht. Trotzdem fällt ihr der Mann auf dem Moped zwischendurch immer wieder ein.

»Hilli hat doch Geburtstag!«, sagt sie. »Weißt du doch! Ich hab ihr doch auch das Buch geschenkt!«

Oma lacht. »Geburtstag hat die doch noch nie gehindert zu schnacken!«, sagt sie, aber jetzt mischt Mutti sich ein.

»Habt ihr da in der Schule nicht drüber gesprochen, Moni?«, fragt sie. »Dass Deutschland seit gestern wieder volle Souveränität hat?«

»Volle Souveränität, oha!«, ruft Oma. »Na, nun werden wir vornehm! Volle Souveränität!«

»Was heißt das denn?«, fragt Moni.

Mutti seufzt. »Nach dem Krieg, da haben

ja die Besatzungsmächte noch über Deutschland bestimmt«, sagt sie. »Die Engländer bei uns und woanders die Amerikaner und die Franzosen. Um aufzupassen, dass die Hitlerleute nicht wieder ihre Sachen machen, weißt du. Aber seit gestern sind wir wieder genauso ein Land wie alle anderen Länder auch. Jetzt bestimmen wir wieder selber über uns.«

Moni überlegt, warum Oma nicht will, dass Hillis Mutter ihr so was erzählt. Da kann doch eigentlich niemand was dagegen haben. Außer, weil es langweilig ist.

»Warum soll Hillis Mutter mir das denn nicht erzählen?«, fragt sie, aber Oma antwortet nicht. Sie poliert und poliert, und dabei kann die Stange bestimmt nicht mehr glänzender werden.

»Weil die dagegen waren«, sagt Mutti. »Und Oma will nicht, dass sie dich mit ihrer komischen Meinung indoktriniert.«

Moni fragt nicht, was »indoktriniert« heißt. Das ist ja sowieso klar. »Warum ist sie dagegen?«, fragt sie.

Mutti seufzt. »Na, weil es nicht das ganze Deutschland ist«, sagt sie. »In der Ostzone, da sind die Russen, und das gehört jetzt nicht mehr zu uns.«

»Warum wollen wir denn nicht, dass das zu uns gehört?«, fragt sie. Wenn Hilli das nächste Mal wieder irgendwas sagt, versteht sie sie jetzt vielleicht.

»Doch, das wollen wir, doch, doch«, sagt Mutti. »Unbedingt! Aber anders, als die Kommunisten das wollen, weißt du.«

»Ach so«, sagt Moni. Sie versteht nicht, warum es nicht dasselbe ist, wenn Mutti will, dass die Ostzone auch zu Deutschland gehört, und wenn Hillis Mutter es will. Aber jetzt haben sie wirklich lange genug darüber geredet. »Ja, klar.« Sie nimmt sich den Stapel mit den Zeitschriftenseiten, der in der Ecke zwischen Sofa und Wand auf dem Tischchen liegt.

»Mit den Schularbeiten bist du fertig?«, fragt Mutti.

Moni nickt, ohne aufzusehen. Die Geschichte von der armen kleinen Martina und ihrer armen, armen Mutter ist so furchtbar spannend und traurig, jetzt will sie nicht gestört werden.

»Lies du das man!«, sagt Oma grimmig. »Deine Mutter interessiert das ja nicht! Dabei könnte sie das gut gebrauchen!«

Mutti schnaubt, und jetzt sieht Moni doch

auf. Sie versteht nicht, warum Oma unbedingt will, dass Mutti diese Geschichte liest, und warum Mutti so tut, als gäbe es die Zeitschriften gar nicht, da auf dem Tischchen in der Ecke, wo sie sie doch immer sieht, jedes Mal, wenn sie essen. Moni kann sich nicht erinnern, wann sie schon mal so etwas Schönes gelesen hat, und dabei ist es doch für Erwachsene. Aber ich werd ja auch schon bald elf, denkt Moni. Fast so alt wie die Martina in der Geschichte, die Arme. Nach dem Krieg hat ihre Mutter sie auf der Flucht verloren, und der Vater war auch vermisst, und dann hat die Mutter wieder einen anderen Mann geheiratet, einen reichen, und einen kleinen Jungen gekriegt. Und nun gibt es Martina doch noch und den Vater gibt es auch, und die Mutter weiß gar nicht, was sie nun machen soll, weil sie doch jetzt zwei Männer hat und zwei Kinder, und der neue Mann will nicht, dass sie Martina zu sich holt, und eigentlich liebt sie auch noch den vorigen Mann, und es ist alles ganz furchtbar traurig. Sie stürzt sogar die Treppe runter und Martina läuft weg aus dem Heim, und es ist ein einziges Glück, dass es im wirklichen Leben nicht so traurig zugeht.

»Ein Glück, dass du mich nicht verloren hast, Mutti!«, sagt Moni und guckt über den Rand.

Mutti strubbelt ihr durchs Haar. »Ja, ein Glück!«, sagt sie.

Aber Oma am Herd ist immer noch böse, immer ist sie jetzt böse, schon wochenlang. »*Dich* nicht, Deern!«, sagt sie. »*Dich* nicht!« Und Moni versteht nicht, warum sie das in so einem Ton sagen muss.

»Wenn du weiterlesen willst«, sagt Mutti, »dann gehst du vielleicht lieber ins Wohnzimmer, Moni. Ich hör jetzt Radio.«

»Das stört mich nicht«, sagt Moni. Gerade hat Martinas Mutter ihre Tochter im Hamburger Hafen wiedergefunden, und jetzt fahren sie mit dem vorigen Mann, der der Vater von Martina ist, in seine Wohnung nach Hannover. Bestimmt wird alles gut.

»Da liest jetzt einer vor«, sagt Mutti. »Den ganzen Abend, bis Mitternacht. Ein ganzes Buch.«

Moni hält den Finger auf die Stelle, an der sie jetzt gerade ist. »Kann ich das mithören?«, fragt sie.

Mutti schüttelt den Kopf. »Morgen ist

Sonnabend«, sagt sie. »Du musst zur Schule. Das wird zu spät.«

»Oh, bitte, Mutti, bitte!«, sagt Moni. Bis Mitternacht, das ist fast wie Silvester. Und die traurige Geschichte vom Suchkind 312 ist doch auch für Erwachsene, und Moni kann sie verstehen. Vielleicht wirkt ja die höhere Schule schon ein bisschen. Vielleicht ist sie schon ein bisschen schlauer und ein bisschen erwachsener geworden.

»Da hat dir doch einer einen Floh ins Ohr gesetzt!«, sagt Oma. Aber sie meint nicht Moni. »Radio hören, bis Mitternacht, wenn du zur Arbeit musst! Das hast du doch sonst auch nicht gemacht!«

»Warum nicht!«, sagt Mutti böse. »Es ist Thomas Mann! Der das geschrieben hat! Der liest das selber!«

Moni hat keine Ahnung, wer Thomas Mann ist, aber Oma weiß Bescheid, das merkt sie jetzt.

»Auch so einer, der uns im Stich gelassen hat!«, sagt Oma. »Hier sind die Bomben gefallen, und so einer zieht nach Amerika und sitzt da warm und trocken, und jetzt kommt der Herr zu Besuch und alle klatschen Beifall!«

»Psst!«, sagt Mutti. »Es geht los!«

»Die Wintersonne stand nur als armer Schein milchig und matt hinter Wolkenschichten über der engen Stadt«, sagt eine Stimme im Radio, und Moni hält ihren Kopf ganz dicht an den beigebraunen Stoff, gleich neben dem grünen Auge, damit sie den Mann besser hören kann über Omas Geschimpfe. *»Nass und zugig war's in den giebeligen Gassen, und manchmal fiel eine Art von weichem Hagel, nicht Eis, nicht Schnee.«*

Es ist eine alte Stimme, ein alter Mann, der da vorliest, aber gerade darum klingt es wie ein Märchen, und Moni spürt, wie sie dieses Märchengefühl kriegt, das sie gut kennt und das sie liebt und bei dem sie immer so ruhig wird, ruhig und wohlig und zufrieden, und ein kleines bisschen, als ob es Weihnachten wäre.

»Vaterlandsverräter, das ist so einer für mich!«, sagt Oma wieder grimmig. »Da halt ich ja noch mehr von Hildegards Vater nebenan, der hat wenigstens gesessen für seine Überzeugung, aber wenn sich einer absetzt nach Amerika, und in der Heimat wird gekämpft und gehungert und gefroren ...«

»Die Schule war aus. Über den gepflasterten Hof und heraus aus der Gatterpforte

strömten die Scharen der Befreiten, teilten sich und enteilten nach rechts und links. Große Schüler ...«

Moni seufzt und kuschelt sich an Mutti. »Nur ein winziges bisschen«, murmelt sie.

Mutti streicht ihr über die Haare. »Aber wirklich nur ein winziges bisschen!«, flüstert sie zurück.

»›Kommst du endlich, Hans?‹, sagte Tonio Kröger, der lange auf dem Fahrdamm ...«

»Das Kind muss morgen zur Schule!«, sagt Oma.

Mutti legt den Finger auf die Lippen.

Da knallt Oma die Küchentür hinter sich zu und geht in ihr Wohnzimmer.

In der Mathestunde wacht Moni davon auf, dass Herr Dr. Wandschneider ihr seine Hand auf die Schulter legt.

»Also?«, sagt er.

Eine Sekunde lang, weniger, hat Moni ein Gefühl, als ob sie an zwei Orten gleichzeitig ist, an keinem Ort, als ob in ihr alles durcheinander wirbelt, dann ist sie angekommen.

»Also?«, sagt Herr Dr. Wandschneider wieder. Moni spürt, wie die Röte vom Hals in ihr Gesicht steigt.

»Ich weiß nicht«, flüstert sie.

Herr Dr. Wandschneider ist genau wie Herr Kaldewei in der Volksschule, nur dass bei ihm nicht der Arm, sondern das Bein aus Holz ist. Manchmal hat er einen Stock dabei und manchmal nicht, aber schlechte Laune hat er immer.

»Das weiß ich«, sagt Herr Dr. Wandschneider. »Dass du nichts weißt«, und er nimmt seine Hand von ihrer Schulter. »Allerdings kann ich nicht sagen, dass ich allzu erfreut darüber wäre, Monika. Ob das die richtige Einstellung gegenüber einer Schule wie unserer zeigt, wenn du während des Unterrichts einschläfst, solltest du dich ernsthaft fragen. Und je nachdem, wie deine Antwort ausfällt, wäre zu überlegen, ob du hier hingehörst.« Und Moni sieht, wie sein Blick von ihrem Gesicht bis zu ihren Schuhen wandert und zwischendurch einen winzigen Augenblick an ihrem Kleid hängen bleibt, wo Oma auf der rechten Seite den Fleck auch mit Rubbeln nicht mehr rauskriegt. Nie wieder zieht Moni ihren Parallelo aus, wenn sie darunter das Buntgestreifte trägt. Einschlafen in der Mathestunde und ein Fleck im Kleid, ein Wunder, dass Herr Dr. Wandschneider, jetzt schon wieder vorne am Pult, sich damit zufrieden gibt, ihr fünf Aufgaben Strafarbeit aufzugeben. Davor hat Moni keine Angst. Fünf Aufgaben schafft sie schnell.

»Warum hast du mich denn nicht geweckt!«, sagt Moni böse zu Heike, als es zur Pause geklingelt hat. »Warum hast du mich nicht angestoßen!«

»Ich hab das doch gar nicht gemerkt«, sagt Heike zerknirscht. »In Deutsch, da hätte ich das gemerkt, aber in Mathe pass ich auf. Da muss ich doch aufpassen, du! Ich versteh das doch nicht!«

Moni nickt. Es ist nicht fair, wenn sie Heike jetzt die Schuld gibt.

»War dein Nachbarmädchen wieder so lange bei euch?«, fragt Heike. »Das Verbrecherkind?«

»Das sind keine Verbrecher«, sagt Moni. »Nee, ich hab nur so lange Radio gehört. Mit meiner Mutter.«

»Hast du?«, schreit Heike. Eine von den Großen, die ruhig und erwachsen über den Schulhof wandern, dreht sich zu ihnen um. »Ich sollte das auch! Aber ich fand das so langweilig! Ich bin eingeschlafen, da musste ich ins Bett.«

»Du solltest das?«, fragt Moni verblüfft. »Ich denk, du musst immer früh schlafen?«

»Doch nicht, wenn Thomas Mann vorliest!«, sagt Heike. »Das ist der größte lebendige deutsche Schriftsteller, sagt meine Mutter, weißt du, dass der den Nobelpreis hat? Und das gehört einfach dazu, dass man das anhört.«

»Klar«, sagt Moni unruhig. Sie weiß nicht, was der Nobelpreis ist, und Mutti weiß das vielleicht auch nicht, aber trotzdem wollte sie unbedingt diese Geschichte hören. Dabei will sie sonst immer nur den blonden Hans.

»Na, dass der bei Hitler weg war aus Deutschland, muss man ihm nachsehen«, sagt Heike. »Seine Frau war Jüdin, das wäre doch nicht gegangen, wenn die hier geblieben wären, sagt mein Vater.«

»Ich weiß«, sagt Moni, das kann Heike ja nicht nachprüfen. Alles hat immer mit diesem Hitler zu tun. Und mit dem Krieg. Man kann denken, dass es einen nicht interessiert, so viel man will. Aber immer hat alles dann doch wieder damit zu tun. »Das Buch war aber ganz gut.«

Nicht so gut wie »Suchkind« natürlich,

denkt Moni. Beinahe weinen mussten sie nicht, Mutti und sie.

An der Mauer lehnt Rosi und beißt in ein Schwarzbrot. Jetzt hat sie endlich Kniestrümpfe an, na, wurde auch Zeit.

»Hast du die Jacke gesehen?«, fragt Heike, als sie vorbei sind. »Den Ärmel?«

Moni schüttelt den Kopf.

»Komm, wir gehen noch mal vorbei«, sagt Heike und dreht sich mitten in der Bewegung um. »Aber nicht so auffällig.«

Über ihrem blauen Wollkleid, das sowieso eigentlich schon zu warm ist für Mai, trägt Rosi eine Wolljacke. Aber keinen modernen Parallelo, wie Moni einen hat. Alle Mütter und Omas, die stricken können, stricken jetzt moderne Parallelos, und dafür ribbeln sie alte Pullover auf und wickeln die Wolle zu Knäueln und sortieren sie nach Farben, und dann ist das Kind wieder schick.

Oma hat auch einen alten Pullover aufgeribbelt, von Opa, der braucht ihn ja sowieso längst nicht mehr, und Moni hat die Arme so gehalten, dass Oma die Wolle darüber wickeln konnte. Die Wolle war noch ganz gut, weil sie den Pullover zum ersten Mal aufgeribbelt haben, der war aus Omas eiserner Reserve. Einfach nur dunkelblau, das ist vielleicht nicht so schön. Moni hätte viel lieber eine rote Jacke oder eine gelbe, aber das kann man sich natürlich nicht aussuchen.

»Hast du gesehen?«, flüstert Heike.

Moni nickt. Rosis Jacke ist dunkelbraun, das ist auch nicht so schön, aber da kann man eben nichts machen. Und der rechte Ärmel, vom Ellenbogen bis zum Handgelenk, ist grau und aus viel dünnerer Wolle und sieht pluderig und unordentlich aus.

»Wirklich!«, sagt Heike.

Moni nickt. Hätte ihre Mutter ja auch vorher ausrechnen können, wie viel Wolle sie braucht, denkt sie. Und Streifen stricken. Oma hätte das gemacht. Dass es nicht so peinlich aussieht, nee wirklich. Heike hat Recht, so kann man doch nicht rumlaufen.

Sie zieht ihre Jacke über dem Fleck auf der rechten Brustseite zusammen und rollt die Augen.

»Wirklich!«, sagt Moni.

10

Moni faltet das Blatt vorsichtig in der Mitte, dann noch einmal. Mit dem roten Buntstift malt sie ein Siegel darauf, einen Kreis mit gewelltem Rand, dann malt sie noch zwei Bänder dazu, in Blau, die ein bisschen flattern.

»Für Harald«, schreibt sie in ihrer allerbesten Druckschrift darüber, jeden Buchstaben in einer anderen Farbe.

»Du kannst dem Jungen nichts zum Abschied schenken«, hat Oma gesagt. Dabei wollte Moni eigentlich sogar an ihr Sparschwein gehen. Für Harald, da hätte sie das getan. »Die wissen sowieso schon nicht, wie sie alles mitschleppen sollen, was sie eigentlich mitnehmen wollen. Mir hat seine Mutter neulich sogar eine Tischdecke angeboten, aber sie wollte noch zwei Mark dafür, das hab ich gelassen.«

Aber einen Abschiedsbrief kann ich schreiben, denkt Moni. Der ist klein und flach und passt in seine Hosentasche. Damit Harald was hat, das ihn an mich erinnert, wenn er da in diesem riesengroßen Australien ist, so weit weg wie kein anderes Land auf der ganzen Welt, genau unter uns. Sie versteht immer noch nicht richtig, warum den Menschen da nicht die Köpfe nach unten hängen, obwohl Harald es ihr zweimal erklärt hat.

Moni malt das Siegel leuchtend rot aus. Man kann es sich nicht vorstellen, denkt sie. Dass man einen niemals mehr sieht. Bei Hillis Vater konnte ich das auch nicht, als er tot war, der war natürlich auch nicht so wichtig. Aber Harald, Harald ist immer da gewesen. Wie sich das wohl nachher anfühlt, wenn er nicht mehr da ist.

Moni nimmt den Brief und zieht sich ihre Jacke über. Es ist ein kleines bisschen grau draußen, aber nach Frühling riecht es immer noch. Das ist nun Haralds letzter Frühling in Hamburg, denkt Moni. In Australien ist das Wetter ganz anders, vielleicht merkt man den Frühling da gar nicht so. Sie muss ihm sagen, dass er den Brief erst auf dem Schiff lesen darf, das Siegel ist ja kein richtiges Siegel, aber es soll ein Siegel bedeuten. Ein Abschiedsbrief ist ein Abschiedsbrief und man schreibt Sachen rein, die man niemals, niemals sagen würde. Darum darf Harald den

Brief auch jetzt noch nicht lesen, nicht jetzt, wo er Moni noch sehen kann und mit ihr sprechen kann und wo alles sich noch so normal anfühlt. Auf dem Schiff muss er ihn lesen, oben auf Deck, wenn der Wind so heftig weht, dass er ihm das Blatt fast aus den Fingern bläst. Draußen unter dem weiten Himmel über dem Meer, wo keiner sehen kann, wenn Harald vielleicht weint.

Tut er ja nicht, denkt Moni. Nur in Geschichten tun sie das.

Sie stößt die Haustür auf und geht nach draußen. Vor den Nissenhütten spielt niemand. Harald und Ina packen vielleicht, und wer weiß, was die anderen Kinder gerade tun. Ich bring den Brief einfach schnell rüber, denkt Moni. Und sag Harald Tschüs und dass er den Brief erst auf dem Schiff lesen darf, da öffnet sich die Tür und Harald kommt heraus. Als er sie sieht, bleibt er stehen, dann fällt er in Trab.

»Na«, sagt Harald. Eine Hand hält er hinter dem Rücken, und er sieht so verlegen aus, als hätten sie sich schon jetzt lange, lange nicht mehr gesehen und träfen sich zum ersten Mal wieder, ganz fremd.

»Na?«, sagt Moni und spürt plötzlich

auch, wie verlegen sie ist. Harald ist immer noch Harald, aber wenn sie jetzt weiß, dass er morgen abfährt, für immer, ist auf einmal nichts mehr wie sonst. Als ob man ganz behutsam sein müsste, mit allem. Damit etwas, das es gibt und für das sie keinen Namen weiß, sich nicht auflöst und verschwimmt, bevor sie es festhalten kann.

»Ich hab was für dich«, sagt Harald und räuspert sich, und dann macht er endlich mit dem Kopf diese Bewegung zum Hauseingang hin, wie er das immer getan hat, so viele Jahre lang, und da ist auf einmal alles fast wieder wie sonst, als sie leise die kurze Treppe nach unten gehen und sich neben der Kellertür auf die unterste Stufe setzen.

»Ich wollte auch grade zu dir«, sagt Moni. »Das ist doch komisch, oder? Wie Gedankenübertragung«, und jetzt spürt sie, wie die Verlegenheit wieder zurückkommt, und dabei will sie das doch gar nicht.

»Gibt's ja nicht«, sagt Harald. »Gedankenübertragung.«

Moni pult ein bisschen an ihrem Knie. Sie ist hingefallen, beim Rollschuhlaufen, und jetzt ist die Stelle fast verheilt und sie hebt den Schorf vorsichtig von den Rändern her ab. So hat sie einen Grund, Harald nicht anzusehen.

»Kannst du ja nicht wissen«, sagt sie. »Zum Beispiel könnten wir eine Zeit ausmachen, jede Woche, sagen wir mal sonnabends, nachmittags um vier, und da schick ich dir einen Gedanken mit Gedankenübertragung und du mir auch. Jeden Sonnabend, nachmittags um vier«, und jetzt hat sie zu weit gepult und spürt einen kleinen, ziehenden Schmerz und sieht die frische Haut unter dem Schorf, noch ganz durchsichtig und blank und am Rand eingerissen, weil sie nicht vorsichtig genug war.

»Nicht nachmittags um vier«, sagt Harald. »Da ist es bei uns *morgens* um vier. Alles genau umgekehrt. Und so was ist sowieso Quatsch.«

»Morgens um elf dann?«, fragt Moni und steckt ihren Zeigefinger in den Mund. Dann wischt sie mit der feuchten Fingerkuppe vorsichtig das Blut vom Knie. Es ist nur wenig Blut, sie hat rechtzeitig aufgehört. »Ach nee, dann ist es bei dir ja schon Nacht.« Sie überlegt einen Augenblick. »Morgens um acht«, sagt Moni. »Um acht bist du abends noch nicht im Bett. Und sonntags. In der Woche bin ich da ja in der Schule.« Sie guckt hoch. »Ja, Harald?«, sagt Moni. »Machen wir das?«

Harald holt den Arm hinter seinem Rücken vor. »Das ist Quatsch«, sagt er bockig. »Das funktioniert nicht.« Dann öffnet er seine Hand. »Hier«, sagt er. »Ein Andenken.«

Moni guckt auf Haralds Handteller. Eine kleine, kleine Vase liegt da, weiß und mit goldenem Rand, und als sie genau hinsieht, kann sie lesen, was darauf in winzigen Buchstaben steht: »Gruß aus dem Nordseebad Büsum«.

»Die Pommernsachen wollten sie alle mitnehmen«, sagt Harald. »Ist ja sowieso nicht viel. Aber die hier hat mir Frau Petschallies von meiner Wäschetour letztes Jahr zu Weihnachten geschenkt.« Er nickt mit dem Kopf in Richtung Hand. »Nimm schon. Vielleicht …« Er ist still.

Moni spürt, wie die Röte ihr langsam ins Gesicht steigt. Das ist doch nur Harald, denkt sie. So was Blödes.

»Na ja, ich dachte, vielleicht denkst du dann manchmal an mich, oder so.«

Moni guckt auf die Vase. »Mach ich«, sagt

sie. Angucken kann sie Harald dabei nicht. Er muss ja nicht unbedingt wissen, dass sie rot geworden ist.

»Ina hat ihre Sachen auch alle verschenkt«, sagt Harald schnell. »An ihre Freundinnen.«

»Klar«, sagt Moni und greift vorsichtig nach der Vase. »Das tu ich aber ja sowieso. Sonntags morgens um acht.«

Die Vase ist so klein, dass man nur Gänseblümchen reinstellen kann, denkt Moni. Aber sie ist so schön mit ihrem goldenen Rand und dem winzigen Spruch, und Moni weiß, wenn sie sie anguckt, wird sie jedes Mal an Harald denken. An Harald, wie er da sitzt auf der halben Treppe, genau wie immer.

»Ich hab dir einen Brief geschrieben«, sagt Moni.

Harald guckt verblüfft. »Wieso das denn?«, fragt er. »Ich bin doch noch hier. Kannst du mir doch sagen, was du sagen willst.«

Moni schüttelt heftig den Kopf. Ich werd schon wieder rot, denkt sie. Na und.

»Das ist ein Abschiedsbrief«, sagt sie. »Den darfst du erst auf dem Schiff lesen«, und sie gibt Harald das zusammengefaltete Blatt mit dem Siegel.

»Ach so«, sagt Harald und dreht den Brief in seiner Hand.

»Aber du schreibst mir doch!«, sagt Moni schnell, damit die Peinlichkeit vorbeigeht. »Auch wenn das weit weg ist. Und ich schreib dir wieder.«

»Weißt du, dass es da Kängurus gibt?«, fragt Harald.

Moni nickt. »Hast du mir schon erzählt«, sagt sie. »Die mit dem Beutel vorne dran. Wo die Babys drinsitzen.« Vor ihrem inneren Auge taucht ein Tier auf, ein bisschen wie ein Affe, nur mit Beutel. Sie weiß nicht, ob sie sich Kängurus nur so vorstellt oder ob sie schon mal ein Bild gesehen hat. Aber wo sollte das wohl gewesen sein.

»Es ist nicht nur Nacht, wenn es hier Tag ist«, sagt Harald hoffnungslos. »Es ist auch Sommer, wenn hier Winter ist.«

Moni guckt ihn erschrocken an. Alles, alles ist anders, wo Harald hinzieht. Entgegengesetzt, wie eine andere Welt. Da könnte er gleich auf den Mond ziehen. Aber da kann man natürlich nicht hin.

»Weiter weg geht gar nicht«, sagt Moni.

Harald steht auf und klopft sich seinen kalten Po.

»Tschüs«, sagt er.

Moni bleibt sitzen. Die Tür fällt hinter ihm zu.

Weinen muss ich nicht, denkt Moni. Doch nicht wegen Harald.

Die Vase hat Moni auf die Küchenschrankplatte gestellt und sie ein wenig hin und her geschoben, bis sie richtig war. Mutti ist noch nicht zu Hause und Oma auch nicht. Die geht heute nach der Arbeit gleich zu Frau Könnemann, das war früher mal ihre Nachbarin, nur drei Häuser weiter. Aber dann ist Frau Könnemann ja ausgebombt worden und da ist sie weggezogen, und jetzt hat sie Glück gehabt und wohnt in einer schönen Neubauwohnung in Eidelstedt. Büschen weit ist das ja, sagt Oma. Aber alles so modern. Naragheizung, braucht sie im Zimmer nicht mal mehr einzuheizen.

Die Vase steht jetzt neben dem Bild, das Monis Vati in Uniform zeigt und das Mutti hingestellt hat, als das andere Bild verschwunden war. Das mit dem großen Jungen. Zurückstellen wollte Oma es auch nicht.

Aber einen schwarzen Rand hat auch das neue Bild nicht, denkt Moni. Eine Uniform hat der Mann an, klar, was anderes hatte Mutti ja nicht. Aber ein schwarzes Band hat sie nicht drumgewickelt. Und ich mach jetzt Schularbeiten.

»Moni?«, ruft Mutti in der Wohnungstür. »Puuuh, hab ich mich abgehetzt!«

»Hattest du früher Schluss?«, fragt Moni.

Mutti schüttelt den Kopf. »Ich hab mich beeilt«, sagt sie. »Wo wir zwei beiden doch heute Abend mal alleine sind! Da dachte ich, wir machen es uns gemütlich!« Und dann ist sie schon am Herd und zieht einen Ring aus dem Ofenloch. »Kakao?«

Moni nickt. »Auch Marmeladenbrot?«, fragt sie.

Mutti lacht. »Na, du willst wohl richtig feiern, was!«, sagt sie. Marmeladenbrot, das gibt es zum Frühstück, aber manchmal auch sonntags zum Kaffeetrinken, wenn Oma keinen Kuchen gebacken hat. Man kann ja nicht jeden Sonntag Kuchen essen.

»Streich du schon mal«, sagt Mutti. »Und deck den Tisch«, und sie verschwindet im Schlafzimmer und zieht sich um.

Moni stellt zwei Tassen hin mit Untertassen und zwei Teller. Dann nimmt sie die Vase vom Küchenschrank und stellt sie in die Mitte. Blumen hat sie natürlich keine. Aber schön sieht es trotzdem aus.

»Woher ist die?«, fragt Mutti, als sie zurückkommt. Dann rührt sie den Kakao.

»Von Harald«, sagt Moni. »Der fährt doch morgen.«

Mutti dreht sich um.

»Traurig?«, fragt sie.

Moni schüttelt den Kopf und horcht in sich hinein. Sie ist nicht traurig und nicht fröhlich und gar nichts. Komisch, dass man wissen kann, einer fährt weg, für immer, aber fühlen kann man es nicht. Vielleicht später.

»So, so lob ich mir das«, sagt Mutti und lässt sich neben Moni auf das Sofa plumpsen. »Haben wir es nicht gemütlich?«

Und da weiß Moni es plötzlich. Sie kann nicht sagen, woran sie es gemerkt hat. Aber sie weiß, dass Mutti ihr gleich etwas erzählen wird.

»Moni?«, sagt Mutti unruhig. »Sag mal.«

»Warum bist du früher gekommen?«, fragt Moni. »Warum machen wir es uns feierlich?«

Mutti guckt weg. Ihr Blick streift über den Herd und über den Ausguss und über die Fensterbank, auf der die Klivie gerade blüht, Omas ganzer Stolz. Über das Tischchen mit den Zeitschriftenblättern in der Ecke. Am Küchenschrank bleibt er hängen, auf dem Bild mit dem Mann in Uniform.

»Ach, Moni«, sagt Mutti und rührt in ihrem Kakao. »Ich will dir was erzählen. Wo Oma grade mal weg ist. Ich will nicht, dass Oma sich da einmischt. Oma geht das gar nichts an.«

Moni spürt, wie sie erschrickt. Wie kann etwas, das Mutti und sie angeht, Oma nichts angehen? Sie sind doch drei, das war immer so. Unser Dreimädelhaus, sagt Oma.

»Ich hab dich angelogen«, sagt Mutti.

Und da weiß Moni es schon.

»Der Mann neulich«, sagt Mutti. »Mit dem Moped. Das war kein Freund von Jenny, Moni. Das war ein Freund von mir. Und langsam kenn ich ihn schon so gut, dass du ihn auch kennen lernen solltest.«

Mütter lügen nicht.

Das Bild auf dem Küchenschrank steht nicht mehr genau in der Mitte, Moni hatte ja die Vase daneben gestellt. Der Soldat lächelt freundlich und ernst, das sieht Moni eigentlich jetzt erst. Komisch, dass das beides zusammen geht, freundlich und ernst.

Aber er sieht fremd aus, denkt Moni. Ein

ganz fremder Mann. Mein Vati, das ist ja eigentlich der große Junge mit der Strähne, der ist doch immer mein Vati gewesen. Auch wenn er viel zu jung dafür war. Dieser Soldat in der Uniform ist ein ganz fremder Mann.

»Moni?«, sagt Mutti. »Ich hätte es dir schon viel früher erzählt, aber du weißt doch, was Oma davon hält. Ich wollte sie nicht traurig machen. Ich war mir auch lange nicht sicher, wie ernst es mir ist.«

»Heißt er Helmut?«, fragt Moni. Komisch, dass es ihr eigentlich gar nicht wichtig ist. Warum soll Mutti keinen Freund haben, Moni stört das nicht. Früher war sie mit Jenny auf dem Swutsch und jetzt eben mit diesem Mann.

»Woher weißt du das?«, fragt Mutti.

Moni nimmt sich noch ein Stückchen Marmeladenbrot. Wenn das Brot eigentlich Kuchen sein soll, schneiden sie es immer in winzig kleine Häppchen.

»Jenny hat das gefragt«, sagt Moni. »Als wir bei Soraya waren. Ob du dich mit Helmut triffst.«

»Ich dachte, das hast du nicht gehört«, sagt Mutti. »Da hatte ich ihn grade erst kennen gelernt.« Sie guckt Moni an. »Macht es dir nichts aus?«

Bist du traurig, dass Harald wegfährt. Macht es dir nichts aus, dass Mutti einen Freund hat. Moni horcht in sich hinein. Sie weiß schon, dass da nichts ist. Aber sie weiß auch, dass es sich ändern wird, später. Wenn alles erst wirklich ist und nicht nur Worte und Gerede.

»Oma macht es bestimmt was aus«, sagt sie. »Man darf keinen Freund haben, wenn man noch verheiratet ist. Findet Oma.«

Mutti nickt. »Oma wartet immer noch so doll«, sagt sie. »Aber es sind ja schon mehr als zehn Jahre, Moni! Ich denk noch manchmal an deinen Vati, weißt du. An den Abend, als er Urlaub hatte und wir getanzt haben. Eigentlich war er noch ein Junge, und ich war ja auch noch längst nicht erwachsen. Aber der Mond hat geschienen und es gab keinen Alarm, und obwohl natürlich Verdunkelung war und kein Licht von irgendwoher auf die Straßen gefallen ist, hat das Mondlicht ausgereicht, um alles genau zu sehen. Er war hübsch. Er hat mir leid getan, er musste ja wieder los, am nächsten Tag schon. Und es war schön zu tanzen. Wir hatten doch keine

Männer zum Tanzen damals, Moni. Die waren doch alle an der Front.«

Moni nickt. Wann hat Mutti schon mal so mit ihr geredet, das geht ja sonst gar nicht. Immer sind sie zu dritt. Wir sind ein Dreimädelhaus, sagt Oma.

»Vielleicht hab ich mich auch verliebt«, sagt Mutti. »Doch, ich glaub, an dem Abend war ich verliebt. Aber danach war ich nur noch erschrocken.« Sie streicht Moni über den Kopf. »Als ich gemerkt hab, dass ich ein Baby kriege. Da konnte ich ja noch nicht wissen, dass du das sein würdest. Und wie froh ich sein würde, dass ich dich hab.«

»Ich bin auch froh«, murmelt Moni und hält ihren Kopf ein kleines bisschen schräg, damit Mutti ihn weiter streichelt.

»Er war eigentlich nur ein großer Junge«, sagt Mutti. »Es ist so schrecklich, sich vorzustellen, dass er gefallen ist. Oma kann das nicht aushalten. Er war ja nur ein großer Junge, weißt du. Ihr großer Junge.«

»Glaubst du, er ist tot?«, fragt Moni, und sie denkt, wie sonderbar es ist, dass das Bild da auf dem Schrank gestanden hat, all die Jahre, und nie hat sie die Frage gestellt und immer hat sie die Antwort gewusst.

»Ich mag das nicht so gerne sagen«, sagt Mutti. »Moni. Aber.«

Moni nickt. »Einen Freund kann man haben«, sagt sie. »Auch wenn mein Vati noch lebt. Also, da ist nichts Schlimmes dabei, finde ich. Er ist ja nicht hier.«

Mutti starrt sie an, und Moni spürt, dass plötzlich etwas anders ist als noch gerade eben, aber sie weiß nicht, was es ist, und sie weiß auch nicht, warum.

»Jaja, natürlich«, sagt Mutti und steht auf. »Also du hast nichts dagegen«, und sie nimmt ihre Tasse und spült sie einfach im Ausguss unter fließendem Wasser.

»Nee, hab ich nicht«, sagt Moni.

Ich hab was Falsches gesagt, denkt sie. Und ich weiß nicht, was das war.

»Machen wir es uns nicht mehr gemütlich?«, fragt sie.

Mutti nimmt sich auch noch Monis Tasse. »Sag Oma nichts davon«, sagt sie. »Das mach ich schon selber.«

11

Am nächsten Morgen schreiben sie eine Englischarbeit. Mr. Ken kommt darin vor und sein Hund und seine Katze und das Endungs-s in der dritten Person Singular Präsens, he, she, it. Eigentlich glaubt Moni, dass sie es gut geschafft hat.

»Ich muss dir was erzählen«, sagt Moni in der Pause zu Heike. Heute ist das Wetter nicht so schön, aber auf den Hof müssen sie natürlich trotzdem. Heike hat ihr eine Scheibe von ihrem Schinkenbrot abgegeben, Schinken einfach so zur Schule. Aber Heike hat in den Pausen nie Hunger.

»Meine Mutter«, sagt Moni und merkt verblüfft, dass sie zögert. Es ist nichts Schlimmes, denkt sie. Man darf wohl einen Freund haben, wenn der Mann seit zehn Jahren vermisst ist. »Die hat einen Freund, du. Helmut«, und sie wartet, was Heike dazu sagt. Heikes Onkel haben sie schließlich sogar für tot erklären lassen.

»Ja?«, sagt Heike. »Einen Freund? Nee, ist das aber auch ein grässliches Wetter, was?

Zum Glück fahren wir im Sommer wieder nach Italien. Riccione, da waren wir letztes Jahr auch.«

»Italien?«, fragt Moni erstaunt. Sie weiß nicht, ob sie neidisch ist. Italien, das ist Sonne und solche Lieder, wie sie immer im Radio kommen, und Wein aus Flaschen, um die Bast gewickelt ist; wozu das gut sein soll, hat Moni keine Ahnung. Und Meer und weißer Strand. Italien, das ist etwas aus den Filmen, von denen Jenny erzählt hat.

»Drei Tage müssen wir da fahren!«, sagt Heike. »Nee, du, das ist schrecklich! So hohe Berge, da muss man ja drüber. Aber wenigstens kommen Hermann und Manfred nicht mit. Nur Gisbert und ich, da ist es auf der Rückbank nicht so eng.«

»Drei Tage?«, fragt Moni. Drei Tage bis Italien, wie lange dauert es da erst, bis man in Australien ist.

»Aber dann!«, sagt Heike. »Die verkaufen überall Eis da am Strand! Und Nudeln haben die, so ganz lange, die passen überhaupt nicht rein in den Mund! Die ess ich nur, weil es so lustig ist, schneiden darf man die nicht, nur um die Gabel wickeln. Uuuh, du! Aber meine Mutter sagt immer, so ein Quatsch. Kürzere schmecken genauso gut, und die Bluse bleibt sauber.«

Die Schulglocke läutet und alle Kinder drängeln. Bei schlechtem Wetter drängeln sie immer besonders.

Warum wird denn die Bluse schmutzig, wenn man lange Nudeln isst, denkt Moni. Lange Nudeln. So ein unpraktischer Blödsinn. Dieses Italien, das muss schon wirklich komisch sein.

»Warum darf man die nicht schneiden?«, fragt sie.

»Spaghetti heißen die!«, sagt Heike, als ob sie die Frage nicht gehört hätte. »Hast du Mathe gemacht? Kann ich die letzte Aufgabe noch mal gucken?«

Sie hat es nicht schlimm gefunden, dass Mutti einen Freund hat, denkt Moni. Es hat sie gar nicht interessiert.

In der Straßenbahn, auf der Rückfahrt, setzt Moni sich neben Rosi. Immer hat Rosi jetzt diese schreckliche Jacke an. Und vielleicht riecht sie auch ein bisschen. Jedenfalls sieht sie aus, als ob sie riecht.

Sauber sein kann jeder, sagt Oma. Sauberkeit kostet nichts, hat doch heutzutage jeder

Haushalt in der Stadt einen Ausguss! Bi uns to Hus, fröher, as ick 'n lütt Deern weer, in Dithmarschen, doar gev dat dat nich! Doar möt wi dat Woter von Brunn holn, un wuschen hebb wi uns trotzdem.

Ja, Oma?, sagt Moni dann immer. Damit Oma weitererzählen soll. Es ist so komisch, sich vorzustellen, wie es gewesen ist, als Oma noch ein Kind war. Nichts hat es damals gegeben, gar nichts, kein Radio und kein Klo mit Spülung und in der Küche kein fließendes Wasser und nur vielleicht einmal im Jahr ein Auto auf der Dorfstraße. Aber Oma und ihre Geschwister haben das ganz normal gefunden, wie kann man das glauben. Moni würde es komisch finden, wenn sie so leben würde, wirklich.

»Na?«, sagt Moni.

Rosi rückt ein Stückchen, dabei ist das gar nicht nötig. »Na?«, sagt sie auch, aber sie guckt auf ihren Schoß dabei.

»Wir können ja auch mal zusammensitzen, nicht?«, sagt Moni. Sie kommt sich ein kleines bisschen gemein vor. »Hab ich gedacht.«

»Mhhm«, sagt Rosi. Sie guckt immer noch nicht auf.

Nee, riechen tut sie nicht, denkt Moni. Sie

sieht nur so aus, als ob sie riecht, das ist ja schon schlimm genug. So schwarze Trauerränder unter den Fingernägeln. Da müsste ihre Mutter mal aufpassen.

»Wer war eigentlich der Mann, Rosi?«, fragt Moni. »Bei der Einschulung, du weißt schon. Der bei euch gesessen hat. Neben deiner Mutter.«

»Onkel Ewald«, sagt Rosi, und Moni sieht, wie ihr die Röte ins Gesicht steigt. Was daran wohl ein Grund zum Rotwerden ist. »Das ist ihr Verlobter.«

»Dein Vater ist ja tot«, sagt Moni lauernd. »Gefallen, nicht?«

Rosi nickt.

»Nicht vermisst«, sagt Moni.

Rosi schüttelt den Kopf. »Noch ganz am Schluss«, sagt sie. »Mit meinem Bild am Herzen. Das hat er noch gekriegt, im Feld.«

Moni starrt Rosi an. Wenn das da jetzt nicht Rosi wäre, dann könnte das eine wunderschöne Geschichte sein. Vielleicht hat Rosi als Baby noch nicht ausgesehen wie Rosi. Vielleicht war sie ein niedliches, wonniges Kind, und der Vater war glücklich und stolz und hat das Foto an seinem Herzen getragen, und in seiner allerletzten Minute hat er an seine Rosi gedacht und gelächelt. Es muss schön sein, wenn man so was weiß von seinem Vater.

»Na, dann kann deine Mutter sich ja auch verloben«, sagt Moni. »Wenn der tot ist.«

Rosi nickt, und jetzt sieht sie Moni zum ersten Mal an. »Pfingsten heiraten sie«, sagt sie. »Onkel Ewald hat gesagt, dann kann ich Vati zu ihm sagen.«

»Und willst du?«, fragt Moni.

Rosi schüttelt den Kopf. »Er ist ja nicht mein Vati«, sagt sie. »Und sie kriegt ein Kind, meine Mutti, von dem ist er dann der Vater, das kann dann ja Vati zu ihm sagen«, und Moni hört erstaunt, dass da so etwas wie Trotz mitklingt in Rosis Stimme, und dabei ist Rosi wirklich keine, bei der man sich vorstellen kann, dass sie trotzig ist. Und dass Rosi das von dem Baby erzählt. So was erzählt man doch nicht, man sagt später, dass es ein Siebenmonatskind war.

»Heißt du dann anders?«, fragt Moni.

Rosi schüttelt den Kopf. Sie guckt schon längst wieder auf ihren Schoß.

»Ich muss raus«, sagt Moni. »Tschüs, Rosi.«

Sie ist wirklich ein bisschen komisch, denkt Moni, als sie von der Haltestelle nach

Hause geht. Und vielleicht riecht sie doch ein bisschen. Nach Unterhose. Aber das mit dem Foto am Herzen ist schön.

Wenn mein Vati nicht vermisst wäre, sondern gefallen, dann hätte er vielleicht auch mein Foto an seinem Herzen getragen. Und die Kugel, die ihn durchbohrt hat, glatt sein Herz durchbohrt, die hätte dann auch mich durchbohrt.

Moni schüttelt sich. Er ist ja nur vermisst. Deshalb ist dieser Helmut auch nur Muttis Freund und nicht ihr Verlobter, Verlobter geht ja nicht. Deshalb kriegt Mutti auch kein Baby von ihm. Bei mir ist alles ganz anders als bei Rosi.

Als Hilli klingelt, muss Moni noch Deutsch machen, die neuen Wörter lernen für Tuwort und Dingwort und alles. Verb und Substantiv heißt das jetzt, das ist lateinisch und daran merkt man, dass jemand auf die höhere Schule geht. Und Präsens heißt Gegenwart und Imperfekt Vergangenheit.

»Ich bin noch nicht fertig mit den Schularbeiten!«, sagt Moni.

Hilli steht vor der Tür und hält einen Ball in den Händen, der ist riesengroß, viel größer als alle Bälle, die Moni jemals gehabt hat, größer als ein Kopf. Sogar größer als ein Fußball, den hat Harald sich immer so gewünscht, einen echten Lederfußball, und nie ist was draus geworden. Aber er hätte ihn jetzt ja bestimmt sowieso nicht mitnehmen können nach seinem Australien.

»Fühl mal!«, sagt Hilli, als ob Moni ihr nicht gerade erzählt hätte, dass sie nun wirklich keine Zeit für sie hat. »Hab ich gestern gekriegt!« Und sie streckt ihn Moni entgegen.

Der Ball ist gelb und noch ganz sauber. Moni erschrickt. »Wie kommt das?«, fragt sie verblüfft. Der Ball ist groß, größer als ein Lederfußball, aber er ist so leicht, dass man ihn fast gar nicht spürt. Fast so leicht wie ein Luftballon. Man muss glatt Angst haben, dass er wegfliegt.

»Plastik!«, sagt Hilli stolz. »Der ist nicht aus Gummi, Moni, das ist ganz modern! Aber teuer war der.«

»Plastik?«, fragt Moni und dippt den Ball einmal kurz auf den Treppenhausboden, das ist eigentlich streng verboten. Ganz leicht ist der und springt viel höher als ein Gummiball. »Ist der aus Amerika?«

Hilli schüttelt den Kopf. »Mama hat eine neue Arbeit«, sagt sie. »Im Alsterhaus. Da ist der her. Aus der Spielzeugabteilung.«

»Ich komm mal kurz mit runter«, sagt Moni.

Eigentlich ist es langweilig, einen Ball immer nur hin und her zu werfen, das machen die Kleinen. Aber mit diesem Ball macht es trotzdem Spaß. Weil es sich so sonderbar und neu anfühlt.

»Und Völkerball!«, sagt Moni. »Bestimmt kann man gut mit dem Völkerball spielen, Hilli! Der tut ja nicht so weh beim Abbacken.«

Hilli dippt den Ball auf dem Boden vor sich her. »Wir haben ihn zum Trost gekauft«, sagt sie. »Weil es jetzt doch alles nichts genützt hat, weißt du. Jetzt macht Deutschland doch mit bei den anderen. Wenn mal Krieg ist.«

»Bei welchen?«, fragt Moni verblüfft. »Ist doch kein Krieg.«

»NATO heißt das«, sagt Hilli und dippt. »Amerika und England und alle. Und wenn da jetzt Krieg ist gegen die Sowjetunion, dann müssen wir mitmachen mit den Amerikanern und dann müssen wir sogar gegen die DDR kämpfen und die totschießen, dabei sind das doch auch Deutsche wie wir.«

»Quatsch«, sagt Moni. DDR ist die Ostzone, das sind unsere Brüder und Schwestern, das hat sie auch schon gehört. Aber wer die Sowjetunion ist, weiß sie nicht. Will sie auch gar nicht, wirklich nicht. »Was hat das denn mit dem Ball zu tun?«

»Zum Tro-host!«, sagt Hilli böse. »Hab ich dir doch gesagt! Wir wollen jetzt bloß nicht den Kopf hängen lassen, sagt Mama.«

»Gib noch mal«, sagt Moni, und jetzt dippt *sie* den Ball. Es ist furchtbar mit Hilli und ihrer Mutter, immer nehmen sie Sachen wichtig, um die sich sonst kein Mensch kümmert. Politik sollen die machen, die was davon verstehen, da hat Oma Recht. »Wieso hat deine Mutter denn eine neue Arbeit?«

»Wir kennen da einen«, sagt Hilli. »Sie arbeitet jetzt länger, aber es ist so schön da, du! All die vielen teuren Sachen. Sie verdient auch mehr, aber über Geld soll ich nicht reden.«

Da legen sich von hinten zwei Hände über Monis Augen. »Dreimal darfst du raten!«, sagt Mutti mit tiefer, verstellter Männerstimme.

Moni windet sich frei. »Guck mal!«, sagt sie. »Der gehört Hilli.«

Mutti wiegt den Ball auf der Hand und schüttelt den Kopf. »Unglaublich«, sagt sie.

»Bin ich dafür zu alt?«, fragt Moni.

Mutti lacht. »Jetzt ist erst mal Pfingsten«, sagt sie. »Da wird ein neues Kleid gekauft, das kostet schon genug, junge Dame. Sonnabend gehen wir los. Über Bälle reden wir, wenn Geburtstag ist.«

»Jetzt Sonnabend?«, fragt Moni glücklich. Jedes Jahr vor Pfingsten gehen Mutti und Oma mit ihr los und kaufen ein neues Sonntagskleid, das braucht man, um den Sommer zu begrüßen, sagt Oma. Und außerdem kriegen ja alle zu Pfingsten immer neue Sonntagskleider. Hinterher spendiert Oma manchmal sogar noch ein Würstchen, wenn das Kleid nicht zu teuer war.

»Sonnabend«, sagt Mutti. »Damit du hübsch bist, wenn wir unseren Pfingstausflug machen.«

»Juhuu!«, sagt Moni.

Dann fällt ihr Deutsch wieder ein. »Tschüs, Hilli«, sagt sie. Präsens. Imperfekt. Futur.

12

Bis zuletzt hat Moni gedacht, dass Oma mitkommt auf den Pfingstausflug. Noch als sie ihr neues Kleid angezogen hat, das ein kleines bisschen zu lang ist, aber da wächst sie schon noch rein. Noch als sie die Schuhe angezogen hat, neue schwarze Lackschuhe mit Riemen, wie sie sie schon immer haben wollte.

»Oma!«, hat Moni drängelig gesagt, weil Oma noch in ihrem langen alten Flanellnachthemd durch die Wohnung gelaufen ist mit dem zauseligen dünnen Zopf auf dem Rücken, in den sich ihr energischer Knoten nachts immer verwandelt. »Du musst dich anziehen! Mutti und ich sind schon fertig!«

»Ich komm nicht mit!«, hat Oma gesagt und einen Topf mit Wasser auf den Tisch gestellt. Ein bisschen Wasser ist übergeschwappt.

»Nein?«, hat Moni erschrocken gefragt. »Warum nicht?«

»Ich muss Kartoffeln schälen«, hat Oma geantwortet und schon gleich angefangen.

Niemand kann so schöne Schalenspiralen machen wie Oma, lang und dünn.

»Ach so«, hat Moni gesagt und begriffen, dass sie jetzt nicht mehr fragen darf.

Aber Mutti kann sie fragen, als sie unten auf der Straße sind und die Sonne scheint, dass Moni ihre Jacke gleich ausziehen kann. Jetzt sieht jeder ihr neues Kleid mit der Bordüre.

»Beeil dich ein bisschen!«, sagt Mutti und guckt auf ihre Armbanduhr. Sie sieht aufgeregt aus, unruhig. Und hübsch, denkt Moni. Mutti hat sich auch hübsch gemacht für den Pfingstausflug, fast, als ob sie zum Tanzen will.

»Warum kommt Oma nicht mit?«, fragt Moni und geht ein bisschen schneller. Mutti läuft jetzt schon fast. »Habt ihr Streit?«

»Ach, Unsinn!«, sagt Mutti, ohne sich umzudrehen. »Beeil dich, Moni! Ich hab es dir nicht gesagt, Oma hab ich es auch erst gestern Abend gesagt, wir treffen uns mit Helmut, wir beiden.«

»Was?«, ruft Moni und bleibt stehen.

»Komm, Moni, komm schon!«, sagt Mutti. »Ich hab abgemacht, dass wir uns um zehn am Bahnhof treffen, und nun ist es schon gleich Viertel nach.«

»Warum hast du das nicht vorher gesagt?«, fragt Moni und tut keinen Schritt. »Warum muss der mit?«

Und sie spürt plötzlich einen Zorn, weil sie doch die ganze Zeit gedacht hat, es wird alles wie immer, so schön pfingstlich wie immer, und nun kommt Oma nicht mit auf den Pfingstausflug und dafür dieser Helmut, und dabei durfte im letzten Jahr nicht mal Jenny mit ihnen gehen. Weil Pfingsten doch immer ihr besonderer Tag ist, an dem machen sie immer einen Ausflug, nur Moni und Mutti und Oma, immer, da hätte Jenny nur gestört.

»Moni!«, sagt Mutti ungeduldig. »Nun mach mir doch kein Theater! Ich hab dir doch neulich schon gesagt, ich kenn den Helmut jetzt schon so lange, es wird Zeit, dass ihr zwei euch auch mal kennen lernt.«

»Und Oma?«, fragt Moni und setzt sich langsam wieder in Bewegung. »Warum darf die ihn nicht kennen lernen?«

»Weil Oma nicht meine Tochter ist«, sagt Mutti böse. »Darum.«

Und dann sehen sie den Bahnhof und darüber das große S und das große U, und vor dem Eingang steht ein Mann in einem grauen Anzug und guckt suchend in ihre Richtung.

Dann macht er einen kleinen Schritt auf sie zu und winkt.

Er ist alt, denkt Moni erschrocken. Du meine Güte, der ist ja so alt wie Hillis Mutter, bestimmt vierzig oder noch älter. Das ist ja fast ein Opa.

»Hallo, Herta!«, sagt der Mann und zieht Mutti an sich zur Begrüßung, aber dann hält er inne, lässt sie stehen und dreht sich zu Moni hin. »Und du bist Monika! Deine Mutti hat mir schon so viel von dir erzählt.«

Moni macht einen Knicks, aber sie lächelt nicht mal. Es ist nicht gerecht, denkt sie. Alleine macht Oma ein Ausflug doch bestimmt keinen Spaß, bestimmt sitzt sie heute den ganzen Tag nur in der Wohnung bei diesem schönen Wetter, und dann ist Pfingsten vorbei.

»So ein großes Mädchen schon! Und so ein hübsches Mädchen«, und Moni merkt, wie sie rot wird, dabei will sie gar nicht rot werden, nicht wegen diesem alten Helmut, ganz bestimmt nicht.

»An die Elbe? Ich hab gedacht, wir fahren an die Elbe und machen einen schönen Spaziergang, und nachher setzen wir uns an den Strand bei diesem Pfingstwetter«, sagt Helmut. »Einverstanden?«

Mutti nickt und hakt sich bei ihm ein.

»Und zum Abschluss«, sagt Helmut, »kaufen wir uns dann auch noch ein Eis. Ist das dem jungen Fräulein recht?«

Moni nickt. Es wäre unhöflich, wenn sie jetzt sagen würde, dass es ihr nicht recht ist, aber eigentlich macht ihr das ganze Pfingsten jetzt gar keinen Spaß mehr. Eigentlich würde sie viel lieber zu Hause bleiben bei Oma und mit ihr »To Pingsten, ach wie scheun, wenn de Natur so greun« singen wie in jedem Jahr und gucken, ob von den Kindern in den Nissenhütten welche zu Hause sind, und mit ihnen Verstecken spielen oder Brennball.

Die ganze Fahrt bis Altona guckt sie aus dem Fenster. Die Sonne scheint auf die Straßenschluchten und auf die Autos und auf die Trümmer, in denen Kinder in ihren neuen Pfingstkleidern spielen, als wäre es ein ganz gewöhnlicher Tag. Die kriegen nachher zu Hause bestimmt Ärger, wenn die schönen Sachen schmutzig sind.

»Pass auf!«, sagt Helmut da plötzlich direkt neben ihr. Er ist von seinem Platz neben Mutti aufgestanden und hat sich zu ihr gesetzt. »Da kannst du gleich sehen, wo ich wohne! Da, das Haus mit den weißen Balkons, hast du gesehen? Im dritten Stock. Leider nur zur Untermiete. Da kommt ihr mich auch mal besuchen.«

Die S-Bahn hat das Haus längst hinter sich gelassen, aber es war sowieso kein besonderes Haus. Nicht wie das Haus von Heike, zum Beispiel, nicht vornehm oder reich. Nur genauso ein Haus wie Monis Haus auch.

»Deine Mutti hat mir so viel von dir erzählt«, sagt Helmut. »Hat sie dir auch was von mir erzählt?«

Moni schüttelt den Kopf. Eigentlich ist das sonderbar. Von Jenny hat Mutti immerzu erzählt, dass sie aus Schlesien gekommen ist und dass sie einen Verlobten hatte, der bei Stalingrad gefallen ist. Nun redet sie schon lange nicht mehr von Jenny. Aber von Helmut redet sie auch nicht.

»Aussteigen!«, sagt Helmut. »Ganze Kompanie – marsch! Erst mal immer nur geradeaus.«

Die Sonne scheint auf die Straßenschluchten und auf die Autos und auf die Trümmer, in denen Kinder in ihren Pfingstkleidern spielen, als wäre es ein ganz gewöhnlicher Tag, und Mutti hat sich bei Helmut eingehakt und redet und lacht.

»Da vorne!«, sagt Helmut. »Das hab ich extra für die beiden Damen bestellt.«

Vor ihnen glitzert tief unten die Elbe, dass Moni die Augen zukneifen muss. Wenn die Sonnenstrahlen sich in den Wellen spiegeln, ist das Glänzen so hell, dass man es kaum aushalten kann.

»Ist das nicht schön?«, fragt Helmut. »Der erste Blick, der ist immer so wunderschön. Manchmal gehe ich abends noch her, zu Fuß, einfach nur, um hier zu stehen und zu denken: Wie ist das alles doch schön. Und ich bin am Leben.«

Mutti schmiegt sich an ihn, aber als sie sieht, dass Moni zu ihnen hinguckt, geht sie einen Schritt zur Seite.

»Schiffe bauen sie auch schon wieder«, sagt Mutti.

»Ja, da war natürlich viel zerstört«, sagt Helmut. »Die Werften fast alle, und was nicht kaputt war, demontiert. Und guckt euch an, wie es jetzt schon wieder aussieht. Der Mensch ist zäh. Der Mensch will weiterleben, egal, was passiert. Und wenn alles kaputt ist: Da krempelt er eben die Ärmel auf und fängt von vorne an.«

Ich glaub, er humpelt, denkt Moni. Irgendwie geht er komisch. Richtig humpeln tut er nicht, nicht wenn er geht. Aber wenn er steht, steht er so komisch. Vielleicht hat er kein Holzbein, ein ganzes jedenfalls nicht. Aber normal ist sein Bein auch nicht, sonst würde er nicht so komisch stehen, und er ist alt, und ich weiß nicht, ob man seinen Freund so einhaken darf, wenn man einen Mann hat, der vermisst ist. Und so angucken. Und so dicht an ihn ran.

Von unten, wo der Weg ans Wasser und zum Kühlhaus führt, kommt ihnen eine Familie entgegen. Die Mutter trägt ein geblümtes Kleid und schiebt einen Kinderwagen, und hinter ihr kommt der Vater und hat ein kleines Mädchen auf seinen Schultern, das laut juchzt.

»Hüh!«, ruft das kleine Mädchen und lacht. »Hüh!«

Und da macht der Vater einen winzigen, albernen Hopser und galoppiert wie ein Pferd.

»Möchtest du auch?«, fragt Helmut. »Willst du auch mal huckepack?«

Moni starrt ihn an. Sie kann sich doch nicht zu einem fremden Mann auf die Schultern setzen! Sowieso machen das nur die kleinen Kinder. Zu einem fremden, alten Mann.

»Na, wahrscheinlich bist du schon ein bisschen zu alt dafür, was, Monika?«, sagt Helmut da selber. »Schade. Ich hab nicht richtig nachgedacht.«

»Nun benimm dich aber endlich mal ein bisschen!«, sagt Mutti böse. »Moni! Du verdirbst uns ja den ganzen Pfingstausflug!«

Na und, denkt Moni. Oma hast du ihn auch verdorben. Und mir auch.

»Ach, Unfug, Herta!«, sagt Helmut. »So einen schönen Tag kann man gar nicht verderben. Und das will Monika ja auch gar nicht, oder, Monika? Du kannst Onkel Helmut zu mir sagen, das weißt du doch. Und *Sie* sagen musst du auch nicht.«

Ich könnte ihn fragen, ob er ein Holzbein hat, denkt Moni. Das geschähe ihm recht, das könnte ich fragen.

Aber natürlich fragt sie ihn nicht.

Später sitzen sie vor dem Jenischhaus auf dem Rasen, da sind sie schon ganz bis Teufelsbrück gelaufen und haben auf dem Anleger für die Elbdampfer eine kleine Rast gemacht. Helmut guckt den Autos nach, die auf der Elbchaussee fahren.

»Das ist als Nächstes dran!«, sagt er zu Mutti. »Wie würde dir das gefallen, Herta? Für ein großes reicht es nicht, aber einen kleinen Wagen, den könnten wir uns schon bald leisten.«

Wieso wir, denkt Moni. Glaub du das bloß nicht, Onkel Helmut mit dem komischen Bein.

»Da!«, ruft Helmut. »Siehst du den? Siehst du den auch, Monika? Ein Goggomobil, die sind jetzt ganz neu! Das wäre doch vielleicht was für uns.«

»Helmut!«, sagt Mutti und runzelt kurz die Stirn, aber Moni sieht es doch, und sie weiß auch, was es bedeuten soll.

Aber Helmut sieht es nicht. Helmut, für den das Runzeln doch bestimmt war, ist viel zu begeistert. »Oder die Isetta da! Wenn ich das Moped verkaufe, könnte ich die jetzt schon kaufen. Da passen natürlich nur zwei Menschen rein. Nein, ich glaube, ich warte noch ein bisschen, was?«

Du bist ja nur einer, denkt Moni. Da sind sogar zwei Sitze doch schon einer zu viel. Verkauf du mal dein Moped und kauf eine Isetta.

»Wollen wir nicht noch ein bisschen laufen?«, fragt Mutti, und da gehen sie den Weg zurück, immer an der Elbe entlang, und bei der Himmelsleiter setzen sie sich in den Sand. Die Sonne scheint wie im Sommer und vorne am Wasser haben Kinder ihre Schuhe ausgezogen und lassen die Wellen über ihre Füße schlagen.

»Willst du nicht auch?«, fragt Mutti.

Aber Moni sitzt nur im Sand und lässt die Körner zwischen ihren Fingern hindurchrinnen, hundert, tausend, eine Million. »Müssen wir nicht nach Hause?«, fragt sie. »Ich glaub, Oma wartet langsam.«

Der Himmel über dem Kanal ist schon rot, als sie zu Hause ankommen, das heißt, dass das Wetter morgen auch noch so schön sein wird.

»Du hast dich unmöglich benommen!«, sagt Mutti, als sie die Wohnungstür aufschließt. Auf dem ganzen Weg von der S-Bahn hat sie kein Wort geredet. »Was soll Helmut denn jetzt von dir denken!«

Die Wohnung ist still. Vielleicht ist Oma zu Frau Könnemann gefahren, nach Eidelstedt, und hat sich da einen schönen Tag gemacht in der Neubauwohnung. Vielleicht sind die beiden auch spazieren gegangen. Kann doch sein, in Eidelstedt ist es auch ganz hübsch.

»Dabei hat er sich so viel Mühe gegeben!«, sagt Mutti. »Die ganze Zeit ist er freundlich geblieben, obwohl du so mucksch gewesen bist! Kein unfreundliches Wort! Und du hast nicht mal ein Eis von ihm genommen!«

Moni kneift die Lippen zusammen. Auf dem Küchenschrank steht der fremde Mann in der Uniform und lächelt freundlich und ernst. Was darf eine Mutter, wenn der Mann vermisst ist? Einen Freund haben darf sie, doch, das darf sie, denkt Moni, eine Freundin darf sie ja auch. Aber sich so an ihn rankuscheln darf sie vielleicht nicht. Und die Oma zu Hause lassen, dass das ganze Pfingsten für sie nicht mehr schön ist, das darf sie ganz bestimmt nicht.

»Setz dich mal hin!«, sagt Mutti. »Ich hab dir doch von Helmut erzählt, neulich! Und da hatte ich das Gefühl, du hast gar nichts dagegen!«

Moni antwortet nicht. So ist es immer, alles ist in Ordnung, solange es nur Gerede ist. Erst wenn es wirklich passiert, wird es anders.

»Helmut ist das Beste, was mir seit Jahren passiert ist«, sagt Mutti. »Er ist freundlich und rücksichtsvoll und gebildet. Er erzählt mir Sachen, von denen ich vorher noch niemals gehört habe! Hörst du mir zu, Monika?«

Moni nickt. Wenn sie jetzt nicht wenigstens nickt, wird Mutti wütend.

»Und er hat es wirklich schwer gehabt«, sagt Mutti. »Als er wiedergekommen ist.«

»Wegen dem Holzbein?«, fragt Moni lauernd. Sie weiß, dass Helmut kein Holzbein hat, kein ganzes wenigstens, dann könnte er nicht so gehen. Aber sie will, das Mutti sich jetzt ärgert. So wunderbar ist ihr Helmut eben doch nicht, ein bisschen wenigstens ist er kaputt, Mutti kann ruhig wissen, dass Moni das gleich gemerkt hat.

»Er hat doch kein Holzbein!«, ruft Mutti. »Was ist das denn für ein dummes Gerede! Ja, eine schwere Beinverletzung hatte er, und Schmerzen hat er oft sogar jetzt noch, aber wie redest du denn!«

»Ich dachte«, sagt Moni gleichgültig. »Er geht so komisch.«

»Er geht überhaupt nicht komisch!«, ruft Mutti. »Du bist undankbar!«

»Ich geh zu Hilli«, sagt Moni.

»Nicht mehr so spät!«, ruft Mutti.

Da hört Moni den Schlüssel im Schloss.

»Oma!«, ruft sie.

Oma nimmt sie in ihre Arme, noch auf dem Flur, und drückt Monis Gesicht ganz fest gegen ihre weiche Brust. »Ach, Deern«, sagt Oma. »Ach, Deern.«

In der Schule erzählt Heike, dass sie Pfingsten ihre Tante besucht haben, in Köln, das ist furchtbar weit weg. Aber mit dem Opel geht es natürlich.

»Und den Kölner Dom haben wir besichtigt«, sagt Heike. »Du glaubst nicht, wie dreckig der ist. Ganz schwarz. Aber sehr berühmt. Es ist wieder so ein Baustil.«

»Was ist ein Baustil?«, fragt Moni unfreundlich.

»Weißt du nicht, was ein Baustil ist?«, fragt Heike verblüfft. »Ich denk, du bist so schlau.«

»Nee, weiß ich nicht«, sagt Moni. Wenn gleich Herr Dr. Wandschneider kommt, wird Heike hoffentlich aufhören mit ihrem Kölner Dom. Moni weiß gar nicht, warum sie keine Lust hat, Heike von Helmut zu erzählen, von Onkel Helmut.

»Na, wenn die Fenster so spitz sind«, sagt

Heike. »Das heißt Gotik. Das ist leicht. Das ist das Älteste, fast.«

»Ich muss mir noch mal Mathe angucken«, sagt Moni und dreht sich weg.

In den Pausen geht sie mit Heike über den Hof wie immer und hört sich an, was Heike über ihre Cousinen erzählt, die einen großen Hund haben, und über ihren Onkel, der für die Bundesregierung arbeitet, in Bonn.

»Da wird er jetzt schnell Karriere machen, ohauaha«, sagt Heike vergnügt. »Sagt Mutti. Der hat sich mal rechtzeitig klug entschieden. Er hat jetzt schon einen Mercedes, du!«

Eine Sekunde lang überlegt Moni, ob sie erzählen soll, dass sie demnächst auch ein Auto haben wird, ein Goggomobil. Aber eigentlich ist es nicht wahr. Und sie will es ja außerdem auch gar nicht.

Und sie versteht selber nicht, warum sie Heike nach der Schule stehen lässt und sich beeilt, um mit Rosi zur Straßenbahn zu gehen. Einfach, um nett zu sein. Damit die arme Rosi nicht immer so alleine ist.

»Moni?«, ruft Heike ihr hinterher. »Moni, kann ich dich heute Nachmittag nicht mal besuchen? Moni, soll ich das mal?«

Moni bleibt stehen. »Das passt heute nicht so gut!«, ruft sie zurück. »Nee, heute nicht!«

Dann tippt sie Rosi auf die Schulter. »Na, Rosi?«

An der Haltestelle drängeln sich die Kinder. Wenn sie nicht gleich mit in die erste Straßenbahn kommen, macht es auch nichts, dann warten sie eben eine länger. »Wie war eure Hochzeit?«

Rosi zuckt die Achseln. »Wir hatten drei Gänge!«, sagt sie. »Erst Suppe und dann Braten mit Rotkohl und dann noch Vanillepudding.«

»Oha!«, sagt Moni. »Und hast du ein neues Kleid gekriegt?«

Rosi nickt. »Zur Schule darf ich das nicht anziehen«, sagt sie.

»Nee, klar, darf ich mein Pfingstkleid auch nicht«, sagt Moni. »Hast du Blumen gestreut?«

Die Straßenbahn kommt und natürlich drängeln die Großen wieder vor.

»Macht nichts!«, sagt Moni. »Nehmen wir die nächste. Hast du? Blumen gestreut?«

Rosi schüttelt den Kopf. »Das war nicht in der Kirche«, sagt sie. »Wegen dem Bauch doch. Wegen dem Baby.«

»Ach so!«, sagt Moni. Irgendwie ist ihr das ein kleines bisschen peinlich. Solche Sachen soll Rosi nicht immer erzählen. »Und hattet ihr viele Gäste?«

Rosi schüttelt den Kopf. »Aber drei Gänge!«, sagt sie.

»Was hat deine Oma denn dazu gesagt?«, fragt Moni. »Hat die sich gefreut?«

»Meine Oma ist doch längst tot«, sagt Rosi, als ob Moni das wissen müsste. »Beim Feuersturm. Und meine andere schon vorher.«

»Ach so«, sagt Moni.

Dann geht es vielleicht.

Zu Hause hat Oma das Essen schon auf den Tisch gestellt.

»Kartoffelsuppe«, sagt sie. »Magst du doch so gern, min Deern.«

»Mhm, lecker«, sagt Moni.

Seit dem Sonntagsausflug hat sie noch nicht richtig mit Oma reden können. Immer war ja Mutti dabei, und am Montag ist Oma auch schon ganz früh verschwunden und erst am Abend zurückgekommen. Dann ist sie gleich in ihr Zimmer gegangen.

»Du kannst die am besten kochen, Oma«,

sagt Moni. »Nächstes Jahr Pfingsten zwitschern wir drei wieder zusammen los, nicht? Warst du bei Frau Könnemann?«

»Nu man sutje«, sagt Oma. »Dat ward wi allns sehn.«

Moni kaut lange auf ihrem Würstchen. »Oma?«, sagt sie dann. Vielleicht kann sie es Oma erklären. Wie Mutti es ihr erklärt hat. »Der Helmut ...«

»Iss!«, sagt Oma. »Snack ni so veel bi d' Eeten. Dann wird die Suppe kalt.«

Moni schluckt. »Der hat es schwer gehabt, du. Darum hat Mutti sich doch nur um ihn gekümmert.«

»So«, sagt Oma. »Het se dat seggt.«

»Der war in Gefangenschaft«, sagt Moni. »In russischer. Du sagst doch immer, vielleicht ist mein Vati da auch noch. Und der Helmut, der war da wirklich. Bis vor drei Jahren.«

»Iss«, sagt Oma.

»Und als er wiedergekommen ist«, sagt Moni, »stell dir das mal vor! Da hatte seine Frau einen neuen Freund! Einen Amerikaner.«

»'N Swatten?«, fragt Oma erschrocken, und Moni freut sich, dass sie ihr also doch zuhört.

»Nee, glaub ich nicht«, sagt Moni. »Sie hatte ihm das nicht geschrieben in die Gefangenschaft, weißt du, sie hat gesagt, sie wollte nicht, dass er die Hoffnung verliert. Aber eigentlich hat sie nicht geglaubt, dass er noch mal zurückkommt.« Moni rührt in ihrer Suppe. »Die überleben da in diesem Sibirien ja nur, weil sie Hoffnung haben, nicht? Sagst du doch immer. Irgendwie war das ja auch wieder nett von der Frau.«

»Nett?«, ruft Oma. »Feige, so nenn ich so was!«

Oh, gut, denkt Moni. Gutgutgut. Jetzt ist Oma schon auf der Seite von Muttis Helmut.

»Na, jedenfalls«, sagt sie. »Zuerst hat die Frau es dann noch mal mit Helmut versucht. Aber es ging nicht mehr. Und die Tochter, die hatte ihn ja zehn Jahre oder was nicht gesehen, weißt du? Und die war auch schon groß geworden, und die wollte nicht mehr Vati zu ihm sagen, und wenn der Amerikaner gekommen ist, dann ist sie ihm um den Hals gefallen und hat geweint ...«

»Nun ist gut!«, sagt Oma böse. »Nun reicht das, Deern. Iss fertig.«

Aber Moni findet es wichtiger, dass sie fertig erzählt.

»Und dann hat die Frau schließlich gesagt, es geht nicht mehr. Und dass sie sich scheiden lassen will, auch wegen dem Kind. Für das Kind ist der Amerikaner jetzt der Vater. Und als der zurückgegangen ist nach Amerika, da sind die beiden mit. Und Helmut war ganz alleine.«

»So«, sagt Oma.

»Ist das nicht traurig?«, fragt Moni. »In Sibirien, da hatte er immerzu nur an seine Frau gedacht und an seine kleine Tochter. Von der hatte er ein Foto, das hat er jeden Abend angeguckt, bevor er eingeschlafen ist. Und wenn er es fast nicht mehr ausgehalten hat vor Hunger und vor Kälte, dann hat er gedacht, wie er bald wieder nach Hause kommt und seine Frau fällt ihm um den Hals, und die kleine Tochter weint vor Freude. Aber nun war das ja alles ganz anders. Und da ist er von da weg, nach Hamburg.«

Oma nimmt Monis Teller und stellt ihn in den Ausguss.

»Ich finde das gemein von der Frau!«, sagt Moni. »Du doch auch, nicht, Oma? Das kann man doch nicht machen!«

Da dreht Oma sich blitzschnell zu ihr um.

Dann atmet sie schnaufend aus. »Ich muss jetzt gehen«, sagt sie.

»Und die letzten Fortsetzungen?«, fragt Moni. »Von ›Suchkind‹? Hat Frau Pape dir die endlich mal gegeben?«

»Wozu«, sagt Oma.

»Dass ich weiß, wie das ausgeht!«, sagt Moni. »Dazu!« Sie seufzt. »Und weil es bei Helmut doch fast genauso war. So ähnlich.«

Aber Oma ist schon auf dem Flur.

Es ist gut, dass ich es ihr erzählt habe, denkt Moni. Aber es reicht noch nicht. Sie ist immer noch traurig.

»Oma!«, ruft Moni und läuft aus der Küche. »Oma, er ist doch nur Muttis Freund! Ein Freund ist doch kein Verlobter, verlobt geht ja gar nicht! Und nächstes Jahr gehen wir drei Pfingsten wieder zusammen los, Mutti hat mir das versprochen. Wenn du willst, dann machen wir das, hat sie gesagt.«

Da guckt Oma sie an, und Moni sieht erschrocken, dass ihre Augen glänzen. »Ach, Deern«, sagt Oma. Dann zieht sie die Wohnungstür hinter sich zu.

13

Zuerst hat Moni gedacht, dass die Oberschule gar nicht so anders ist als die Volksschule, aber dann merkt sie es doch. In Englisch muss man ganz genau aufpassen und in Mathe, und überall muss man schwierige lateinische Wörter lernen, die vergisst Moni hinterher immer so schnell.

Einmal, als sie die Schularbeiten in Deutsch nicht machen konnte, Grammatik, hat sie Heike gefragt, wieso sie das denn hingekriegt hat.

»Hab ich meine Mutter gefragt«, hat Heike gesagt, und Moni merkt, dass andere es genauso machen, die fragen ihre Mutter oder ihren Vater, und die erklären es dann.

Was die für schlaue Eltern haben, denkt Moni, oha. Drei sind Ärzte und einer ist Rechtsanwalt, und einer ist sogar Pastor. Mutti ist ja auch nicht dumm, und Oma weiß schließlich ganz viel, alle Propheten weiß sie auswendig aus der Bibel, die musste sie in der Schule lernen, und Gedichte. Aber was ein Attribut ist, davon hat sie keine Ahnung.

»Soll ich Helmut fragen?«, hat Mutti gesagt, als Moni eines Abends in der Küche über ihrem Matheheft gehockt hat und konnte und konnte die Aufgaben nicht verstehen. »Als Ingenieur kennt der sich mit Mathe doch aus«, und sie hat einen Blick zu Oma hingeworfen, die hat ruhig weiter an ihrer Flickwäsche genäht und getan, als ob sie gar nicht zugehört hätte.

Aber wenn Mutti Helmut wieder trifft, ist es natürlich längst zu spät für die Hausaufgabe. Bestimmt zweimal in der Woche trifft Mutti sich jetzt mit Helmut, und dann gehen sie in ein Konzert oder ins Theater, das erzählt Moni Heike dann hinterher immer.

»Wenn er so viel Geld übrig hat für solchen Spökelkram«, sagt Oma. Sonst redet sie nicht mehr so viel mit Mutti und sie lacht auch nicht mehr mit ihr. Manchmal besucht Oma Frau Könnemann oder eine Kollegin von der Arbeit oder Frau Pape, und sonntags macht sie meistens einen Ausflug, da darf Moni dann mit, wenn sie möchte. Tauben füttern beim Rathaus, und dahin fahren sie mit dem Alsterdampfer.

»Hebb wi dat nich scheun?«, sagt Oma dann. »Hebb wi dat nich scheun, Deern?«, und Moni antwortet ganz schnell, doch, ganz bestimmt haben sie es schön, und wirft den Tauben Brotkrümel hin.

Aber wenn Mutti fragt, ob Moni vielleicht mit ihr und Helmut losziehen möchte, dann macht das eigentlich meistens noch mehr Spaß. Dann gucken sie alle Autos an, die vorbeifahren, und überlegen, welches Helmut sich wohl am besten kaufen soll. Und Helmut sagt auch nicht mehr *wir*, wenn er über sein Auto redet, da passt Moni ganz genau auf, und Mutti kuschelt sich nicht mehr so an ihn ran. Nur einhaken tut sie ihn noch, aber das darf man, da ist sich Moni ziemlich sicher. Jenny hat Mutti auch immer eingehakt, wenn sie zusammen auf den Swutsch gegangen sind.

»Die verlobt sich mit dem«, sagt Rosi eines Montags, als Moni mit ihr in der Straßenbahn sitzt. »Wetten? Wenn sie den so oft trifft.«

»Quatsch!«, sagt Moni und schüttelt sich. »Tünkram!«

»Wenn sie den so oft trifft!«, sagt Rosi.

»Das hat sie mit ihrer Jenny ja auch getan«, sagt Moni bockig. »Sie küssen sich auch überhaupt nicht.«

Da ist Rosi still und guckt nur vor sich hin,

als ob sie etwas wüsste. Wie Hilli das immer tut. Und Moni kommt sich jedes Mal ganz klein und ganz dumm vor.

»Ich sag nicht *Vati*«, sagt Rosi plötzlich. »Gestern hat er mich gehauen. Er sagt, ich muss Vati zu ihm sagen, aber ich sag Onkel Ewald.«

»Deiner ist ja auch tot! Mausetot und gefallen«, sagt Moni. »Dein Vater.«

»Was hat das denn damit zu tun!«, sagt Rosi böse.

»Deshalb konnte sie sich ja auch verloben, deine Mutter«, sagt Moni. »Und sogar heiraten. Aber bei meiner Mutter geht das nicht. Darum ist Onkel Helmut nur ihr Freund.«

Rosi starrt geradeaus. Wie Oma, denkt Moni. Aber ich glaub Mutti das. Ich schon.

Wenn sie sowieso nicht genau weiß, wie sie die Schularbeiten machen soll, geht Moni meistens nach draußen, spielen. Immer ist es jetzt Mathe, was sie nicht so gut versteht. Wenn Harald noch da wäre, der würde es vielleicht rauskriegen. Aber Harald ist ja jetzt in Australien. Oder sogar noch auf dem Meer, wer weiß, wie lange ein Schiff dahin braucht, bis ganz auf die andere Seite.

Meistens klingelt sie dann bei Hilli, die ist nachmittags auch immer allein. Dafür bringt ihr ihre Mutter manchmal Sachen mit aus dem Alsterhaus. Sogar Rollschuhe hat Hilli jetzt, Hudora, mit Stiefeln dran und Gummirädern, bei denen war das Leder zerschrammt. Darum hat Hillis Mutter sie billiger gekriegt, und Moni hat immer noch nur ihre alten Eisenrollschuhe zum Unterschnallen, die machen furchtbaren Krach und rollen nicht gut und man fällt auch viel leichter damit hin. Aber trotzdem hat sie heute Lust, Rollschuh zu laufen.

Die Platten auf dem Bürgersteig sind uneben, aber Moni passt auf, dass sie nicht stolpert.

»Zu Weihnachten wünsch ich mir auch noch Schlittschuhe!«, sagt Hilli, als sie ganz leise an Moni vorbeirollt. »Bestimmt gibt es da auch angedetschte.«

»Gibt sowieso nicht so oft Eis, wo man laufen kann«, sagt Moni und kämpft sich hinter Hilli her. »Du kommst ja abends gar nicht mehr rüber. Muss deine Mutter nicht mehr so oft Flugblätter verteilen?«

Hilli fährt einen Bogen, so elegant geht das mit den alten Metalldingern nie. »Nee«, sagt sie und setzt sich auf das Mäuerchen, hinter dem der Vorgartenliguster wächst. Moni schnauft und setzt sich dazu. Die Mauer ist warm unter ihrem Po, das ist so schön, wenn es Sommer wird.

»Nee?«, sagt Moni.

Hilli schüttelt den Kopf. »Nun sind wir doch sowieso in der NATO«, sagt sie. »Und bestimmt wird die Partei auch verboten, das wollen sie doch schon ganz lange.«

»Ich denk, ihr seid schon immer verboten!«, sagt Moni verblüfft. »Wenn doch immer die Polizei kommt und ihr eingesperrt werdet.«

Hilli zeigt ihr einen Vogel und macht wieder ihr Du-weißt-aber-auch-wirklich-garnichts-Gesicht.

»Nee!«, sagt sie. »Aber das kommt, sagt meine Mutter. So sicher wie das Amen in der Kirche.«

Moni lässt ihre Füße abwechselnd so weit nach vorne rollen, wie es geht, und dann wieder zurück. Der Sand auf den Platten knirscht unter den Rädern.

»Sie hat gesagt«, sagt Hilli, und bei ihr knirscht der Sand viel leiser, »jetzt geht es erst mal um mich. Um meine Zukunft. Sie kann so wenig ausrichten; was sie tut, ändert sowieso nichts, und da ist es jetzt erst mal wichtig, dass aus mir was wird.« Hilli seufzt. »Unsere Freunde verstehen das auch.«

»Klar«, sagt Moni. Vielleicht werden sie jetzt normal, denkt sie. Na, wurde auch Zeit.

»Wenn ich auf die Oberschule komme«, sagt Hilli, »dann soll mir das nicht im Wege stehen. Mein Vati hat ja sein ganzes Leben immer was für die Partei gemacht, weißt du. Sogar gestorben ist er wegen dem KZ. Jetzt müssen wir auch mal ein bisschen in Ruhe leben, hat Mutti gesagt.«

»Und dass sie deswegen nicht ihre gute Arbeit verliert, nicht?«, sagt Moni. »Wie dein Vati. Das wäre ja schade, wo sie da immer die Sachen billiger kriegt.«

Hilli nickt und schnürt ihren linken Stiefel auf. »Wenn du willst, können wir mal tauschen«, sagt sie großzügig.

Aber da sieht Moni jemanden oben am Wiesendamm in die Straße einbiegen, und sie merkt, wie ihr Herz anfängt zu schlagen.

»Da kommt Heike!«, ruft sie und steht auf. Dann versucht sie, ganz schnell die Lederriemen von ihren Rollschuhen aufzuschnallen. Die ollen Dinger muss Heike gar nicht sehen.

Moni war schon viermal bei Heike zu Hause und Heike noch keinmal bei ihr.

»Wir haben kein Fernsehen!«, sagt Moni, wenn Heike fragt, ob sie nicht auch mal zu ihr kommen soll. »Ich hab auch kein eigenes Zimmer, Heike. Bei dir kann man mehr machen.«

»Ich will sowieso nicht immer fernsehen, wenn wir uns treffen«, sagt Heike. Aber Moni will das wohl. Und auf gar keinen Fall will sie, dass Heike sie besuchen kommt.

Aber jetzt ist Heike also plötzlich einfach da, oben an der Ecke steht sie und guckt sich suchend um, und dann fängt sie plötzlich an zu laufen. »Huhu, Moni!«, ruft Heike. »Huhu, Moni!«

Die eine Schnalle am rechten Rollschuh ist ein bisschen rostig, darum kriegt Moni sie nicht gleich auf. Aber Heike guckt sowieso gar nicht richtig auf ihre Füße.

»Hier bin ich!«, sagt sie vergnügt und so, als ob sie ganz sicher ist, dass Moni sich freut. »Da staunst du, was.«

Moni schlüpft aus dem Rollschuh. Ihr Gesicht ist rot, sie hat sich ja die ganze Zeit nach unten gebeugt.

»Na?«, sagt sie.

Heike zeigt auf Hillis Rollschuhe. »Die hab ich auch!«, sagt sie. »Haargenau die gleichen! Fahrt ihr sonntags auch immer zur Rollschuhbahn?«

Hilli schüttelt den Kopf.

»Musst du mal!«, sagt Heike. »Da geht das fix, du, glaubst du gar nicht! Da ist das ja nicht so hubbelig wie auf diesen dösigen ollen Platten.«

Hilli nickt. »Hier geht das aber auch«, sagt sie.

Moni hat ihre Rollschuhe aufgehoben und stupst Heike an. Sie möchte nicht so gerne, dass Heike mit in die Wohnung kommt, aber noch viel weniger gerne möchte sie, dass Heike sich noch länger mit Hilli unterhält. Wer weiß, was Hilli ihr dann alles erzählt.

»Wir können zu mir nach oben gehen«, sagt Moni.

»Oh ja, du!«, sagt Heike fröhlich. »Freust du dich, dass ich da bin?«

Moni antwortet nicht. Sie sind noch nicht mal ganz im dritten Stock, da fängt Heike an zu schnaufen.

»Ohauaha!«, sagt sie. »So hoch! Da kannst du bestimmt weit gucken, was?«

Moni schließt die Wohnungstür auf. Darüber hat sie noch nie nachgedacht, eigentlich hat sie immer geglaubt, dass dritter Stock nichts Gutes ist. Alles muss man so weit hochschleppen.

»Bis über den Kanal!«, sagt sie.

Heike tritt in den Flur. Rechts an der Garderobe hängt nur Monis Anorak. Mutti und Oma sind ja nicht da, und auf dem Boden steht auf Zeitungspapier Omas zweites Paar Schuhe. Ordnung kann jeder halten, sagt Oma. Ordnung kostet nichts. Sauber kann jeder sein.

»Wie niedlich!«, sagt Heike und geht hinter Moni her in die Küche. »So eine gemütliche Küche, du! Sogar mit Sofa! Wir haben kein Sofa in der Küche.«

Moni spürt, wie sie sich allmählich ruhiger fühlt.

»Du kannst da sitzen«, sagt sie. »Ich hol uns was zu essen.«

Heike schmeißt sich auf das Sofa und hüpft mit dem Po auf und ab. »Prima!«, sagt sie. »Darf man das?«

Moni nickt. Das Sofa ist alt, uralt, es hat schon in der Küche gestanden, solange Moni denken kann, und schon immer konnte man darauf wunderbar hüpfen. Aber mit den Füßen darf man nicht. Nur mit dem Po.

»Magst du Sahne?«, fragt Moni.

Bei Heike gibt es zuerst immer Kaffee und Kuchen, das hat Moni nicht. Aber etwas anbieten muss sie, etwas Leckeres, damit Heike nicht denkt, sie sind arm und haben gar nichts.

»Hier, die kannst du haben«, und sie holt die winzige Flasche mit dem lachenden Kindergesicht aus der Speisekammer, darin ist Kaffeesahne, und manchmal, wenn Hilli da ist oder ein anderes Kind, holt Oma die Flasche vom Regal und tröpfelt jedem Kind ein paar Tropfen in die geöffnete Hand, zum Abschlecken. Das schmeckt so gut, dass sie dann immer alle gleich noch mal wollen.

»Du kannst die ganze Flasche«, sagt Moni und versucht, nicht daran zu denken, was Oma sagen wird, wenn sie nach Hause kommt. Dosenmilch ist teuer. »Du kannst das aus der Flasche trinken.«

Heike guckt sie an. »Nee, danke«, sagt sie. »Mag ich nicht.«

Moni spürt die Erleichterung, aber gleichzeitig weiß sie auch, dass sie nun etwas anderes Schönes für Heike finden muss.

»Haferflocken mit Kakao?«, fragt sie. »Wollen wir das?«

Heike nickt. »Au ja«, sagt sie. »Mach mal.«

Da holt Moni zwei tiefe Teller aus dem Küchenschrank und schüttet Haferflocken aus der Tüte auf beide und darauf Kakao. Und darauf noch ordentlich Zucker, das ist eigentlich fast das Leckerste, was es gibt.

»Moment!«, sagt Moni. Die Milchkanne steht auch in der Speisekammer, und zum Glück ist noch was drin.

»Viel oder wenig?«, fragt Moni und gießt vorsichtig Milch über Heikes Haferflocken.

»Stopp!«, schreit Heike. »Nicht so viel!« Dann rührt sie und rührt, bis die Milch sich bräunlich färbt. »Mhm, lecker, du.«

Moni löffelt auch. Da kann Oma doch eigentlich nichts dagegen haben, dass Moni einem Gast etwas angeboten hat. Oma sagt immer, es ist wichtig, in jeder Situation höflich zu sein.

»Ist das da dein Vati?«, fragt Heike und zeigt mit dem Löffel zum Küchenschrank, wo der fremde Mann in Uniform immer noch auf der Ablage steht. »Der vermisst ist?«

Moni nickt. »Warte mal«, sagt sie. Dann flitzt sie ins Wohnzimmer und holt das Bild von dem Jungen mit der Strähne, das nun schon so lange bei Oma steht, nur noch bei Oma.

»Eigentlich ist es der hier«, sagt sie.

Heike guckt ihn interessiert an. »Das ist ja noch ein Junge«, sagt sie.

Moni nickt. »Jetzt nicht mehr«, sagt sie.

Heike hält ihr den leeren Teller hin. »Kann ich noch mal?«, fragt sie, und Moni spürt, wie sie sich auf einmal richtig glücklich fühlt. Sie hätte gar keine Angst zu haben brauchen, Heike findet es schön bei ihr. Und Heike schmecken ihre Haferflocken. Sonst würde sie doch nicht noch einen Nachschlag wollen.

»Gib her!«, sagt Moni.

Dann hört sie den Schlüssel im Schloss.

»Ja, was ist denn das?«, fragt Oma erstaunt. »Eine neue Freundin?«

Ihre Augen wandern über die Flasche mit der Kaffeesahne, die noch immer ungeöffnet auf dem Küchentisch steht, und die Tüten mit den Haferflocken und dem Zucker und dem Kakao. »Na, ich sehe, ihr macht es euch schön.«

»Das ist Heike«, sagt Moni, und auf einen Schlag ist das ganze Glück verschwunden.

Von der der Vater Arzt ist, würde sie gerne sagen. Aber das ist viel zu gefährlich. »Aus meiner Klasse.«

»Guten Tag, Heike!«, sagt Oma und streckt Heike über den Tisch die Hand hin. »Na, das ist ja nett, dass du Moni mal besuchst.« Sie zieht ihre Schuhe aus und stöhnt ein bisschen. »Du kannst auch Abendbrot mit uns essen, Deern.«

Heike schüttelt höflich den Kopf. Sie weiß, wie man sich benehmen muss, denkt Moni. Sie ist überhaupt nicht verlegen. Nicht so wie ich immer, wenn ich bei ihr zu Hause bin.

»Vielen Dank!«, sagt Heike. »Aber mein Vati holt mich nachher ab.«

»Komm, wir gehen noch mal runter«, sagt Moni schnell. Heike soll sich jetzt nicht mit Oma unterhalten. Das wäre nicht gut. »Vielleicht leiht Hilli dir ihre Rollschuhe.«

»Och, nöö«, sagt Heike. »Draußen spielen kann ich ja immer.«

»Aber nicht bei mir!«, sagt Moni drängend. »Ich zeig dir den Kanal und wo wir immer spielen.«

Heike steht auf. »Darf ich mal aus dem Fenster gucken?«, fragt sie. »Wie weit man sehen kann?«

Oma lacht. »Man zu!«, sagt sie. »Man immer zu.«

Heike geht ans Fenster. »Nicht bis zur Stadt, leider«, sagt sie bedauernd. »Ich dachte, man kann noch viel weiter!« Aber dann fällt ihr wohl wieder die Höflichkeit ein. »Schön ist es trotzdem«, sagt Heike. »Hübscher Blick.«

Oma lacht. »Wenn man Zeit hat, aus dem Fenster zu gucken!«, sagt sie.

Da klingelt es an der Tür.

»Das ist Hilli!«, ruft Moni. Nun kann sie Heike vielleicht doch noch nach unten lotsen.

»Lass man, ich mach schon auf«, sagt Oma.

»Ich glaub, das ist mein Vater mit dem Auto«, sagt Heike und guckt auf ihre Armbanduhr. »Bestimmt.«

Gutgutgut, denkt Moni. Dann geht sie jetzt, dann kann sie nichts Falsches mehr rauskriegen.

»Guten Tag, Herr Dokter!«, sagt Oma im Flur. »Na, das ist aber eine Überraschung! Kommen Sie doch rein.«

Etwas in Moni erstarrt.

»Vielen Dank«, sagt eine tiefe Männerstimme. »Sehr freundlich.«

Heikes Vater hat einen beigebraunen Anzug an und einen Sommermantel zusammengelegt über dem Arm. Gar keinen weißen Kittel. Gar nicht wie ein Arzt. Nur ein alter Mann mit einer Brille, vielleicht sogar noch älter, als Hillis Vater es war.

»Hallo, Paps!«, ruft Heike und läuft vom Fenster zur Küchentür. Ihr Vater beugt sich ein wenig nach unten, und Heike gibt ihm einen winzig kleinen Kuss auf die Wange. »Schade, schon so früh.«

Ihr Vater lacht. »So sind sie«, sagt er freundlich zu Oma. »Die Kinder. Ich habe vier davon, ich weiß Bescheid. Das Spielen kann ihnen nie lange genug dauern, aber wenn es um die Schule geht, dann immer fix, fix, damit nur schnell Schluss ist.«

Oma nickt. »So ist das wohl«, sagt sie wartend. »Wollen Sie sich nicht setzen, Herr Dokter? Ich mach uns eine schöne Tasse Bohnenkaffee«, und sie ist schon an der Speisekammer und öffnet die Tür und holt die braune Dose heraus, in der sie die Bohnen aufbewahrt. »Mahlen geht schnell«, und sie greift nach der Kaffeemühle.

Aber Heikes Vater hat es eilig. »Vielen

Dank, das ist sehr freundlich«, sagt er. »Aber unsere kleine Prinzessin hier muss jetzt nach Hause. Und ich auch, übrigens. Ich bin Arzt, das hat Heike sicher erzählt, und ich hatte letzte Nacht Nachtdienst, ich war seit vierzig Stunden nicht mehr zu Hause«, und er lächelt so freundlich, wie vornehme Leute es wohl immer tun. Heikes Mutter ja auch. Und in der neuen Schule die Lehrerinnen, wenn sie nicht gerade böse auf die Mädchen sind.

»Na, das weiß ich doch, Herr Dokter!«, sagt Oma ein bisschen empört. »Ich hab mir gleich gedacht, dass Sie mich vielleicht nicht erkannt haben.«

Heikes Vater legt den Kopf ein wenig auf die Seite. Man sieht wirklich, dass er müde ist, denkt Moni. Vierzig Stunden nicht zu Hause, das ist ja schrecklich. Und das ist auch der Grund, bestimmt ist das der Grund. Sonst hätte er Oma doch erkannt.

»Ich bin doch die Frau Schleier!«, sagt Oma. »Von Station fünf!« Und sie sieht Heikes Vater wartend an. »Wir sehen uns doch immer auf Station, Herr Dokter! Neulich hab ich gesagt: ›Na, das schüttet aber wieder!‹ Und Sie haben gesagt: ›Meine Güte, ja, das hatte ich noch gar nicht so bemerkt!‹« Oma wartet. »Die Frau Schleier!«, sagt sie wieder. »Von Station fünf!«

Hör auf!, will Moni rufen. Hör doch auf, merkst du denn nicht, dass er dich überhaupt gar nicht kennt! Sie spürt, wie sie vor lauter Scham so rot wird, dass ihr Gesicht brennt.

»Frau Schleier ist doch Krankenschwester bei euch, Paps!«, sagt Heike und rollt mit den Augen. »Na, du bist mir aber vielleicht einer! Wenn ich das Mutti erzähle, sagt sie, er wird langsam eben tüdelig, der alte Herr!«, und Heike lacht schelmisch und guckt zu ihrem Vater hoch und sieht so reizend dabei aus, schelmisch ist das Wort, reizend ist das Wort, Moni weiß es genau, so schelmisch und reizend, als ob dies hier gar nicht die Wirklichkeit wäre. Sondern eine Szene aus einem Film wie die, von denen Jenny immer erzählt hat.

»Nein, die Frau Schleier bin ich!«, sagt Oma wieder, und an ihrer Stimme hört man, dass auch sie jetzt merkt, dass hier etwas nicht so ist, wie es sein sollte und wie sie doch immer gedacht hat, dass es wäre, »ich mach doch sauber bei Ihnen! Auf Station fünf!«

Und Heikes Vater guckt und denkt nach

und dann sieht man, dass ein Erkennen in seinen müden Augen aufleuchtet.

»Ach, natürlich, Frau Schleier!«, sagt er und streckt Oma die Hand entgegen, um ihre zu nehmen und ganz fest zu drücken und zu schütteln. »Natürlich, ich entschuldige mich, dass ich Sie nicht gleich erkannt habe!«

Dann legt er Heike den Arm um die Schultern und drängt sie sanft zur Tür. »Aber das ist die Müdigkeit. Das kann schon mal vorkommen, nicht?« Und er lächelt Oma an und Oma lächelt zurück und sieht schon wieder ganz beruhigt aus, ganz beruhigt und beinahe glücklich.

»Das versteh ich doch, Herr Dokter, das versteh ich gut!«, sagt Oma. »Nun vielleicht doch eine kleine Tasse Kaffee?«

Aber Heikes Vater ist schon im Flur.

»Vielleicht ein anderes Mal«, sagt er freundlich. »Auf Wiedersehen, Frau Schleier, und vielen Dank, dass Sie meine kleine Prinzessin hier so freundlich aufgenommen haben. Verabschiede dich von deiner Freundin, Heike«, und er drückt die Klinke der Wohnungstür herunter.

Heike dreht sich um. Sie sieht Moni an mit

einem Blick, wie Moni ihn noch nie bei ihr gesehen hat.

»Tschüs«, sagt Heike.

Sie ist im Treppenhaus, bevor Moni ihr auch Tschüs sagen kann.

»So ein netter Mensch!«, sagt Oma und setzt sich in der Küche an den Tisch. Dabei stehen da noch all die Tüten, die mit dem Kakao und dem Zucker und den Haferflocken. »Und so schlicht. Und überhaupt kein bisschen eingebildet, das hab ich auf Station schon immer gemerkt. Na, nächstes Mal kriegt der aber bestimmt seinen Kaffee bei mir. Nächstes Mal«, und nun steht Oma doch auf und faltet die Tüten oben zu und stellt sie zurück in den Küchenschrank.

»Aber dass der Herr Dokter Holthusen der Vater von deiner Freundin Heike ist«, sagt sie, und daran, wie ungeduldig sie die Schranktüren auf- und wieder zumacht und sich umsieht, was es noch zu tun gibt, merkt man genau, wie aufgeregt sie ist, »das hast du ja nie erzählt, Deern! Ausgerechnet unser Herr Dokter!«

Im Krankenhaus kennen sie Oma alle und reden mit ihr und mögen sie gern, das hat

Oma immer erzählt, solange Moni denken kann schon. Ohne Oma wüssten sie im Krankenhaus gar nicht, wie sie zurechtkommen sollten, warum hat sie das eigentlich geglaubt. Weil sie ein dummes kleines Mädchen war, darum, und jetzt ist sie bald elf, und da versteht man plötzlich Dinge, die man vielleicht gar nicht verstehen möchte.

»Du hast doch gesagt, du bist da, wo sie schneiden!«, ruft Moni. »Wo sie schneiden, nicht auf der Inneren!«

Oma hält mitten in der Bewegung inne. Vielleicht hört sie an Monis Ton, dass gerade eben etwas Schlimmes passiert ist. Aber verstehen tut sie es nicht.

»Na, das ist ja nun schon eine Weile her!«, sagt Oma. »Auf der Inneren bün ick doch nu meist all drei Monate! Gefällt mir auch besser da«, und mit energischen Bewegungen holt sie das Brot aus der Speisekammer und die Butter und stellt drei Teller auf den Tisch.

»Da wird deine Mutti aber staunen!«, sagt Oma. »Dass unser Herr Dokter der Vater von deiner Freundin ist!«, und sie lächelt und lächelt und Moni kann überhaupt nicht verstehen, warum Oma sich so freut. »So eine höfliche lütte Deern! Mit der triff du dich man öfter, da passt du zu.« Sie stützt sich auf den Tisch und schüttelt den Kopf.

»Und wie sie gleich gedacht hat, dass ich Krankenschwester bin!«, sagt Oma und lacht, und ihr Lachen, denkt Moni erschrocken, klingt stolz. »Nette Deern, mit der triff du dich man öfter.«

14

Dass es nun anders sein wird mit Heike, hat Moni verstanden. Als Heike sich verabschiedet hat, schon, als sie Tschüs gesagt hat mit diesem fremden Gesicht; aber wie es sein würde, hat sie sich nicht vorstellen können, und warum es so sein muss, hat sie auch nicht gewusst.

»Warte mal, Tina!«, ruft Heike am nächsten Morgen, als Moni sich neben sie setzen will wie an jedem Tag. »Ich komm heute mal zu dir! Helga ist doch noch krank, nicht?« Und sie nimmt ihre Aktentasche und ihren Turnbeutel und geht eine Reihe weiter nach vorne. Da setzt sie sich zu Tina an den Tisch. Über Tina haben sie manchmal zusammen gelacht, Moni und Heike. Weil Tina das englische »th« nicht aussprechen kann. Und das englische »w« auch nicht.

Moni guckt Heike hinterher. Aber so schlimm war das doch nicht, gestern, denkt sie. Auf einmal kommt ihr gar nichts mehr wirklich vor. So schlimm ist es doch nicht, wenn eine Oma putzen geht. Wenn man eine kleine Lüge erzählt.

Aber sie sagt nichts. Sie bleibt in der dritten Reihe sitzen und sieht Heikes Gesicht schräg vor sich und sieht zu, wie Heike mit Tina lacht und mit Tina tuschelt und in der Pause mit Tina auf den Hof geht, mit Tina und all den Mädchen, mit denen sonst auch Moni in der Pause Eierlegen spielt oder Drittenabschlag. Sie weiß selber nicht, warum sie sich heute nicht dazustellt.

Nach der Pause sitzt sie schon wieder auf ihrem Platz, als die anderen in die Klasse kommen, und sie sieht gleich, dass Heike es ihnen erzählt hat.

»Nein, wirklich nicht!«, sagt Heike und vielleicht spricht sie sogar mit Absicht so laut, dass Moni sie hören muss. »Es ist bestimmt keine Schande, wenn man putzen geht, sagt meine Mutter. Anständige Arbeit ist immer achtbar, da sind wir nicht hochnäsig, ganz bestimmt nicht. Aber wenn eine lügt, wenn eine meine Mutter schamlos anlügt, dann möchten meine Eltern nicht, dass ich mit so einer befreundet bin. Wer weiß, was die sonst noch alles macht!«, und Moni merkt, wie die anderen plötzlich weggucken, wenn ihr Blick auf sie trifft, und wie sie sich jetzt vielleicht alle wünschen, dass Moni gar nicht da wäre in der Klasse. Mit einer Lügnerin wollen sie vielleicht alle nichts zu tun haben. Oder vielleicht nur mit einer nicht, mit der Heike nichts mehr zu tun haben will.

»Nanu?«, sagt Fräulein von Siegburg, noch bevor sie Guten Morgen gesagt hat. Aber die Mädchen sind trotzdem schon alle aufgesprungen. »Meine beiden Unzertrennlichen plötzlich getrennt?«

»Ich kann hier besser sehen, Fräulein von Siegburg, bitte«, sagt Heike, und Moni sieht von hinten, dass ihr Lächeln wieder so reizend ist, warum kann sie nicht so reizend lächeln wie Heike. »Vielleicht brauch ich sogar eine Brille. Helga kann doch vielleicht auf meinen alten Platz, wenn sie wieder gesund ist, nicht? Ich konnte da noch nie so gut sehen.«

»Na, als Erstes sagen wir uns doch wohl mal alle Guten Morgen«, sagt Fräulein von Siegburg.

In dieser Stunde weiß Moni zweimal die Antwort nicht, als Fräulein von Siegburg sie aufruft. Dabei ist sie eigentlich gut in Deutsch.

Man gewöhnt sich daran, denkt Moni erstaunt. Nach ein paar Tagen gewöhnt man sich daran.

Das sagt Oma doch immer, glöv man blot nich gliks bei jedem Pups, dass die Welt untergeht! Man gewöhnt sich an alles, dat hebb wi in Kreg lehrt.

Und das stimmt auch, denkt Moni. So dumm ist Oma nicht. Nun hab ich mich sogar daran gewöhnt, dass meine beste Freundin nichts mehr mit mir zu tun haben will und nicht mehr mit mir spricht und nicht mal mehr von mir abschreibt. Und so schlimm ist das gar nicht. Nicht so schlimm, wie ich gedacht hab.

Und sonst ist ja vielleicht auch gar nicht so viel anders geworden. Moni ist mit Rosi nach Hause gefahren an dem Tag, und Rosi hat gesagt, dass sie sowieso findet, Heike ist eine eingebildete Pute.

»Dumm und eingebildet!«, hat Rosi gesagt. »Ich hab mich immer gewundert, dass du das nicht schon längst gemerkt hast, Moni.« Dann wollte sie Moni einhaken.

Und die anderen hatten es am nächsten Tag wohl alle schon vergessen, ja wirklich. Nicht richtig vergessen, vielleicht, vielleicht war es ihnen auch nur zu anstrengend, immer so zu tun, als ob es Moni gar nicht gäbe. Zuerst haben sie nicht mehr weggeguckt, wenn ihr Blick Moni zufällig gestreift hat, und dann hat sich Anne einen Stift von ihr geliehen, und Rita hat gefragt: »Fandst du die Mathearbeit auch so schwer?«

»Ziemlich!«, hat Moni gesagt und überlegt, von wem Heike nun wohl abgeschrieben hat. Tina ist auch nicht so schlau.

Aber in den Pausen geht sie doch nicht mehr zu den anderen. Nicht, wenn Heike dabei ist.

Einmal hat Geli sogar gerufen: »Komm doch rüber, Moni!«, weil Verstecken mehr Spaß macht, wenn mehr Kinder mitspielen, aber Moni hat gewusst, dass es jetzt noch nicht geht. Bald vielleicht. Aber jetzt noch nicht.

»Warum kommt denn deine kleine Freundin nicht mal wieder zu Besuch?«, fragt Oma, als Mutti abends wieder mit Helmut unterwegs ist. Oma ist viel fröhlicher, seit Heikes Vater bei ihnen war. Vorher war sie schon lange Zeit immer so traurig. »Der grüßt jetzt immer so freundlich, der Herr Dokter! ›Ach, die Frau Schleier!‹, sagt er jedes Mal, wenn er mich sieht.«

Ich denk, die haben dich schon immer freundlich gegrüßt, denkt Moni. Freundlich gegrüßt und mochten dich alle gerne und haben gesagt, ohne Sie wüssten wir gar nicht, wie wir hier zurechtkommen sollten, Frau Schleier. Immer schon.

»Oder du kannst sie doch auch mal wieder besuchen!«, sagt Oma. »Ich bügel dir die Bluse auf. Warum trefft ihr euch denn gar nicht mehr?«

»Wir haben so viel Schularbeiten auf«, sagt Moni.

Dann kommt Heike morgens mit den Einladungen in die Schule. Zwölf Briefumschläge, so viele Gäste passen natürlich leicht in ihr Haus.

»Tina!«, ruft Heike und wedelt mit einem Umschlag in der Luft. »Rita! Geli! Andrea!« Und einen Augenblick denkt Moni, dass sie vielleicht auch eine Einladung kriegt, es kann doch nicht sein, dass alle eine Einladung kriegen, nur sie nicht.

»Elisabeth!«, sagt Heike. Dann sind ihre Hände leer.

Ich finde Kindergeburtstag sowieso albern, denkt Moni. Glaub ich. Bei Ruth, das war immer lustig, und bei Gila, aber bei Heike, nee, bestimmt nicht, in dem vornehmen Esszimmer da. Da mag man ja gar keinen Quatsch machen. Und zu alt sind wir sowieso vielleicht schon für einen Kindergeburtstag.

»Hast du keine gekriegt, Moni?«, fragt Helga, und Moni hört genau, dass ihre Stimme mitleidig klingt. »Keine Einladung? Warum seid ihr denn verkracht?«

»Sind wir gar nicht«, sagt Moni und erinnert sich, dass Helga ja krank war, als alles passiert ist; darum weiß sie nicht Bescheid.

Niemand hat es wichtig genug gefunden, denkt Moni überrascht. Was Heike ihnen über mich und Oma erzählt hat. Niemand hat es wichtig genug gefunden, um es Helga weiterzuerzählen. Und jetzt sitz ich neben ihr. Vielleicht kann Helga meine neue Freundin werden, eigentlich ist sie ganz nett. Nur dass ihr Vater Studienrat ist, das ist auch vornehm. Und eigentlich reicht mir auch Hilli ganz gut.

Wenn Harry noch da wäre.

Am Nachmittag sitzt Moni auf der Mauer vor dem Haus und guckt Löcher in die Luft.

Guck keine Löcher in die Luft!, sagt Oma,

wenn sie Moni so erwischt. Hes du nix to don?

Aber das hat Moni wirklich nicht. Mit den Schularbeiten ist sie fertig, nur Mathe konnte sie nicht. Wenn Harry noch da wäre, denkt Moni.

Die Luft ist so heiß, dass sie flirrt. Das wird ein Jahrhundertsommer, hat Frau Mewes aus dem Erdgeschoss links gesagt. Wenn Harry jetzt noch da wäre, würden sie vielleicht die Böschung nach unten an den Kanal gehen und mit den Füßen plantschen, zur Abkühlung. Einmal ist Ina dabei ins Wasser gerutscht, letztes Jahr, und Harry hat sie wieder rausgezogen und dann musste sie schwören, dass sie niemandem davon erzählt.

»Weil sie doch Wasser geschluckt hat!«, hat Harry gesagt, und Moni hat sich die Hand vor den Mund geschlagen. Wasser schlucken darf man nicht, niemals, sonst kriegt man vielleicht Kinderlähmung. Darum schwimmen sie im Sommer ja auch nicht in der Elbe oder sonst wo, wenn es heiß ist. Wenn man Wasser schluckt, kann man Kinderlähmung kriegen und dann ist man tot oder im Rollstuhl oder in der eisernen Lunge. Was da wohl schlimmer ist, sagt Oma. Bei Hitze mal nicht schwimmen gehen oder eiserne Lunge.

Schwimmen will Moni ja auch gar nicht. Nur die Böschung runter und mit Harry mit den Füßen im Wasser plantschen. Aber Harry ist in Australien und Ina auch, und sogar der große Olaf ist mit seiner Familie weggezogen. Die haben eine richtige Wohnung gekriegt, irgendwo. Überhaupt sollen die Nissenhütten bald ganz abgerissen werden, hat Frau Pape Oma erzählt, das hat sie aus der Zeitung. Eine Schande sind die ja, zehn Jahre nach dem Krieg.

Aber wen hab ich dann noch zum Spielen, denkt Moni und schubst mit dem großen Zeh ein Steinchen über die Gehwegplatten. Wenn es so heiß ist, darf sie barfuß laufen. Das schont die Schuhsohlen, sagt Oma.

Wen hab ich dann noch zum Spielen? Hilli geht jetzt nach der Schule immer gleich mit einer Klassenkameradin mit, damit sie ihre Ordnung hat. Nur bei Moni ist nichts mehr in Ordnung, gar nichts mehr. Ich glaub ja nicht, dass die Welt untergeht. Aber schön ist es trotzdem nicht mehr.

»Na, junges Fräulein?«, sagt da eine Stimme genau über ihr und Moni erschrickt. Dass Helmut sich so leise anschleichen kann!

»Onkel Helmut!«, sagt sie.

Helmut setzt sich vorsichtig neben sie auf das Mäuerchen. Sein Jackett hat er ausgezogen und die Hemdsärmel aufgerollt, aber er riecht trotzdem ein kleines bisschen nach Schweiß.

»So eine Hitze!«, sagt er und streckt das rechte Bein so komisch seitlich weg.

Der Arme, denkt Moni. Und das muss er jetzt sein ganzes Leben lang so machen, bis er tot ist. Aber wenigstens ist es kein Holzbein.

»Ist deine Mutti schon zu Hause? Oder deine Oma?«

Moni schüttelt den Kopf.

»Und da sitzt du hier nur einfach so rum und guckst Löcher in die Luft?«, fragt Helmut.

Moni kichert. »Das sagt Oma auch immer«, sagt sie.

»Deine Oma ist eine kluge Frau«, sagt Helmut. »Ich wollte ihr eigentlich einen kleinen Besuch abstatten. Aber wenn sie noch nicht da ist, geht das wohl nicht. Wie wollen wir zwei beiden uns denn bis dahin die Zeit vertreiben? Was hältst du von einer Kugel Eis?«

»Au ja!«, sagt Moni und steht auf. »Aus der Eisdiele?«

»Woher denn sonst?«, fragt Helmut. »Hast du gedacht, ich zauber die aus dem Hut?«

Moni lacht. Helmut macht oft Quatsch. Leute, die Quatsch machen, findet Moni nett.

»Auf, auf, junge Dame, keine falsche Müdigkeit vorschützen!«, sagt Helmut. Auch beim Aufstehen hält er sein Bein so komisch. »Ich nehm Erdbeer-Vanille. Und du?«

»Zwei Kugeln?«, fragt Moni lauernd.

»Bei über dreißig Grad zwei Kugeln«, sagt Helmut und hält seinen rechten Zeigefinger prüfend in die Luft. »Dreiunddreißig Grad, sagt mein Zeigefinger. Zwei Kugeln.«

»Dann Schoko und Schoko«, sagt Moni und hüpft neben ihm her, bis ihr einfällt, dass sie schon bald elf wird. Wieso hat sie eben noch gedacht, dass gar nichts in Ordnung ist.

»Und darum will sie nun nichts mehr mit dir zu tun haben?«, fragt Helmut, während sie ganz gemütlich von der Eisdiele zurück nach Hause schlendern und an ihren Tüten lecken.

Erwachsene dürfen eigentlich auf der Straße kein Eis lecken, das ist nicht fein, sagt Oma, aber Helmut sagt, bei so einer großen Hitze achtet sogar der Kaiser nicht mehr auf die Etikette.

»Nee«, sagt Moni. »Weil ich ihre Mutter angelogen hab. Als ob das so schlimm wäre.«

Helmut bleibt stehen. Er hat sein Eis schon fast ganz verputzt. »Weißt du, was die Sache so kompliziert macht, Moni?«, sagt er. »Dass ihr alle beide ein bisschen schummelt, glaub ich. Guck, wenn es dir nicht so wichtig gewesen wäre, hättest du ja gar nicht erst geschwindelt, nicht? Es war dir nämlich wichtig. Du hast das Haus von Heike gesehen und ihre Mutter ist dir so fein vorgekommen, und da hast du dich plötzlich geschämt, dass deine Oma putzen geht, das stimmt doch, was? Das war nicht schön von dir, Mädchen. Aber wir machen in unserem Leben alle öfter mal Sachen, die nicht schön von uns sind. Wir dürfen uns dann hinterher nur nicht selber beschummeln und so tun, als wäre das gar nicht so.«

Moni leckt ihr Eis und antwortet nicht. Wer gibt diesem Helmut eigentlich das Recht, so mit ihr zu reden? Schließlich ist er nicht ihr Vater, nicht mal verlobt ist er mit Mutti, das geht ja auch gar nicht, wenn der Vater vermisst ist. Und nicht mal Mutti redet so mit ihr. Oder Oma. Überhaupt noch niemand hat so mit mir geredet, denkt Moni erstaunt. Vielleicht Hillis Mutter, manchmal, fast. So eine komische Art zu reden. Fast wie in der Schule.

»Andererseits«, sagt Helmut, und jetzt leckt er sich auch noch die Finger ab, »verhält diese Heike sich auch nicht gerade sehr nobel, wenn du mich fragst. Da fragt man sich ja geradezu, ob es ihr wirklich nur um die Lüge geht. Oder nicht doch um die Putzfrau. Ist sie vielleicht in Wahrheit doch eingebildet? Ausschließen können wir das nicht. Aber sicher sein können wir auch nicht. Du kennst sie besser als ich.«

Moni nickt. »Rosi sagt das«, sagt sie. »Dass Heike eingebildet ist.«

»Wer ist Rosi?«, fragt Helmut, und da erzählt Moni ihm alles von Rosi und von Onkel Ewald und dem neuen Baby und von Rosis schrecklicher Jacke.

»Aber deswegen ist es nicht!«, sagt sie schnell. »Dass ich sie nicht mag. Nicht wegen der Jacke. Nur weil sie so langweilig ist, irgendwie. So komisch.«

Helmut nickt. »Pass auf, auf der anderen Seite läuft es dir über die Finger!«, sagt er. »Ja, dann ist es schwierig. Ich hab gedacht, dass du dich vielleicht mit dieser Rosi anfreunden könntest. Aber das geht dann wohl auch nicht. Nur weil zwei Mädchen beide keine Freundin haben, müssen sie sich ja nicht mögen.« Er streicht Moni übers Haar, aber dann zieht er seine Hand ganz schnell wieder zurück. »Eigentlich möchtest du deine Heike wiederhaben, nicht?«, fragt er. »Und da kann dir nun gar keiner helfen. Vielleicht sagst du ihr ja einfach, es tut dir leid, dass du ein kleines bisschen geflunkert hast. Wenn sie dann trotzdem nichts mehr mit dir zu tun haben will, weißt du, dass sie wirklich hochnäsig ist.«

Moni schüttelt wild den Kopf. Sie versteht selber nicht, warum das nicht geht. Aber dass es nicht geht, weiß sie ganz genau.

»Zu dem blöden Geburtstag wollte ich sowieso nicht!«, sagt sie.

Helmut lächelt.

»Glaubst du, deine Oma ist jetzt zu Hause?«, fragt er.

Sie klingeln erst, als sie schon oben vor der Wohnungstür stehen. Eigentlich hat Moni natürlich ihren Schlüssel. Aber wo sie jetzt mit Helmut kommt, ist es vielleicht nicht richtig, wenn sie einfach so aufschließt.

»Na, Oma?«, sagt Moni, als Oma die Tür öffnet. Sie drückt sich ein bisschen gegen Omas weiche Brust, wie sie das immer macht, wenn sie nach Hause kommt. »Das ist Onkel Helmut. Mit dem Mutti immer ins Kino geht, weißt du. Er wollte mit raufkommen.«

»Guten Tag, Frau Schleier«, sagt Helmut und hält Oma die Hand hin. »Ich dachte, es würde langsam Zeit, dass Sie mich kennen lernen. Ich habe Herta schon so oft gebeten, mich Ihnen vorzustellen, aber ich glaube, sie hat ein wenig Angst vor Ihrer Reaktion. Darum bin ich heute einfach so gekommen.« Er lächelt immer noch, obwohl Oma tut, als sähe sie seine Hand nicht. »Eigentlich wollte ich Ihnen Blumen mitbringen, aber das hole ich nach. Bei dieser Hitze hätten sie auf dem Weg bestimmt die Köpfe hängen lassen.«

Moni sieht erschrocken, dass Oma dasteht, als wenn sie ihn gar nicht hört. Starr und steif und mit einem Blick, der nicht weiß, was er will.

»Komm doch rein, Onkel Helmut!«, sagt Moni darum schnell. »Oma kocht dir einen Bohnenkaffee!«

Aber da wacht Oma auf aus ihrer Erstarrung. Es ist, als ob ein Ruck durch sie hindurchgeht, und auf einmal gucken ihre Augen wieder ganz wach. Ganz wach. Und ganz schrecklich.

»Ich möchte Sie bitten zu gehen«, sagt Oma mit einer Stimme, die klingt wie aus Holz, und Moni denkt erschrocken, dass Oma das vorher noch niemals gesagt hat, zu niemandem. »Bitte gehen Sie.«

»Ich wollte Sie nicht überrumpeln, bitte entschuldigen Sie«, sagt Onkel Helmut, und Moni hört genau, dass er so erschrocken ist wie sie. »Aber ich dachte, es wäre besser, wenn wir uns kennen lernen.« Er guckt Oma eindringlich an. »Es gibt mich, Frau Schleier, es gibt mich!«, sagt er. »Darum dachte ich, es wäre besser, wenn wir uns kennen lernen.«

Oma schüttelt den Kopf, fast unmerklich. Man kann nicht sagen, ob sie böse ist, denkt Moni. Oder traurig. Oder ganz etwas anderes. »Bitte gehen Sie jetzt«, sagt Oma. So hat Moni Oma noch nie gesehen.

Helmut zögert einen Augenblick, dann lächelt er wieder. »Vielleicht passt es Ihnen ein anderes Mal besser«, sagt er. »Dann kann ich auch gleich die Blumen mitbringen, das ist bestimmt ein besserer Anfang. Auf Wiedersehen, Frau Schleier, und entschuldigen Sie bitte den Überfall.« Dann dreht er sich um und geht langsam die Treppe nach unten.

Aber bevor die Tür noch ganz zu ist, hört Moni ihn rufen.

»Moni?«, ruft Helmut. Man soll im Treppenhaus nicht rufen. »Fast hätte ich das vergessen! Ich wollte dich fragen, ob du nicht mal mit deiner Mutti und mir ins Kino gehen möchtest. Da gibt es jetzt so einen schönen Film, der gefällt dir bestimmt.«

»›Suchkind‹?«, fragt Moni aufgeregt. Sie ist ins Treppenhaus geschlüpft und Oma hat hinter ihr die Tür zugezogen. »Von dieser Martina?«

Helmut schüttelt den Kopf. »›Die Mädels vom Immenhof‹«, sagt er. »Ich hab gelesen, das handelt von zwei Mädchen und ihren Pferden. Hättest du Lust?«

Moni nickt. »Ja gerne!«, sagt sie. »Bitte!«

»Wiedersehen, Mädchen«, sagt Helmut. »Und sei lieb zu deiner Oma. Das kommt alles wieder in Ordnung.«

Moni guckt ihm nach, wie er im Treppenhaus nach unten verschwindet. Das komische Bein sieht man eigentlich gar nicht so doll.

Aber vielleicht war das jetzt nicht gut von ihm, denkt Moni. Vielleicht hätte er mich nicht einladen sollen, nicht gerade jetzt. Das macht Oma doch nur noch trauriger.

Sie steht auf der Fußmatte und überlegt, ob sie klingeln soll. Dann zieht sie den Schlüssel aus dem Halsausschnitt und steckt ihn ganz vorsichtig ins Schloss. Oma muss sie ja nicht unbedingt hören.

Wenn Oma Helmut in die Wohnung gelassen hätte, hätte Moni ihn nach Mathe fragen können. Helmut ist schließlich Ingenieur. Dann hätte sie morgen ihre Schularbeiten alle gehabt.

Mutti reißt die Tür zum Wohnzimmer auf, wo Oma ganz alleine sitzt und gar nichts tut. Sie tut gar nichts, denkt Moni. Oma.

»Was hast du gegen ihn?«, ruft Mutti. »Was um Himmels willen hast du gegen ihn?«

Moni hat Mutti erzählt, dass Helmut da war. Und von dem Eis. Und was Oma gesagt hat.

»Hat er dir was getan?«, ruft Mutti. »Was? Das muss doch endlich mal ein Ende nehmen!«

Er hat ihr nichts getan, denkt Moni. Auf einmal begreift sie. Sie hat ja gar nichts gegen ihn, und sie wundert sich, dass Mutti so falsche Fragen stellt.

»Was ich gegen ihn habe?«, sagt Oma. »Das fragst du?« Sie schnauft. »War er in Hannover?«, ruft sie. »Als sie alle da waren, die anständig sind, 150 000, hat das Radio gesagt. War er da?«

Mutti sieht verwirrt aus.

»Erzähl mir nicht, dass er da war!«, ruft Oma. »Weil ich nämlich weiß, dass es nicht stimmt! Weil ihr beiden da unterwegs wart, am Sonntag, in eurer Liebeslaube wahrscheinlich!«

Moni würde gerne wissen, warum Helmut nach Hannover fahren sollte. Was die anderen 150 000 da getan haben. In Hannover wohnt der richtige Vati von der Martina. Aber jetzt mag sie nicht fragen.

»Du willst einfach nicht sehen, dass er nicht mehr wiederkommt!«, ruft Mutti. »Egal, wer alles nach Hannover fährt!«, dann schlägt sie die Wohnzimmertür zu.

In der Küche setzt Mutti sich aufs Sofa. Sie sieht aus, als ob sie weinen möchte.

»Wer war denn da, in Hannover?«, fragt Moni. »Warum sollte Helmut auch?«

»Lauter ehemalige Kriegsgefangene«, sagt Mutti. »Und das ist Helmut ja. Die haben sich da getroffen, die Straßen und die Plätze voll, und haben gefordert, dass Russland nun endlich auch die letzten Gefangenen noch freilässt. Und Oma hofft natürlich ...«

»Wegen meinem Vati«, sagt Moni. »Weil der da vielleicht noch ist.«

Mutti nickt. »Ach, Moni«, sagt sie.

In der Küchentür steht Oma. »*Das* solltest du lesen!«, ruft sie und zeigt auf die Zeitschriftenseiten auf dem Ecktisch. »Lies das mal! Aber du weißt schon ganz genau, warum du das nicht willst!« Dann schlägt Oma die Tür wieder zu.

Mutti starrt ihr nach.

»Das solltest du wirklich, Mutti«, sagt Moni und streichelt Muttis Arm. »Das ist so schön, du.«

15

Zweimal war Moni schon im Kino, »Rosenresli« und »Das fliegende Klassenzimmer«. Als Kind darf man ja nicht in so ganz viele Filme, in den meisten kommt was mit Liebe und Küssen vor. Und das dürfen Kinder natürlich nicht sehen.

Aber »Immenhof« darf sie. Mutti und sie haben Helmut am S-Bahnhof getroffen, und dann sind sie zusammen die paar Schritte zum »Roxy« gegangen.

An der Kasse steht eine richtige Schlange, aber Moni macht das Warten nichts aus. Wenn so viele Menschen den Film sehen möchten, dann bedeutet das doch, dass er schön ist.

»Bitte sehr, junges Fräulein!«, sagt Helmut und hält ihr ein Programm hin. Das hat sie früher noch nie gehabt, Kino ist schon teuer genug, und jetzt lädt Helmut sie ein und schenkt ihr auch noch ein Programm. Auf der Vorderseite sind zwei Mädchen zu sehen und Pferde, und Moni fühlt, wie sie aufgeregter und aufgeregter wird.

»Aber schön aufbewahren!«, sagt Helmut.

Moni nickt. Wie kann Helmut bloß glauben, dass sie das Programm vielleicht wegschmeißen würde! Jenny hat auch Kinoprogramme gesammelt, manchmal hat sie die mitgebracht, wenn sie Mutti besucht hat, und dann haben sie sie alle zusammen angeguckt und Jenny hat erzählt.

»Danke schön!«, sagt Moni und macht einen Knicks.

Im Kino ist es dunkel, und die Platzanweiserin leuchtet ihnen mit einer kleinen Taschenlampe den Weg zu ihrer Reihe. Dann drängeln sie sich an den Leuten vorbei, die schon sitzen und für Moni, Helmut und Mutti ihre Beine einziehen. Die glauben jetzt, wir sind eine Familie, denkt Moni. Vater, Mutter, Kind. Und sie merkt, dass der Gedanke ihr gefällt, Vater, Mutter, Kind, und der Vater hat dem Kind ein Kinoprogramm gekauft, daran kann man sehen, dass er ein lieber Vater ist und auch nicht arm.

Aber vielleicht sollte sie so was nicht denken. Wenn ihr Vati davon wüsste, wäre er vielleicht traurig. Wenn es ihn noch gibt.

Der schwere Vorhang geht auf, und auf der Leinwand erscheint ein See mit Schilf und Bauernhäusern, und die Musik spielt, während über dem Bild in so schöner Zeitschriftenschrift der Titel eingeblendet wird: »Die Mädels vom Immenhof«.

Warum denk ich denn, dass ich gleich weinen muss, denkt Moni. Warum denk ich denn immer, wenn es so schön ist, dass ich weinen muss.

Zwei Mädchen liegen im Bett und schlafen, und man sieht den Wecker und weiß, dass er gleich klingeln wird.

Kino, denkt Moni. So was Wunderbares. Warum will Oma bloß nicht, dass Mutti da hingeht. Sie sollte selber mal gehen, dann wüsste sie, wie schön das ist.

»Hannes! Alter Schwede! Moin!«, ruft das blonde Mädchen. Der Wecker hat wirklich geklingelt und jetzt steht sie im Nachthemd in der Morgensonne auf dem Balkon und guckt über einen großen, großen Gutshof.

»Moin! Kleines Ekel!«, ruft ein Mann, der ein Pferd am Zaum führt, und Moni überlegt, dass es wirklich Menschen gibt, die in solchen Häusern wohnen mit Pferden und einem See. Ein Rittergut, denkt sie. So waren vielleicht diese Rittergüter, die sie im Osten alle gehabt haben.

Dann denkt sie gar nichts mehr, weil die

Mädchen nämlich duschen müssen und Morgengymnastik machen und danach vom Bahnhof mit der Kutsche ihren Vetter abholen, der ist furchtbar vornehm und ein richtiger Widerling. Aber dann ändert er sich langsam und wird nett, weil er nämlich so allein ist und einsam und die anderen Kinder ihn nie mitmachen lassen.

Und das schwarzhaarige Mädchen verliebt sich sogar in ihn und weint, als er wieder wegfährt. »Dann bin ich ganz allein!«, sagt sie, und ihre Stimme bricht, als sie mit ihm in einem Boot über den See fährt, bei Sturm. Gerade hat sie noch ein wunderschönes Lied gesungen von Rehlein und Liebe. »Oma ist alt, und Dalli ist klein, und Angela geht weg. Dann gibt es keinen mehr, mit dem ich reden kann!«

Genau wie bei mir, denkt Moni. Oh, genau wie bei mir, und nun muss sie wirklich weinen, obwohl der Film am Schluss doch eigentlich gut ausgeht. Oma ist alt und Harry ist in Australien, und Heike will nichts mehr mit mir zu tun haben. Und als das schwarzhaarige Mädchen hinter dem Zug herreitet, in dem der Junge sitzt und zurück in die große Welt fährt, schüttelt es Moni richtig.

»Nanu?«, sagt Helmut, als der Vorhang ganz von alleine zugeht und die Lichter wieder an. »So traurig?«

»Das muss so sein im Kino«, sagt Mutti und streicht Moni über den Kopf. »Jenny und ich haben auch immer geweint.«

»Vielleicht könnte eine Tasse Kakao dich trösten?«, fragt Helmut. »Sollen wir uns ins Café setzen?«

Da weiß Moni endgültig, dass Helmut reich ist. Aber ob sie jetzt in ein Café gehen möchte, wo lauter Menschen sind, weiß sie nicht. Vielleicht möchte sie einfach nur nach Hause gehen und an den Kanal und sich vorstellen, dass er ein See ist und es stürmt und Harald ist da und erzählt ihr, dass er morgen reisen muss. Und dass sie weint und zu ihm sagt: Dann bin ich ganz allein!

Aber in Wirklichkeit hat sie nur Tschüs gesagt. Im Film machen sie es immer viel besser.

Im Gehen summt Moni das traurige Lied aus dem Film. In Australien ist es jetzt Winter. Es kann sein, dass da jetzt sogar Weihnachten ist. Wenn doch alles haargenau verkehrt herum funktioniert. Dann schreibt

Harry jetzt vielleicht Weihnachtskarten. Vielleicht auch an Moni.

»Schreibst du mir?«, hat das schwarzhaarige Mädchen im Film geschluchzt. »Alles? Bestimmt?« Und der Cousin hat genickt und sie gestreichelt. Aber man weiß natürlich nicht, ob er sein Versprechen halten wird.

»Und hat sich in der Schule was getan?«, fragt Helmut. »Mit deiner Freundin? Heike hieß sie, nicht?«

Moni hört auf zu summen. Ich bin ganz allein. Es gibt keinen mehr, mit dem ich reden kann.

Als es immer wärmer und wärmer wird und die Sommerferien schon fast vor der Tür stehen, fragt Helga Moni, ob sie sie mal besuchen möchte. Helga ist mit zwei Mädchen aus ihrer Klasse in die neue Schule gekommen, aber die haben jetzt beide andere Freundinnen, und in der Pause spielen immer Helga und Moni zusammen. Und manchmal spielen sie dann auch mit den anderen.

»Wir haben doch heute so wenig Schularbeiten auf!«, sagt Helga. »Oder hast du keine Lust?«

Moni zögert. Helga war krank, als Heike es allen erzählt hat.

»Meine Oma ist Putzfrau«, sagt sie.

Helga guckt sie verblüfft an. »Ja?«, sagt sie. Dann hellt ihr Gesicht sich auf, als ob sie plötzlich versteht. »Und darum habt ihr nicht das Geld für die Fahrkarte? Du hast aber doch deine Monatskarte, Moni! Die gilt auch bis zu mir!«

Es ist ihr egal, denkt Moni. Sie hat nicht mal verstanden, warum ich es ihr gesagt habe.

»Ach so«, sagt Moni. »Um vier?« Und als Helga nickt, fragt sie noch: »Habt ihr Fernsehen?«

Helga schüttelt den Kopf.

»Mein Vati will das nicht«, sagt sie. »Das ist doch alles nur dummes Zeug, was sie da zeigen! Das macht die Menschen dumm.«

»Ja?«, sagt Moni verblüfft. Sie überlegt, was sie dumm gemacht haben könnte von den Sendungen, die sie bei Heike gesehen hat. Bestimmt nicht das Basteln. Oder der alte Mann, der erzählt hat, wie er als Bub in den Bergen gewandert ist. Oder das Turnen. Und natürlich nicht das Kinderquiz mit den schlauen Köpfen. Das macht doch eher schlau.

»Da lassen die Menschen sich nur noch berieseln«, sagt Helga. »Wir kriegen nie einen Fernseher. Wir leihen nur manchmal einen vom Geschäft, wenn eine Oper kommt.«

»Oh«, sagt Moni.

Dass es Leute gibt, die sich einen Fernseher leisten könnten und trotzdem keinen wollen! Aber vielleicht will Helgas Vater in Wirklichkeit auch nur nicht zugeben, dass er nicht das Geld dafür hat.

»Ich hab das manchmal bei Heike geguckt«, sagt Moni, und im selben Augenblick fällt ihr ein, dass Helgas Vater vielleicht doch Recht hat. Schließlich ist Heike so eine dumme Nudel.

Aber viel schlauer ist Helga auch nicht, denkt Moni. Oder Elisabeth, die hat auch keinen Fernseher und muss nach den Ferien sogar weg von unserer Schule.

»Wir können Stelzen laufen«, sagt Helga. »Ich hab noch die alten von meiner Mutter.«

»Au ja!«, sagt Moni. Stelzen, das ist so was schön Altmodisches, Stelzen hat ja kein Mensch mehr. »Dann komm ich um vier.«

Wo Helga wohnt, sieht es eigentlich genauso aus wie in Monis Straße, auch wenn Helgas Vater Studienrat ist, und da hat er doch auch studiert, sagt Oma. Eine ganz normale Wohnung und kein Kaffeetrinken zur Begrüßung, das muss man also nicht machen, wenn man vornehm ist. Aber Studienrat ist natürlich auch nicht so vornehm wie Arzt, nicht alles Studierte ist gleich.

Im Wohnzimmer steht ein Bücherschrank, der ist voller Bücher, und neben dem Fenster steht sogar ein Klavier, da hätte ein Fernseher auch gar keinen Platz mehr.

»Was glaubst du denn, wie schrecklich das Üben ist!«, sagt Helga, als Moni über das Holz streichelt.

Aber dann spielt sie Moni doch etwas vor, das heißt »Flohwalzer« und klingt ganz wunderbar und schnell, und danach klopft sie auf den Klavierhocker neben sich und sagt, dass Moni sich da jetzt mal hinsetzen soll. Dann bringt sie ihr das bei.

Ich kann Klavier spielen, denkt Moni, als sie in der Straßenbahn nach Hause sitzt. Ein bisschen kann ich wirklich Klavier spielen, was Oma da wohl sagen wird.

Zum Stelzenlaufen sind sie nun gar nicht mehr so richtig gekommen, aber gezeigt hat Helga sie ihr und gesagt, das machen sie dann beim nächsten Mal.

»Du kannst ja auch zu mir kommen«, hat Moni vorgeschlagen. »Und die Stelzen mitbringen. Das ist doch kein Problem mit der Straßenbahn.«

»Oma?«, ruft Moni, als sie die Wohnungstür aufschließt. »Mutti? Ich hab Klavier gespielt, bei Helga! Ich kann das ganz gut!«

In der Küche steht Oma am Ausguss und Mutti sitzt auf dem Sofa.

»Ich dachte, du würdest dich vielleicht ein kleines bisschen mit uns freuen!«, sagt Mutti. »Du könntest doch auch was davon haben!«

Oma lässt kaltes Wasser aus dem Hahn in einen Topf laufen, zum Einweichen.

»Wovon?«, fragt Moni. »Wovon könnte Oma auch was haben, Mutti?«

»Helmut hat sich ein Auto gekauft«, sagt Mutti. »So ein modernes Goggomobil, du weißt doch, wie wir sie schon manchmal gesehen haben! In zwei Wochen wird das geliefert. Dann nimmt Helmut sich auch mal einen Tag Urlaub und wir machen eine kleine Spritztour.«

»Au ja!«, sagt Moni. Was für ein unglaublich schöner Tag. Sie hat Klavier gespielt, und nun kriegt Helmut auch noch ein Auto. »Kommt Oma mit?«

Oma steht am Ausguss mit der Spülbürste in der Hand und dreht sich nicht um.

»Oma ist mit Frau Könnemann verabredet«, sagt sie.

»Schade!«, sagt Moni.

Erst als sie im Bett liegt, fällt ihr ein, dass Mutti ja gar nicht gesagt hat, an welchem Tag die Spritztour sein soll.

Vor den Ferien ist Helga noch zweimal zu Moni gekommen, in der letzten Woche gibt es schon nicht mehr so viele Schularbeiten. Helga hat nicht gesagt, dass man aus dem dritten Stock bestimmt einen schönen Blick hat. »Puuh!«, hat sie auf der Treppe geschnauft. »Ganz schön hoch!«, und da hat Moni gewusst, dass es in Ordnung ist.

Mit Helga ist es anders als mit Heike, aber das ist ja auch kein Wunder. Zwei verschiedene Menschen sind eben zwei verschiedene Menschen. Helga ist nicht so lustig wie Heike und redet nicht so viel. Und lachen tut sie auch nicht mehr als Moni. Aber sie bringt ihre Stelzen mit und zeigt Moni, wie sie die Arme halten muss, weil das das Wichtigste ist, sagt sie. Da kann Moni ganz schnell Stelzen laufen, und sie spielen sogar Hinkebock damit, aber natürlich gewinnt Helga.

»Ich hab ja mehr Übung«, sagt sie.

Als Helga das zweite Mal da ist, kommt Hilli grade von ihrer Freundin, und sie spielen zu dritt.

»Da frag ich meine Mutti mal, ob es die im Alsterhaus auch gibt!«, sagt Hilli und Moni spürt einen kleinen Stich. Hilli hat Hudora-Rollschuhe und jetzt kriegt sie vielleicht auch noch Stelzen. Dabei war sie früher immer so armselig, Gott wat sünd de armselig, hat Oma immer gesagt. De arme Deern.

Am letzten Schultag liest Fräulein von Siegburg ihrer Klasse zwei Stunden lang einfach nur eine Geschichte vor, die ist so wunderschön, dass hinterher fast alle das Buch über die Ferien ausgeliehen haben wollen. »Die Höhlenkinder«, das ist traurig und spannend, und Moni denkt, dass sie auch gerne mit den Höhlenkindern in einer einsamen Höhle leben möchte, auch wenn es manchmal vielleicht schrecklich ist, und als sie das Helga zuflüstert, sagt die, dass sie das auch gerne möchte.

Helga fährt in den Ferien zu ihrer Tante,

die hat es nach dem Krieg nach Bayern verschlagen.

»Da ist das vielleicht schön!«, sagt Helga. »Und wie die reden!«

»Gibt es da Berge?«, fragt Moni.

Helga überlegt. »Man kann sie sehen«, sagt sie. »Bei gutem Wetter.«

»Und du fährst ganz alleine mit der Bahn?«, fragt Moni.

Helga nickt. »Meine Mutti sagt dem Schaffner Bescheid«, sagt sie. »Tschüs, Moni! Bis nach den Ferien!« Dann läuft sie aus der Klasse.

Moni packt ihre Aktentasche ganz langsam. Sie will, dass Rosi vor ihr nach Hause geht, heute hat sie keine Lust, mit Rosi zu fahren. Aber Rosi lauert an der Tür.

»Tschüs, Moni!«, ruft da plötzlich eine Stimme, die schon lange nichts mehr zu Moni gesagt hat. »Bis nach den Ferien!«, und als Moni hochguckt, winkt Heike ihr zu, als wäre alles in allerbester Ordnung.

»Tschüs, Heike«, sagt Moni, bevor sie noch überlegt hat, ob sie das überhaupt sagen will. Aber Heike ist sowieso schon losgeflitzt.

»Jetzt schmeißt sie sich wieder an dich

ran!«, sagt Rosi und kommt in die Klasse zurück, in der jetzt nur noch Moni sitzt und ihre Tasche schließt. »Weil sie sieht, dass du eine neue Freundin hast. Und das will sie auch nicht, wetten? Die ist so eingebildet und blöde, alles muss immer für sie da sein.«

Moni braucht lange für die Taschenschnalle.

»Wir können gehen«, sagt sie dann.

Es ist doch komisch, dass sie eigentlich glaubt, Rosi hat Recht mit allem, was sie über Heike sagt. Und dass es trotzdem Rosi ist, die sie nicht mag.

Sie soll mich jetzt nicht fragen, ob wir in den Ferien mal zusammen spielen wollen, denkt Moni auf der Treppe. Wenn ich nein sage, ist das gemein. Aber ich will das nicht.

»Du verreist ja auch nicht, Moni«, sagt Rosi fragend.

Jetzt, denkt Moni. Aber sie traut sich nicht. Richtig zu fragen, traut sie sich nicht, und das ist doch eigentlich traurig. Aber auch gut für mich. Da muss ich nicht nein sagen.

»Wir nämlich auch nicht«, sagt Rosi vorsichtig.

Als sie aus der schweren Schultür treten,

blendet die Sonne sie fast, genau wie es sein muss, wenn die Sommerferien anfangen.

Ein Auto hupt dreimal.

Heike, denkt Moni. Die wird von ihrem Vater abgeholt, und dann geht es ab nach Italien.

»Moni!«, ruft Rosi aufgeregt. »Da winkt eine! Du wirst mit dem Auto abgeholt!«, und da hupt es wieder, und jetzt sieht Moni auch das Auto, das genau vor der Schule am Kantstein steht, ein klitzekleines, hellblaues Auto, und in der geöffneten Tür sitzt Mutti in ihrem allerschönsten Sommerkleid und winkt.

»Moni!«, ruft sie. »Huhu, Moni!«

Da stürzt Moni zum Auto, und Mutti steigt aus und klappt den Sitz zurück, damit Moni auf die Rückbank steigen kann.

»Das ist aber schön!«, sagt sie und spürt, wie ihr Herz schlägt.

Rosi hat sie nicht mal Tschüs gesagt.

Sie fahren wieder an die Elbe, genau wie zu Pfingsten, aber wenn man mit dem Auto fährt, ist es auf einmal fast wie ein richtiger Urlaub.

»Ich muss mich erst wieder ans Fahren gewöhnen!«, sagt Helmut. »Ich hab meinen

Führerschein bei der Wehrmacht gemacht, jetzt bin ich aus der Übung.«

Aber so viele Autos sind ja nicht unterwegs, da ist es nicht schlimm, wenn er manchmal vergisst, dass an der Kreuzung rechts vor links gilt. »Ich lern das schon wieder«, sagt Helmut.

Auf der Elbchaussee stellen sie das Auto genau da ab, wo die Himmelsleiter nach unten an den Strand führt.

»Jeder muss was tragen«, sagt Helmut, und dann klappt er den Kofferraum auf, den hat der Goggo auch noch, und Mutti nimmt eine Wolldecke, die gehört bestimmt Helmut, weil Moni sie nicht kennt, und eine Einkaufstasche, die kennt Moni auch nicht. Helmut trägt ein Netz mit drei Flaschen und Moni reicht er mit einer kleinen Verbeugung ein Paket.

»Erst unten auspacken!«, sagt Helmut.

Am Strand breiten sie die Decke aus, und aus der Tasche holt Mutti hart gekochte Eier und belegte Brötchen. Dabei gibt es Brötchen sonst eigentlich höchstens mal sonntags. »Zur Feier des Tages!«, sagt Mutti.

Wenn man mit dem Auto fährt, kann man ja so viele Sachen mitnehmen, denkt Moni.

Wenn man das den ganzen Weg von Altona schleppen müsste, na, das wäre aber ziemlich anstrengend.

»Nun guck doch mal, was Helmut dir geschenkt hat!«, sagt Mutti, und Moni packt das Paket aus, und darin ist ein bunter Wasserball, haargenau so ein bunter Wasserball, wie Moni ihn schon immer haben wollte, der ist aus ganz vielen Streifen zusammengeklebt und man muss ihn aufblasen. Aber das tut Helmut für sie.

»Danke schön, Onkel Helmut!«, ruft Moni. So wunderschöne Ferien, schon gleich am ersten Tag eine Autofahrt und ein Picknick und nun auch noch ein Wasserball. »Spielst du mit mir?«

»Zuerst genießen wir mal ganz in Ruhe unser Picknick«, sagt Mutti. »Da, Moni, Onkel Helmut hat dir sogar gelbe Brause gekauft. Und danach spielen wir Wasserball.«

»Abbacken!«, sagt Moni zufrieden. Brötchen mit Käse und gelbe Brause und ein Wasserball. Da braucht sie doch kein Italien mit komischen langen Nudeln.

»Eigentlich wollten wir nämlich auch noch etwas mit dir besprechen, Moni«, sagt Onkel Helmut, als Moni zwei Brötchen gegessen hat und zwei Eier und eigentlich immer noch Lust hat, Abbacken zu spielen, aber vielleicht erst, wenn sie vorher ein bisschen auf der Wolldecke gelegen hat mit geschlossenen Augen, wie Mutti das gerade tut. »Wir finden, dass du es gleich von Anfang an wissen sollst. Und ich hoffe sehr, Moni, dass du dich freust.«

Moni starrt Helmut an. Rosi hat es gesagt, denkt sie. Und ich hab es gewusst. Aber ich wollte es nicht glauben.

»Wir suchen eine schöne Wohnung für uns drei«, sagt Mutti und setzt sich auf. »Monimädchen. Am 7. Oktober wollen Helmut und ich heiraten.«

Heiraten, denkt Moni, natürlich. Vater, Mutter, Kind. Eine Wohnung für uns drei. »Und Oma?«, fragt sie.

»Deine Oma möchte sicher in ihrer schönen Wohnung bleiben«, sagt Helmut. »Aber wir besuchen sie ganz oft. Und sie besucht uns bestimmt auch.«

»Du kriegst ein Kinderzimmer!«, sagt Mutti. »Moni, wäre das nicht schön? Ein Zimmer ganz für dich alleine?«

»Wo du doch langsam eine junge Dame wirst«, sagt Helmut.

Wie Heike, denkt Moni, und einen Augenblick lang spürt sie die Vorfreude und sieht ihr Zimmer, und es sieht ganz genauso aus wie das von Heike. Dabei hat sie doch überhaupt gar kein Puppenhaus.

»Und mein Vati?«, fragt Moni.

Ihr Bett kommt in ihr Zimmer, natürlich nur, wenn Oma ihnen die Betten mitgibt. Die Betten gehören ja Oma. Und ein Kleiderschrank. Und vielleicht kriegt sie sogar einen Schreibtisch, wie Heike ihn hat. Dann kann sie in ihrem eigenen Zimmer Schularbeiten machen.

»Ach, Moni«, sagt Mutti, und jetzt klingt ihre Stimme auf einmal unglücklich. »Du weißt ja, ich glaub schon längst nicht mehr, dass er am Leben ist. Oma will die Hoffnung nicht aufgeben, das kann man ja auch verstehen, aber ich – wie lange sollen wir denn noch warten, Moni? Ich hab dann doch den Antrag gestellt, ihn für tot erklären zu lassen.«

»Nein!«, ruft Moni und springt auf. Rosis Vater hatte Rosis Bild an seinem Herzen, als er gestorben ist, da war Rosi bei ihm und ist ein kleines bisschen mit ihm gestorben, als die Kugel da durchgegangen ist. Aber der Junge mit der Strähne musste ganz alleine sterben.

So was darf Mutti doch nicht tun.

»Moni?«, sagt Mutti. »Moni, ich glaub nicht, dass er noch lebt! Und wenn er tot ist, was schadet es denn dann, wenn ich ihn nun auch für tot erklären lasse?«

Aber wenn er doch noch irgendwie lebt, denkt Moni. Irgendwie auf eine ganz komische Weise irgendwo, nicht wie richtig leben, wie im Märchen: *Dein Leben soll dir geschenkt werden, wenn deine Liebste auf dich wartet*. So was gibt es ja natürlich gar nicht. Aber wenn doch. Dann machen wir ihn jetzt tot.

»Und wenn er noch lebt?«, fragt Moni. »Dann machst du ihn jetzt tot!«

»Unsinn!«, sagt Mutti. Sie zieht Moni zu sich heran dabei, aber Moni macht sich ganz steif. »Wenn er noch lebt, dann lebt er doch trotzdem weiter. Und wenn er wirklich eines Tages kommt und lebt noch, dann wird der Totenschein wieder rückgängig gemacht.«

»Das kann man nicht rückgängig machen!«, schreit Moni. »Tot ist tot für immer!«

So viele Väter sind gestorben. Vermisst, zehn Jahre danach, das heißt in den meisten Fällen wohl doch gefallen, hat neulich ein Mann im Radio gesagt. Aber solange man kein schwarzes Band um das Foto macht, ist der Junge nicht richtig tot.

»Denk drüber nach, Monika«, sagt Helmut. »Ich würde mich jedenfalls sehr, sehr freuen, wenn ich so eine nette Tochter bekäme.« Dann fällt ihm noch etwas ein. »Und das Foto von deinem Vati«, sagt er. »Das stellen wir in unserer neuen Wohnung natürlich wieder in die Küche. Er gehört ja zu euch. Und das hört auch niemals auf, Moni.«

Moni merkt, wie ihre Augen feucht werden. Wegen meinem Vati, denkt sie. Weil der jetzt tot ist, tot und gefallen wie der Vati von Rosi, und dabei war er nur ein großer Junge. Und wegen Oma, weil sie jetzt allein sein muss, und dabei hat sie doch ihren Jungen schon nicht mehr. Und wegen meinem eigenen Zimmer, weil das so schön ist.

Dann wirft sie sich an Muttis Brust und weint und weint, und Mutti streichelt ihr den Kopf und flüstert lauter kleine Wörter, wie sie sie früher geflüstert hat, wenn Moni hingefallen war und hatte ein blutiges Knie. Ein blutiges Knie ist nicht so schlimm. »Jetzt alles wieder gut?«, flüstert Mutti.

Moni zieht die Nase hoch. Sie nickt. Es stimmt nicht, nichts ist gut. Aber doch.

16

Sommerferien sind schön, weil man so lange im Bett bleiben kann, wie man mag, und keine Schularbeiten machen muss und weil die Sonne scheint und scheint.

»Als ob sie bezahlt dafür kriegt«, sagt Mutti.

Und Sommerferien sind langweilig, weil die Tage so endlos sind und Moni schon nach der ersten Woche alles gespielt hat, was sie gerne spielen wollte, und die beiden Bücher gelesen, die Mutti von der Tochter ihrer Arbeitskollegin extra für die Ferien für Moni ausgeliehen hat. Bilder hat sie auch gemalt, aber dazu braucht man ja Papier, und so viel können sie davon auch nicht vergeuden, sagt Oma. Moni weiß wohl nicht, was so ein Zeichenblock kostet.

Auf der Straße ist es ruhig. Hilli ist wieder bei einer Verschickung, bei der war sie schon zweimal, und Oma hat gesagt, wir fragen lieber nicht nach, was die den Kindern da beibringen. Aus den Nissenhütten sind noch zwei Familien weggezogen, bald wohnt da niemand mehr. Mit wem soll Moni nun wohl spielen.

Aber eine Woche lang hat Mutti sich Urlaub genommen, und zweimal sind sie schon morgens ganz früh mit der S-Bahn an die Elbe gefahren und haben sich einen Strandtag gemacht. »Pack die Badehose ein!«, haben sie gesungen, wenn sie zusammen vom Bahnhof zum Wasser gegangen sind; und sie haben sich an der Hand gefasst und sind im Wechselschritt gehüpft, und dabei hat Mutti so vergnügt ausgesehen und so jung, dass Moni gedacht hat, wie schön Urlaub ist, so schön, fast wie Weihnachten, nur natürlich anders. »Pack die Badehose ein!«

Das Lied singt immer ein Mädchen im Radio, das ist bestimmt noch nicht mal so alt wie Moni, und in der »Hör zu!«, die Oma jetzt immer von Frau Pape ausgeliehen kriegt, wenn die Woche um ist, war auch ein Foto von ihr. So berühmt ist die, denkt Moni. Eigentlich kann ich doch auch ganz gut singen. Berühmt möchte ich auch gerne sein. Vielleicht sogar ein Filmkind, wie diese Blonde bei »Immenhof«.

»Nimm dein kleines Schwesterlein!«, singt

Mutti. »Und dann fahr'n wir an den Wannsee!«

»Tun wir ja gar nicht!«, sagt Moni und lacht.

»Nein, der Wannsee ist in Berlin«, sagt Mutti. »Nimm dein kleines Schwesterlein! Und dann fahr'n wir an die Elbe!«

»Au ja!«, sagt Moni und singt mit. Dann bleibt sie plötzlich stehen.

»Kleines Schwesterlein haben wir auch nicht«, sagt sie.

Mutti guckt erstaunt. »Nein«, sagt sie. »Wieso? Hättest du gerne eins?«

»Rosis Mutter hat ein Baby gekriegt«, sagt Moni.

Mutti guckt sie an. Dann nimmt sie Moni ganz fest in den Arm. »Wir kriegen keins«, sagt sie. »Wenn du das meinst, Moni. Wir haben noch nicht beim Klapperstorch angefragt, Helmut und ich. Wir wissen noch gar nicht, ob wir noch ein Geschwisterchen für dich wollen.«

Sie hat mich schon mal beschwindelt, denkt Moni. Wer einmal lügt. Und ich weiß, was ich weiß. Gudrun hat es mir schließlich erklärt.

Es ist gut, dass die langen, langen Sommerferien im Sommer sind, denkt Moni. Wenn es warm ist und die Sonne scheint und man ganz viel draußen sein kann, auch wenn man nicht weiß, was man da machen soll.

Immer wenn Oma nach Hause kommt, geht Moni schnell nach unten. »Ich spiel noch!«, sagt sie.

»Das tu man, Deern, das tu man«, sagt Oma, und Moni denkt, dass sie mit Oma nicht mehr so gerne allein in der Wohnung ist. Oma ist so anders jetzt. Traurig, denkt Moni. Wegen Mutti und wegen ihrem großen Jungen. »Du büss ja all meist so swatt as 'n Neger.«

Aber mit Helmut hab ich doch nichts zu tun. Zu mir soll sie fröhlich sein.

Einmal, die Ferien sind schon fast zu Ende und Monis Fußsohlen ganz hart vom vielen Barfußlaufen, spielt sie allein vor dem Haus mit dem Ball. Wenn die Schule wieder anfängt, ist das auch ganz gut, denkt sie. Am Morgen ist sie davon aufgewacht, dass die Briefklappe in der Wohnungstür geklappert hat, und als sie hingelaufen ist, um zu gucken, wer ihnen wohl geschrieben hat, lag da eine Postkarte auf dem Flurfußboden.

Harry!, hat Moni gedacht, und ihr Herz hat plötzlich ganz laut geschlagen. Eine Weihnachtskarte von Harry!

Aber als sie die Karte aufgehoben hat, war da nur ein Strand drauf mit blauem, blauem Wasser und rot-weißen Sonnenschirmen. »Riccione« stand auf der Karte, und auf der Rückseite hatte Heike in ihrer krakeligen Schrift »Viele Grüße von deiner Freundin Heike« geschrieben. Moni hat sich gewundert, dass sie sich gar nicht richtig freuen konnte. Vielleicht freut Oma sich aber.

Moni wirft den Ball gegen die Hauswand. Wenn noch jemand da wäre, könnten sie Geschichtenball spielen. Alleine macht das keinen richtigen Spaß.

»Monika?«, ruft da eine Stimme, und als Moni sich umdreht, kommt Frau Kröger die Straße runtergelaufen und schnauft ein bisschen wegen der Hitze. »Monika, ist deine Mutti schon zu Hause?«

»Oma«, sagt Moni und hört auf, den Ball zu werfen.

Frau Kröger schüttelt den Kopf. »Er hat ausdrücklich gesagt, dass es nicht für deine Oma ist, nur für deine Mutti oder dich«, sagt Frau Kröger und wischt sich mit der Schürze über die Stirn. »Na, das ist mir aber mal ein Sommer, was? Dann komm du man mit.«

»Wohin?«, fragt Moni, obwohl sie es da fast schon weiß.

»Telefon!«, sagt Frau Kröger und läuft eilig zurück zu ihrem Laden. Weil sie ein Geschäft hat, braucht sie ja ein Telefon, und da werden natürlich alle Leute in der ganzen Gegend immer bei ihr angerufen. »Ein Herr.«

Monis Hand zittert ein bisschen, als sie im Laden den Hörer in die Hand nimmt. Telefoniert hat sie noch nie, und nun stehen auch noch so viele Leute dabei, die warten, dass sie bedient werden, und gucken zu.

»Du musst dich melden!«, flüstert Frau Kröger.

»Hier spricht Monika Schleier«, sagt Moni, und ihre Stimme verrutscht irgendwo auf dem Weg zu den Lippen und klingt ganz fremd in dem Laden mit all den vielen Menschen.

»Ach, hallo, Monika!«, sagt Helmut. »Ich ruf von der Arbeit an. Ich hatte mir schon beinahe gedacht, dass deine Mutti noch nicht zu Hause ist. Richtest du ihr bitte etwas aus von mir? Es könnte klappen mit der Wohnung, ich fahre direkt nach der Arbeit zum Bauplatz, um mir mal alles anzugucken. Und wenn sie mag, kann sie auch dahin kommen, die Adresse weiß sie ja. Bis sieben ungefähr bin ich da.«

»Ja«, flüstert Moni.

»Monika?«, sagt Helmut. »Hast du mich verstanden, Mädchen? Richtest du das deiner Mutti aus?«

»Ja«, flüstert Moni und gibt Frau Kröger den Hörer zurück.

»Mädel!«, sagt Frau Pape, die auch in der Schlange steht. Vielleicht muss sie noch schnell etwas für ihren Mann zum Abendbrot einkaufen. »Du bist ja ganz blass geworden! Kipp uns bloß nicht um!«

Moni schüttelt den Kopf.

»Ist was Schlimmes passiert?«, fragt Frau Pape. »Soll ich dich nach Hause bringen?«

Aber Moni hat schon die Ladentür aufgemacht. Die Ladenglocke bimmelt.

»Schönen Dank, Frau Kröger«, sagt Moni.

Dann rennt sie nach Hause.

Mutti hat es nicht geschafft an dem Abend. Sie hat ausgerechnet, wie lange sie brauchen würde zu Fuß, so weit ist der Bauplatz gar nicht, aber trotzdem hätte es bis sieben nicht gereicht.

»Wir wollten ja was in der Nähe«, hat Mutti abends im Bett gesagt. »Wegen Oma. Und damit du nicht die Schule wechseln musst.«

»Ich glaub, Oma will dann gar nichts mehr mit uns zu tun haben«, hat Moni gesagt. Mit Mutti redet Oma ja jetzt auch schon nicht mehr.

»Das kommt schon noch, Moni«, hat Mutti geflüstert. »Sie wird sich daran gewöhnen. Das versprech ich dir.«

Aber Moni hat gedacht, dass Mutti ihr so was gar nicht versprechen kann. Sie ist schließlich keine Hellseherin.

Am nächsten Morgen sitzt Moni in der Küche und schneidet Bilder aus den alten »Hör zu!«-Heften aus. Frau Pape hat gesagt, die Hefte sind nicht nur geliehen, die darf Oma behalten. Darum macht Moni sich jetzt eine Bildersammlung, ihr ist eingefallen, dass sie das ja kann, wenn sie eigene Zeitschriften hat. Mit Omas Nähschere schneidet sie all die Bilder aus, die sie schön findet, und das sind fast alle. Danach sortiert sie sie auf Stapel.

»Filmschauspieler« ist ein Stapel und »Sport« ist ein anderer, und auf einen dritten kommen die Tiere. Vielleicht kann sie sich ein großes Schulheft kaufen und alle Bilder da reinkleben wie in ein Album und dann lustige Sprüche dazu schreiben. Moni kriegt richtig gute Laune.

Da klingelt es an der Wohnungstür.

»Na?«, sagt Heike vergnügt. »Ich hab mich so gelangweilt! Freust du dich, dass ich dich besuchen komme?«

Moni starrt Heike an. Jetzt sind wir vielleicht wieder befreundet, denkt sie.

»Wir sind schon zwei Wochen wieder zurück!«, sagt Heike und geht in die Küche. »Italien war prima, Moni, aber hinterher! Nee, so was Langweiliges aber auch! Ich freu mich fast schon wieder auf die Schule.« Sie lässt sich aufs Sofa plumpsen. »Du auch, Moni? Ich hab bestimmt alles vergessen.«

Moni schiebt die Bilder zur Seite. Sie muss doch was davon sagen, denkt sie. Das geht doch nicht, dass Heike einfach so ankommt und tut, als wäre gar nichts gewesen.

»Oh, die sind aber schön!«, sagt Heike und wühlt in den ausgeschnittenen Bildern. »Wozu ist das?«

»Nicht!«, sagt Moni und schiebt die Bilder noch ein Stück weiter zur Seite. »Du bringst ja alles durcheinander!«

»Ach du je!«, sagt Heike und lacht. »Ich bin aber auch eine dumme Nudel!«

Und Moni merkt erstaunt, wie sehr sie sich freut, dass Heike wieder da ist, und wie sehr sie gleichzeitig immer noch böse auf sie ist und nachdenken muss über das, was Rosi gesagt hat; und dass das alles zusammen geht, ist doch sonderbar.

»Ich sortier die«, sagt Moni, ohne Heike anzugucken.

Ich könnte ja auch was sagen, denkt sie. Ich könnte mich entschuldigen, weil ich geschwindelt hab. Oder ich könnte ihr sagen, dass es nicht schön von ihr war, wie sie mich behandelt hat.

»›Tiere‹ und ›Filmstars‹ und ›Sport‹. Und das hier ist durcheinander, ich glaub, den Stapel nenn ich einfach ›Lustiges‹.«

»Du hast immer so gute Ideen, Moni!«, sagt Heike. »Dir ist es bestimmt nie langweilig.«

Aber man braucht ja vielleicht auch gar nicht darüber zu sprechen, denkt Moni. Jetzt ist doch alles wieder gut. Und wenn ich was sage, mach ich es vielleicht nur wieder kaputt.

»Ich will ein Album machen«, sagt Moni. »Ich hab nur noch kein Heft.«

»Darf ich mitmachen?«, ruft Heike. »Au ja, lass uns ein Album machen! Ich hab bestimmt noch genug Geld dabei.«

Dann gehen sie zusammen den ganzen Weg bis zum Papiergeschäft, und unterwegs erzählt Heike von Italien.

Am letzten Feriensonnabend geht Mutti mit Jenny einkaufen. Ihr Hochzeitskleid.

»Ich wusste gar nicht, dass du dich mit Jenny noch triffst!«, sagt Moni.

»Na klar, jeden Tag!«, sagt Mutti. »Wir arbeiten doch zusammen.«

Mutti hat Moni gefragt, ob sie auch mitkommen will. Helmut darf ja nicht, der Bräutigam darf das Kleid erst am Hochzeitstag sehen, sonst bringt es Unglück.

»Töchter dürfen?«, hat Moni gefragt.

Mutti hat gelacht. »Meistens hat die Braut ja noch keine Tochter!«, hat sie gesagt.

Und Oma, die die ganze Zeit so getan hat, als hätte sie nichts gehört, hat sich plötzlich umgedreht. »Und meistens hat die Braut auch noch keinen anderen Mann!«, hat sie gesagt, aber Mutti hat getan, als ob sie nichts gehört hätte.

Moni wäre gerne mitgegangen zum Aussuchen, aber nun hat sie sich schon mit Heike verabredet. Darum sieht sie das Kleid erst am Nachmittag, als Mutti erschöpft und verschwitzt mit einem großen Paket nach Hause kommt.

»Da ist es drin?«, fragt Moni aufgeregt. Heike hat ihr ein Foto gezeigt, auf dem ihre Eltern als Brautpaar zu sehen waren. Ihr Vater in einem schwarzen Frack und mit ganz ernstem Gesicht und ihre Mutter in dem schönsten langen weißen Kleid, das man sich denken kann.

»Wie im Film!«, hat Moni gesagt und sich Mutti vorgestellt, wie sie neben Helmut vor dem Standesamt steht und so wunderschön aussieht. Nur dass Helmut keinen Frack hat, ist schade.

»Darf ich mal sehen?«

Mutti nickt und lacht. »Ich bin so kaputt!«, sagt sie. »Mit nichts war Jenny zufrieden! Aber jetzt haben wir es, glaube ich«, und sie geht ins Schlafzimmer und legt das Paket auf ihr Bett. »Warte mal in der Küche.«

Moni sitzt am Küchentisch. Am wichtigsten ist der Schleier, denkt sie. Hoffentlich ist der richtig schön lang. Und Spitzen soll das

Kleid haben. Aber das ist uns vielleicht zu teuer.

»Augen zu!«, ruft Mutti vom Flur. »Erst aufmachen, wenn ich es sage!«

Moni kneift die Augen zu.

»Jetzt!«, sagt Mutti.

Moni reißt die Augen auf. Vor ihr auf dem Fliesenschild vor dem Ofen steht Mutti in einem rosa Kostüm und weißen Pumps und dreht sich mit ausgebreiteten Armen um sich selbst.

»Na?«, fragt sie aufgeregt. »Wie findest du mich?«

»Das ist doch kein Hochzeitskleid!«, ruft Moni. Warum muss bei ihr immer alles falsch sein. »Das ist ja nicht mal weiß!«

In diesem Moment kommt Oma aus ihrem Wohnzimmer.

»Na, das wäre ja wohl auch noch schöner!«, sagt sie böse.

»Gefällt es dir nicht?«, fragt Mutti, und daran, wie sie die Arme sinken lässt, kann Moni sehen, wie enttäuscht sie ist.

»Das ist ja nicht mal weiß!«, sagt sie wieder.

»Erklär's ihr!«, sagt Oma. »Na los, los, erklär's ihr!«

»Man tut das nicht«, sagt Mutti müde.

»Beim zweiten Mal. Du bist enttäuscht, nicht, Monikind?«

»Man tut es nicht«, sagt Oma, »weil ein weißes Hochzeitskleid heißt, dass die Braut *rein* ist. Wenn sie das nicht mehr ist«, Oma zeigt mit dem Finger auf Mutti, »dann darf sie nicht in Weiß heiraten. So einfach ist das, Deern.«

Moni denkt, wie Mutti jeden Morgen am Küchenausguss steht und sich wäscht und abends, wenn sie verschwitzt von der Arbeit kommt, meistens noch mal. Sie versteht nicht, warum Mutti nicht rein genug ist für ein weißes Kleid, aber sie ahnt, dass das wieder zu den Dingen gehört, nach denen man besser nicht fragt.

»Weil ich dich doch schon habe, Moni«, sagt Mutti. »Weil ich nicht – das nennt man Jungfrau, das nennt man so. Das ist eine Braut ja sonst. Das bin ich nicht, weil ich dich ja schon habe.«

»Na!«, ruft Oma aufgeregt. »Wenn es das nur wäre!«

Moni denkt an Gudrun und an das, was Gudrun ihr erzählt hat.

Nun ist sie auch noch schuld, dass Mutti kein schönes Hochzeitskleid tragen darf.

Als Helmut am Sonntag kommt, um Moni und Mutti abzuholen, klebt Moni gerade Bilder in ihr Album. Ein paar hat sie auch mit Heike schon eingeklebt, aber bei manchen war es gar nicht so einfach, sich zu entscheiden, wohin sie gehören. Zu »Lustiges« oder zu »Filmstars«, zum Beispiel. Eins haben sie schließlich bei »Lustiges« eingeklebt, da stehen zwei Frauen in Uniformen vor einem riesengroßen Propeller. In Deutschland gibt es jetzt wieder eine eigene Fluggesellschaft, hat in der Zeitschrift gestanden, die heißt Lufthansa, und da kann man von München nach Frankfurt fliegen, wenn man es eilig hat und genug Geld und keine Angst.

»De Welt ward noch vorrück«, hat Oma gesagt und den Kopf geschüttelt.

Heike hat erzählt, dass ihr Onkel auch immer fliegen muss. »Tu das zu ›Lustiges‹«, hat sie vorgeschlagen, und Moni hat unter das Bild geschrieben:

»Zwei tolle Mädels wollen fliegen, wenn sie bloß keinen Schnupfen kriegen.«

»Dass du das kannst, Moni!«, hat Heike bewundernd gesagt. »Dass du sogar dichten kannst!«

»Ach, da ist doch nichts dabei«, hat Moni

gesagt und plötzlich wieder gewusst, warum sie sich mit Heike immer so glücklich fühlt.

Aber zu manchen Bildern fallen ihr wirklich keine Gedichte ein, und darum sitzt sie jetzt am Küchentisch und denkt nach. Morgen will sie das Album mit in die Schule nehmen. Bestimmt findet Helga es auch lustig.

»Komm schon, Moni, Helmut ist da!«, ruft Mutti.

Oma ist schon ganz früh losgefahren, zum Fischmarkt, da gibt es alles immer so viel billiger. Oma fährt jetzt sonntags morgens oft zum Fischmarkt.

»Nun reiß dich mal los, Helmut will uns den Bauplatz zeigen.«

Die Sonne scheint und sie fahren mit dem Auto durch die leeren Straßen. Einmal müssen sie über den Kanal, aber dann sind sie auch schon gleich da.

»Hier ist es!«, sagt Helmut und legt Mutti den Arm um die Schultern. »Wie gefällt es meinen beiden Damen?«

Moni holt tief Luft. Sie ist hier früher schon einmal gewesen, als sie am Wochenende spazieren gegangen sind, Oma und Mutti und sie, das weiß sie noch genau wegen dem Park.

Der Park liegt gleich neben dem Bauplatz, nur einmal muss man über die Straße, und mitten darin sind ein Spielplatz und ein Plantschbecken, da kann man im Sommer mit den Füßen rein oder Schiffe schwimmen lassen.

»Schön!«, sagt Moni.

Aber um den Park herum war alles zerbombt. Darum stehen da jetzt auch nur lauter schöne, neue Häuser aus hellrotem Klinker, und in der Sonne sieht alles so einladend und freundlich aus, dass man fast glauben muss, hier kann man überhaupt nur glücklich sein.

»Ziemlich genau hier ist es dann«, sagt Helmut. Auf der letzten großen Trümmerfläche haben die Bagger schon angefangen, eine tiefe Grube auszuheben. »Der mittlere Eingang. Drei Stockwerke wird es haben, aber wir wohnen im Erdgeschoss.«

»Erzähl es ihr!«, sagt Mutti und sieht ganz aufgeregt aus.

Helmut legt Moni seine Hände auf die Schultern und dreht sie so, dass sie über die Baugrube guckt. »Und dahinter, siehst du das?«, fragt er. »Da ist ja noch viel Platz. Da wird es auch einen kleinen Park geben, wenn das Haus erst mal fertig ist. Aber zwischen dem Park und unserem Haus, da wird ein Streifen Gärten angelegt.«

»Dann kriegen wir einen Garten, Moni!«, ruft Mutti. »Einen eigenen Garten!«

»Für uns ganz allein?«, fragt Moni ungläubig.

»Er ist winzig!«, sagt Helmut warnend. »Das wird wirklich nur ein ganz winziger Garten, Moni. Unsere Küche hat dann eine Tür nach draußen, und von da geht eine Treppe nach unten, und der Streifen davor und bis zum Park gehört dann uns.«

Moni guckt über die Baugrube. Die Erde ist von Unkraut überwuchert, das ist jetzt im Sommer fast so hoch gewachsen wie richtige Sträucher, aber immer noch liegen dazwischen Reste von Trümmern. Keine guten Steine natürlich, die haben die Menschen ja alle geholt, um neue Häuser daraus zu bauen. Aber wenn man buddelt, findet man noch was, denkt Moni. Alte Scherben. Und einmal hat sie ein Puppenbein gefunden. Das ist bei Trümmergrundstücken immer so und das macht Spaß.

Man darf nur nicht überlegen, warum da ein Puppenbein zwischen den Trümmern steckt. Aber bald ist das hier ein Park und unser Garten.

»Ich freu mich so!«, sagt Moni.

Johannisbeeren können sie pflanzen und Erdbeeren und vielleicht einen Kirschbaum und einen Apfelbaum. Und Rosen. Und wenn das Wetter schön ist, so schön wie jetzt, dann tragen sie den Küchentisch und die Küchenstühle nach draußen und trinken im Garten Kaffee. Vielleicht kommt Oma dann auch.

»Und wenn wieder schlechte Zeiten kommen«, sagt Mutti, »haben wir unser eigenes Stück Land. Da pflanzen wir dann Kartoffeln. Für uns drei reicht das schon. Wenn wieder schlechte Zeiten kommen, müssen wir nicht hungern.«

»An so was wollen wir aber doch mal gar nicht denken!«, sagt Helmut. »Und jetzt zeig ich euch die Zimmer.«

Dann sucht er sich einen spitzen Stein und zeichnet den Grundriss in den Sand.

»Vier Zimmer?«, sagt Moni erschrocken. »Vier ganze Zimmer nur für uns?«

»Na, du brauchst doch dein eigenes Zimmer, Moni«, sagt Helmut. »Und ich hätte gerne ein Arbeitszimmer, damit ich mir abends auch mal Unterlagen mit nach Hause nehmen kann.«

»Ach so«, sagt Moni und spürt eine vorsichtige kleine Erleichterung. Aber man weiß natürlich nie.

Vielleicht besucht sie Heike ja bald mal wieder. Dann guckt sie sich Heikes Zimmer ganz genau an, damit sie weiß, was man alles braucht in einem Kinderzimmer.

»Ich freu mich so!«, sagt Moni wieder.

3. Teil

17

So früh ist Moni schon lange nicht mehr aus dem Haus gegangen. Die Luft ist noch kühl und feucht von der Nacht, und zwischen den Zweigen der Büsche am Kanal glitzert der Tau auf Tausenden von Spinnweben.

Bald wird es schon Herbst, denkt Moni, das merkt man. So früh am Morgen merkt man es, auch wenn es am Tag noch heiß und sonnig und schwül ist und man glauben könnte, in diesem Jahr will der Sommer niemals aufhören. Altweibersommer.

Die Straßenbahn ist voller Schüler, die von ihren Ferien erzählen, aber Rosi ist nicht dabei. Neben wen soll ich mich in der Klasse denn jetzt setzen, denkt Moni. Wenn ich doch mit Heike wieder befreundet bin. Und Helga glaubt bestimmt auch, dass wir zusammensitzen. Aber vielleicht war Heike sowieso nur kurz mal wieder meine Freundin, weil sie sich in den Ferien gelangweilt hat. Vielleicht setzen sich aber auch alle wieder genauso hin wie vorher. Schließlich fängt ja kein neues Schuljahr an.

In der Klasse wimmelt es schon, und in der dritten Reihe sitzt Helga auf ihrem alten Platz und winkt Moni zu.

»Morgen, Moni!«, sagt Helga. »Na? Hattest du schöne Ferien?«

So ist es ja auch am einfachsten, denkt Moni. Alles bleibt, wie es war.

»Am Schluss ist es mir langweilig geworden«, sagt Moni. »Ich wusste gar nicht mehr, was ich spielen sollte, und meine Bücher hab ich alle schon hundertmal gelesen.«

»Ich bin vorgestern erst zurückgekommen«, sagt Helga. »Ich durfte beim Heumachen helfen. Mit dem Xaver. Der wohnt nebenan. Der hat einen Hof.«

»Ja?«, sagt Moni.

»Und Himbeeren haben wir gepflückt«, sagt Helga. »Guck, meine Arme sind immer noch ganz zerkratzt.«

»Du hast es gut!«, sagt Moni.

»Woaß i eh!«, sagt Helga und lacht, als sie Monis Gesicht sieht. »Ich bin schon ganz bayerisch geworden! Ich musste so fürchterlich weinen, als ich abgefahren bin.«

Wie das schwarzhaarige Mädchen im Film, denkt Moni. »Die Rehlein bleiben stehen, drehn sich um, schaun dich an. Der Wind hört auf zu wehen, dass ich nie vergessen kann.« Alle weinen sie beim Abschied. Nur ich hab so getan, als wäre Australien gleich um die Ecke. Nie mach ich was richtig, und immer merk ich es erst hinterher.

»Wir ziehen um«, sagt sie, und da sieht sie erst, dass Heike in die Klasse gekommen ist und sich wie selbstverständlich wieder auf den Platz neben Tina geworfen hat.

Ich muss jetzt nicht traurig sein, denkt Moni. Wenigstens ist sie dann nicht böse auf mich, weil ich wieder bei Helga sitze. »Vier Zimmer!«, sagt sie.

»Ja?«, sagt Helga. »Das ist schön, du. Wir ziehen auch um. Die olle Wohnung ist uns ja viel zu klein.«

»Ich krieg ein eigenes«, sagt Moni. »Und Onkel Helmut kriegt ein Arbeitszimmer.«

»Wie mein Vati!«, ruft Helga. »Baut ihr auch in Volksdorf? Moni? Das wäre jetzt aber lustig, nachher sind wir noch Nachbarn!«

»Nee!«, sagt Moni. »Wir kriegen eine Wohnung am Schleidenpark.«

»Ach so«, sagt Helga. »Wir bauen ein Haus. Dann haben wir es endlich nicht mehr so beengt. Und grün ist es da auch.«

»Bei uns auch«, sagt Moni und spürt einen

kleinen Stich. Es ist nicht schön von ihr, dass sie sich nicht für Helga freut, man soll zufrieden sein mit dem, was man hat. Denk an die Geschichte vom Fischer und siner Fru, sagt Oma immer. Nu sitt se wedder in ehr lütt Pisspott. »Wir kriegen einen Garten.«

»Schön!«, flüstert Helga. »Wir auch!«, aber da kommt endlich Fräulein von Siegburg in die Klasse und schnauft und ist ganz aus der Puste.

Stuhlbeine scharren über den Boden, als die Mädchen aufspringen.

»Guten Morgen, Klasse fünf a!«, sagt Fräulein von Siegburg.

»Guten Morgen!«, ruft die Klasse.

»Setzen«, sagt Fräulein von Siegburg. »Ich hoffe, ihr hattet alle wunderschöne Ferien und seid erholt genug, um wieder mit ganzer Kraft an die Arbeit zu gehen.«

Irgendwer stöhnt und Fräulein von Siegburg lacht.

»Aber nicht sofort«, sagt sie. »Wer möchte denn mal von seinen Ferien erzählen?«

Ferien sind schön, denkt Moni. Aber es ist auch schön, dass ich jetzt wieder hier bin.

In der ersten großen Pause kommt Heike zu Moni an den Tisch geflitzt.

»Hast du das Album mit?«, fragt sie.

Sie ist genauso freundlich wie in den Ferien. Und genauso fröhlich. Aber sie sagt nicht: »Eigentlich schade, dass wir nicht mehr zusammensitzen, Moni, nicht?« Nie redet sie über die Sachen, denkt Moni. Sie tut immer so, als wäre alles ganz selbstverständlich so, wie es grade ist. Und als wäre es schon immer so gewesen. Na, warum auch nicht.

»Ich hab gestern noch ganz viele eingeklebt«, sagt Moni.

»Oh, das ist aber toll!«, ruft Tina. »Blätter mal weiter!«

Dann gucken sie alle Monis Album an, und Moni sagt, dass es eigentlich ihnen beiden zusammen gehört, Heike und ihr.

»So eins mach ich mir auch!«, schreit Andrea. »So eine gute Idee, Moni!«

»Da musst du aber Zeitschriften haben«, sagt Rosi ein kleines bisschen giftig. »Eigene. Keine Lesemappe. Damit du das ausschneiden darfst. Habt ihr Zeitschriften zu Hause?«

»Und die Sprüche!«, sagt Rita. »Dass du so gut dichten kannst, Moni!«

»Ach«, sagt Moni und wird rot.

»Zwei tolle Mädels wollen fliegen«, liest Rita. »Wo ist denn da das Foto?«

Ein paar Bilder haben sich schon wieder von den Seiten gelöst, weil nach der Hälfte die Klebe ausgegangen ist, und da musste Moni Mehl-und-Wasser-Pampe nehmen, weil Oma gesagt hat, sie tünt wohl, für so einen Spökelkram wird kein teures Uhu gekauft. Mehl-und-Wasser-Pampe ist Glückssache.

»Ja, Moni kann das richtig gut«, sagt Heike stolz und legt ihr den Arm um die Schultern. »Nicht, Moni?«

»Das ist doch nicht schwierig«, sagt Moni und schüttelt den Arm ab und versteht nicht, warum sie sich nicht freut.

»Als ob du ihr gehörst!«, ruft Rosi in der Straßenbahn. »Auf einmal ist sie wieder deine Freundin. Die weiß doch auch nie, was sie will! Wieso sitzt sie denn immer noch neben Tina, wenn sie deine Freundin ist?«

»Wir ziehen um«, sagt Moni. »Aber ich muss nicht in eine neue Schule. An den Schleidenpark. Ich krieg ein eigenes Zimmer.«

»Wieso kann deine Mutti sich das denn plötzlich erlauben?«, fragt Rosi lauernd.

»Sie heiratet«, sagt Moni. Das wollte sie Rosi gar nicht erzählen.

Rosi schnaubt. »Na bitte«, sagt sie. »Wer hatte Recht.«

Darüber will Moni nicht reden, bestimmt nicht mit Rosi. »Vier Zimmer, mit Garten«, sagt sie. »Ein Zimmer für mich, und Onkel Helmut kriegt ein Arbeitszimmer.«

Rosi tippt sich an die Stirn.

»Arbeitszimmer!«, sagt sie.

»Kriegt er wohl!«, sagt Moni böse. »Damit er sich Arbeit mit nach Hause nehmen kann.«

Rosi grinst, doch, das ist ein Grinsen. »Da soll er mal gleich eine Wiege reinstellen!«, sagt sie. »Du wirst ja schon sehen, wie es kommt. Aber wenigstens brüllt das Balg dann nachts nicht immer in deinem Zimmer und weckt dich auf, da kannst du dich freuen.«

»Es gibt kein Balg!«, ruft Moni. Eine alte Frau dreht sich um und guckt sie strafend an.

»Und warum heiraten sie dann?«, fragt Rosi. »Wenn es jetzt noch nicht da ist, dann kommt es später, das kannst du mir glauben! Warum heiraten die sonst denn wohl? Warum heiraten erwachsene Leute wohl?«

Die Straßenbahn quietscht in der Kurve in den Schienen, als ob sie schreit.

»Damit sie es machen können!«, flüstert Rosi. »Glaubst du noch an den Klapperstorch?«

Vor Monis Augen flimmert es. Gudrun hat es erklärt und Rosi weiß es auch.

Aber nicht Mutti. Ganz bestimmt nicht Mutti und Onkel Helmut, niemals.

Immer hat Rosi nicht Recht.

Noch immer sind die Tage heiß. Auf der Baustelle haben sie schon den Keller gemauert, und man kann sehen, wo die Haustür sein wird. Das Unkraut auf dem großen Platz, der einmal ein Park und ein Garten sein wird, ist in der Hitze verdorrt.

»So einen Sommer hat es noch niemals gegeben«, sagt Frau Pape, wenn sie im kühlen Treppenhaus an der Wand lehnt, um Luft zu schnappen. »Die Hitze steht in der Wohnung! Irgendwann muss es doch auch wieder abkühlen! Das ist nicht gut für die Natur, glaub mir das, Monika.«

Moni nickt. Für die Kinder ist es gut, denkt sie. Die kriegen jetzt sogar noch im September Hitzefrei, und anstatt Englisch zu lernen, können sie in die Eisdiele gehen.

»Oma!«, ruft Moni, als sie die Wohnungstür aufgeschlossen hat. Omas Schuhe stehen unter der Garderobe, obwohl Oma doch jetzt eigentlich im Krankenhaus sein müsste, Station fünf. »Heike hat mir ein Eis spendiert! Wir waren zusammen in der Eisdiele, wir haben Hitzefrei gekriegt! Oma?«

Oma sitzt in der Küche am Tisch und hat den Kopf in die Hände gestützt. Sie sieht nicht auf, als Moni hereinkommt, vielleicht hat sie Moni gar nicht bemerkt.

»Oma?«, ruft Moni erschrocken. Sie hockt sich vor Oma auf den Boden, um ihr ins Gesicht sehen zu können.

Oma starrt auf den Küchentisch, als könne sie durch ihn hindurchsehen, niemand weiß, wohin. Ihr Gesicht ist nass.

»Er hat es geschafft«, sagt Oma zum Tisch. »Der Alte hat es endlich geschafft.«

Als Erstes hat Moni Wasser aufgesetzt. Bohnenkaffee, das sagt Oma immer, wenn jemand aufgeregt ist und ganz durcheinander, jetzt trink du man erst mal eine schöne Tasse guten Bohnenkaffee, dann sieht die Welt gleich wieder ganz anders aus.

Und Oma ist nicht aufgestanden, als Moni den Kaffee aus der Speisekammer geholt und gemahlen und in den Filter getan hat, den Mutti Oma im letzten Jahr zu Weihnachten geschenkt hat. Sie hat nicht gesagt, nu lot dat mol no, Deern, du moks mi dat ja noch allns twei!

Oma ist sitzen geblieben, ganz still.

»Nun trink du man erst mal eine gute Tasse Bohnenkaffee, Oma«, sagt Moni. Sie hört selbst, wie ihre Stimme zittert. Wenn Oma noch länger einfach so sitzen bleibt, muss Moni bei Frau Pape klingeln, damit die zu Frau Kröger zum Telefon läuft und Mutti bei der Arbeit anruft. Oder einen Doktor. Wenn Oma nur immer so dasitzt, so starr und stumm, dann kann Moni das alles nicht alleine.

»Danke, Deern«, sagt Oma. Nun sieht sie auch auf. Aber die Tränen wischt sie sich nicht vom Gesicht.

»So, und schöne Dosenmilch tu ich dir auch rein«, sagt Moni. Sie rührt vorsichtig um und stellt die Tasse vor Oma auf den Tisch. »Nun trink mal, Oma. Dann sieht die Welt schon gleich wieder ganz anders aus.«

Oma lächelt. »Ach Deern«, sagt sie, aber sie greift tatsächlich nach der Tasse und trinkt einen ersten, winzigen Schluck. Bestimmt ist der Kaffee noch viel zu heiß.

»Geht es dir jetzt besser, Oma?«, fragt Moni. Oma ist so sonderbar, so möchte Moni gar nicht bei ihr sein. »Soll ich Frau Pape Bescheid sagen? Fühlst du dich nicht wohl?«

Oma schüttelt den Kopf und greift wieder nach der Tasse. »Der Alte hat es geschafft«, sagt sie wieder und stellt die Tasse ab, ohne daraus getrunken zu haben. »Er hat es wirklich geschafft, Moni.«

»Ja, Oma?«, sagt Moni. Gleich geht sie zu Frau Pape. Gleich.

»Ich konnte nicht mehr weiterarbeiten«, sagt Oma. »Ich bin einfach gegangen. Moni, Deern. Nun kommt dein Vati zurück.«

Moni starrt Oma an. Ich muss Frau Pape holen, denkt sie. Jetzt. Gleich. Sofort. Oma ist verrückt geworden. Einfach so.

»Wir müssen doch alles vorbereiten!«, ruft Oma und springt auf. »Wer weiß, wie schnell die hier sind! Und nichts ist fertig, gar nichts!« Und sie guckt wild in der Küche herum und dreht sich um sich selbst und läuft zum Herd und schlägt die Hände vors Gesicht.

»Un ick sitt her un drink Koffi!«, schluchzt sie. »Ick sitt her un drink Koffi!«

Da rennt Moni aus der Wohnung.

Oma sitzt mit Frau Pape am Küchentisch und weint. Frau Pape hat auch eine Tasse vor sich stehen, aber trinken tun sie beide nicht. »Nur dass Sie sich nicht zu große Hoffnungen machen!«, sagt Frau Pape unglücklich. »Frau Schleier! Es ist ja alles nicht gesagt!«

Oma schüttelt den Kopf, und die Tränen laufen ihr über das Gesicht. »Der Alte hat es geschafft!«, flüstert sie. »Er holt sie nach Hause!«

Frau Pape ist sofort mit nach oben gekommen, als Moni geklingelt hat. »Ich glaub, ich weiß schon«, hat sie noch auf der Treppe zu Moni gesagt. »Ich hab ja schon den ganzen Morgen an euch drei denken müssen!«

Adenauer hat erreicht, dass Russland nun endlich alle Kriegsgefangenen freilässt, zehn Jahre nach dem Krieg, hat Frau Pape Moni erklärt. Adenauer ist der Bundeskanzler, der Alte, das weiß Moni auch. Adenauer war in Moskau bei der russischen Regierung. In der Pause haben sie in der Schule darüber gesprochen, Rita war ganz aufgeregt, weil ihr Vater noch irgendwo in Sibirien ist. Und jetzt kommt er nach Hause.

»Ich hab gewusst, dass er es schafft!«, sagt Oma, und jetzt sucht sie endlich in ihrer Kitteltasche nach einem Taschentuch. »Ich hab es gewusst!«

»Ja, es ist wunderbar!«, sagt Frau Pape. »10 000 Männer, Frau Schleier! Und dann noch mal 30 000 Zivilpersonen, mein Gott, wenn ich an all das Elend denke!«

»Ich hab es immer gewusst«, sagt Oma und putzt sich die Nase.

Frau Pape guckt unruhig. »Frau Schleier«, sagt sie, »nun will ich Ihnen ja nicht Ihre Hoffnung zerstören! Aber Ihr Heinrich – das ist ja natürlich überhaupt nicht sicher, dass der dabei ist, Frau Schleier, das wissen Sie doch auch? Ihr Heinrich ist ja nicht in Gefangenschaft! Jedenfalls wissen wir das nicht sicher, Frau Schleier. Ihr Heinrich ist doch vermisst!«

Oma antwortet nicht.

»Ich geh noch mal spielen«, sagt Moni. Im Treppenhaus schlägt ihr kühle Luft entgegen, das ist angenehm.

Vor der Haustür sitzt Hilli auf dem Mäuerchen mit ihren guten Rollschuhen an den Füßen. Hinter den Nissenhütten ist der Himmel violett, und aus der Ferne hört man schon ein leises Grummeln.

»Wie war die Verschickung?«, fragt Moni. Mit Hilli hat sie nach den Ferien noch gar nicht gespielt.

Hier draußen ist alles wie immer.

»Schön!«, sagt Hilli. »Prima! Siehst du, wie braun ich bin?«

Moni nickt.

»Ich hab ein Mädchen aus Berlin kennen gelernt«, sagt Hilli. »Weißt du, wie die geredet hat?«

Moni schüttelt den Kopf. »Wie die Bayern reden, weiß ich«, sagt sie.

»Ditte!«, sagt Hilli. »Komisch, nicht? Ditte is knorke! Sagen die in Berlin.«

»Ja, komisch«, sagt Moni. Am liebsten würde sie jetzt nur einfach so dasitzen. In den Ferien hat sie sich oft gewünscht, dass wenigstens Hilli da wäre. Und jetzt würde sie am liebsten nur einfach so dasitzen und gar nichts reden und gar nichts tun.

Hilli ist auch still.

»Moni?«, sagt sie dann. »Meine Mutti hat geweint.«

»Deine Mutti?«, fragt Moni verblüfft. Oma weint und Hillis Mutter weint, was ist denn bloß los. Erwachsene sollen nicht weinen.

»Wegen diesem Adenauer«, flüstert Hilli, und weil sie flüstert, weiß Moni schon, worum es jetzt geht. »Jetzt haben wir zwei Botschaften in Moskau und sind zwei Deutschlands, das hat Chruschtschow ja schon vorher gesagt, und wenn jetzt noch all die Menschen nach Hause zurückkommen, hat die Sowjetunion auch kein Druckmittel mehr, und jetzt wird die Partei bestimmt ganz schnell verboten, sagt meine Mutti. Und alles wird ganz schlimm für uns.«

»Freust du dich nicht?«, fragt Moni erschrocken. Wer Chruschtschow ist, fragt sie nicht. »Dass die jetzt zurückdürfen, die da gefangen waren? Freut sich deine Partei da etwa nicht?«

»Du bist ja dumm!«, sagt Hilli böse. »Wir freuen uns doch! Aber jetzt wird es schlimm, sagt meine Mutti.«

Das Grummeln am Himmel wird stärker, und der Wind wirbelt ein Butterbrotpapier im Zickzack über den Bürgersteig.

»Ich denk, das ist es schon lange«, sagt Moni. »Schlimm. Mit dem Gefängnis immer. Und der Polizei. Ich denk, sie hat außerdem sowieso aufgehört wegen dir.«

Hilli schüttelt den Kopf. »Sie geht wieder

hin!«, flüstert sie. »Sie hält es nicht aus, sie hat gesagt, sie fühlt sich wie eine Verräterin und ich soll ihr nicht böse sein. Aber sie kann unsere Freunde doch nicht im Stich lassen. Wo mein Vati dafür gestorben ist.«

Ein Blitz zerreißt den Himmel, aber es dauert noch eine ganze Weile, bis sie den Donner hören. Trotzdem ist er so laut, als wäre er über ihnen.

»Ich hab keine Angst vor Gewitter«, sagt Hilli trotzig.

»Ich auch nicht«, sagt Moni und starrt auf den Himmel. Aus dem Violett ist jetzt ein tiefes Schwarz geworden in einer großen Stille. Der Wind hat sich gelegt; und in der Luft liegt ein Gefühl, als ob alles wartet. »Aber wenn sie dann ihre schöne Arbeit wieder los ist?«

Da fängt es an zu regnen, so heftig, als hätte der Blitz einen tiefen Riss in die Wolken geschlagen, durch den der Himmel jetzt leer läuft; und sie rennen ins Haus.

Als Mutti nach Hause kommt, ist sie klitschnass.

»Gib mal schnell ein Handtuch, Moni!«, sagt sie noch im Flur. »So geh ich nicht in die Küche. Ich tropf ja alles voll!«

Oma steht in der Tür von ihrem Wohnzimmer. Frau Pape ist schon vor einer Stunde gegangen und Oma hat sich das Gesicht abgetrocknet. Jetzt sieht sie wieder aus wie immer.

»Un wat seggs du nu?«, ruft sie triumphierend.

Mutti hat sich ihren Rock und ihre Bluse ausgezogen und rubbelt sich die Haare trocken. »So einen Regenguss hatten wir schon lange nicht mehr! Aber das war ja auch endlich mal nötig.«

»Ich schnack nicht vom Gewitter«, sagt Oma.

Mutti schüttelt den Kopf, dass ihre Haare fliegen. Immer noch sausen dabei Tropfen durch die Luft und landen auf dem abgetretenen Stragula auf dem Boden.

»Nein?«, sagt sie.

»Nun muss Schluss sein!«, sagt Oma. »Der Alte hat es nun gerade noch rechtzeitig geschafft! Du seggs de Hochtid af.«

»Was?«, fragt Mutti erschrocken. Sie sieht albern aus, wie sie da nur in ihrem nassen Büstenhalter und ihrer Unterhose im Flur steht. Die Unterhose schlabbert vor Nässe, und durch die regendurchsichtige Baumwolle kann Moni Dinge sehen, die sie gar nicht sehen möchte.

»Heinrich kommt zurück!«, ruft Oma und ihre Stimme überschlägt sich. »Heinrich kommt doch jetzt zurück!«

Mutti lässt das Handtuch sinken.

»Mutter!«, sagt sie erschrocken. »Dein Heinrich ist vermisst! Nicht in Gefangenschaft, Mutter!«

»Ja, dat wüllt ji wohl!«, ruft Oma. »Das möchtet ihr wohl!« Und Moni spürt eine große Angst in sich aufsteigen. »Du und dein Liebhaber! Dass Heine nicht mehr wiederkommt! Hast du doch auch immer wieder gehört von welchen, die zurückgekommen sind in den letzten Jahren und waren vermisst! Vermisst heißt nicht tot, das möchtet ihr wohl gerne!«

»Mutter!«, sagt Mutti.

Wie ein kleines Mädchen sieht sie aus, so regennass und nackt und erschrocken, denkt Moni. Nur der Busen ist falsch. Und unten das. Aber sie ist ja auch in Wirklichkeit eine Mutter.

»Weißt du, ob er nicht auch in den nächsten Wochen entlassen wird?«, ruft Oma. »Weißt du das? Kannst du dir da sicher sein?

Die ganze Zeit sag ich, wie kannst du dich einlassen mit diesem –, wenn dein eigener Mann …«

»Er kommt nicht zurück!«, ruft Mutti.

»Weißt du das?«, schreit Oma und geht auf sie zu, als ob sie sie schlagen will. »Weißt du das? Weißt du das?«

»Oma!«, brüllt Moni und springt dazwischen.

Oma lässt die Hände sinken. »Flittchen!«, sagt sie, und es klingt, als ob sie ausspucken möchte.

Mutti ist ins Schlafzimmer gelaufen, die Tür steht offen. Moni sieht, wie sie die Schranktür aufreißt und ein Kleid herauszerrt, irgendeins, und es über die nasse Unterwäsche zieht, dass sich an der Brust zwei dunkle, feuchte Flecken abzeichnen auf dem hellen Stoff. Dabei schluchzt sie, dass es sie schüttelt.

»Du!«, ruft sie, als sie über den Flur mit drei Schritten zur Wohnungstür läuft, und starrt Oma an. »Du!«

Dann reißt sie die Tür auf und rennt ins Treppenhaus und die Treppe nach unten und nach draußen, wo es immer noch regnet, ruhig und gleichmäßig jetzt.

18

Moni ist alleine ins Schlafzimmer gegangen und hat sich ausgezogen und ins Bett gelegt, viel zu früh. Aus dem Wohnzimmer hat sie Oma gehört, vielleicht hat Oma geweint.

Erst als sie das Licht ausgemacht hat, ist Moni eingefallen, dass sie gar kein Abendbrot gegessen hat. Und auf der Toilette war sie auch nicht noch mal, und dabei spürt sie, dass sie das eigentlich sollte. Aber sie will nicht nach draußen gehen. Es geht auch so.

Als sie am Morgen aufwacht, ist Muttis Bett immer noch leer.

Wo ist sie?, denkt Moni und weiß es längst. Aber morgens war Mutti sonst immer wieder zurück.

In der Küche steht Oma mit dem Rücken zu Moni und streicht das Schulbrot. »Ich geh nach der Arbeit zum Roten Kreuz«, sagt Oma, ohne sich umzudrehen. Ihre Stimme klingt hohl. »Vielleicht wissen die was.«

»Ja«, sagt Moni. Sie möchte mit Oma über Mutti sprechen. Aber sie ist auch froh, dass Oma nicht über Mutti spricht.

Auf dem Schulhof stehen sie alle um Rita herum, die gar nicht mehr aufhören kann zu weinen.

»Aber ich kenn ihn doch gar nicht!«, schluchzt sie. »Und alle sagen sie, ich soll mich freuen, aber ich kenn ihn doch gar nicht!«

»Bestimmt ist er nett!«, sagt Andrea und legt ihr tröstend einen Arm um die Schultern. »Er ist doch dein Vati!«

»Und dann ziehen wir wieder ins Sauerland!«, schluchzt Rita und einen Augenblick lang denkt Moni, dass Sauerland ein lustiger Name ist. »Da hat mein Onkel ein Geschäft und da kann mein Vati dann Arbeit kriegen! Ich kenn das da doch gar nicht! Ich will da nicht hin!«

»Bestimmt ist das schön da«, sagt Andrea hilflos. »Rita, da ist das bestimmt schön! Und wir schreiben dir alle.«

»Und besuchen dich mal!«, ruft Geli.

Rita zieht die Nase hoch und wischt sich mit dem Ärmel über das Gesicht. »Das ist viel zu weit«, sagt sie jetzt wieder fast mit ihrer normalen Stimme, und Moni erinnert sich, wo sie das schon einmal gehört hat. »Aber es hat ja keinen Sinn. Ich muss dahin. Dass mir so was Schlimmes passieren muss!«

»So was Schlimmes!«, sagt Rosi böse. »Mein Vati ist gefallen! Und der von Elisabeth und von Roswitha auch! Die kommen nie mehr wieder! Sag du nicht solche Sachen!«

»Ich glaube, ich würde mich freuen«, sagt Roswitha nachdenklich. »Wenn meiner wiederkäme.«

Rita schüttelt den Kopf.

Vor der Klasse zupft Moni Rita am Kleid.

»Vielleicht kommt er wirklich nicht zurück«, flüstert sie. »Das kann man gar nicht wissen, Rita!«

Rita starrt sie an. »Doch«, sagt sie und geht in die Klasse.

Warum muss es denn so sein, denkt Moni. Alle freuen sich, dass die Kriegsgefangenen endlich zurückdürfen, im Radio alle, aber Rita weint und Mutti weint auch, und ich möchte auch nicht, dass der Junge mit der Strähne wiederkommt und alles durcheinander bringt. Der soll mal schön in seinem Bilderrahmen bleiben, da ist er doch immer gewesen. Aber wer sich so was wünscht, ist ein schlechter Mensch und wird vom lieben Gott bestraft.

Am Abend ist Mutti plötzlich wieder da.

Sie sieht müde aus und grau, und ihr Kleid ist verschwitzt. Die Lippen hat sie zusammengekniffen, und sie tut, als ob sie Oma gar nicht sieht.

»Büss du wedder doar«, sagt Oma.

Mutti zieht die Schuhe aus und das Kleid und knöpft sich einen Kittel über die Unterwäsche.

»Dann hast du ja deinen Willen!«, sagt sie. Danach redet sie nicht mehr mit Oma, und zu Moni sagt sie auch nichts. Und Moni fragt nicht.

Sie mag nicht hören, wie Oma beim Abwaschen summt.

Aber als Mutti mit Moni zusammen ins Bett geht, viel früher als sonst, reden sie doch.

»Ich kann das nicht, Moni!«, flüstert Mutti. »Ich hab mit Helmut darüber gesprochen, die ganze Nacht. Er kann das verstehen.«

»Was?«, fragt Moni unruhig.

»Wenn er doch noch wiederkommt«, sagt Mutti. »Dein Vati: Dann kann ich doch nicht verheiratet sein! Mit einem anderen Mann!«

»Nein«, flüstert Moni.

»Und wir werden es ja bald wissen«, sagt Mutti. »Das kann doch nicht so lange dauern, bis die kommen! Und bis die alle zurück sind! Und bis wir wissen, ob Omas Heinrich dabei ist.«

»Hast du sie abgesagt?«, fragt Moni. »Die Hochzeit?«

In ihrem Bett kann Moni nicht sehen, ob Mutti nickt. »Helmut wollte heute beim Standesamt anrufen«, sagt sie. »Der hat ja Telefon auf der Arbeit. Wenn er denen erklärt, warum, dann kann das doch kein Problem sein.«

»Mutti?«, flüstert Moni. Bist du traurig, möchte sie sagen. Du kennst meinen Vati doch auch nicht. Aber Helmut kennst du gut. Bist du jetzt traurig?

»Ja, Monikind?«, flüstert Mutti.

»Das ist schade, dass du dann das schöne Geld für das Hochzeitskleid ganz umsonst ausgegeben hast«, sagt Moni.

In der nächsten Zeit putzt Oma die Wohnung wieder und wieder, und dabei singt sie Schlager oder summt wenigstens vor sich hin.

»Nicht, dass er sagt, was ist denn das für ein Dreckloch!«, sagt Oma.

Sie kauft eine neue Wachstuchdecke für den Küchentisch, und auf einmal steht auch der Junge mit der Strähne wieder auf dem Küchenschrank.

Und ich weiß überhaupt nicht, was ich mir wünschen soll, denkt Moni. Meinen Vati kenn ich nicht, und Onkel Helmut kenn ich gut, und wenn Mutti den heiratet, krieg ich ein eigenes Zimmer, wie Heike das hat. Aber wir ziehen von Oma weg und Oma ist traurig.

Und wenn mein Vati wiederkommt, ist der vielleicht überhaupt nicht nett und das Zimmer kriege ich auch nicht. Aber wir bleiben mit Oma zusammen und Oma freut sich. Das merkt man jetzt ja schon.

In der Schule erzählt Rita, dass ihre Mutter Post bekommen hat. Sie will nach Friedland fahren, da kommen die Güterzüge mit den Kriegsgefangenen an.

»Ich soll auch mit!«, sagt Rita.

»Oma?«, fragt Moni, als sie nach Hause kommt. »Haben wir auch Post? Rita hat Post.«

Oma schüttelt den Kopf.

»Die fahren dahin«, sagt Moni. »Wo die Väter ankommen. Friedland heißt das.«

Oma nickt. »Ich fahr auch«, sagt sie. »Und jeden guck ich an, der da aus den Zügen steigt.

Und ein Schild nehm ich mit, mit Heines Bild. Das halt ich dann hoch. Wenn er nicht dabei ist, vielleicht kennt ihn wenigstens einer.«

»Ja?«, sagt Moni.

»Un du kanns mi hülpen«, sagt Oma. »Lauf mal rüber zu Frau Kröger und verklar ihr das. Die soll dir ein Stück Pappe geben für das Schild, doar hett se doch bestümp wat.«

Moni stellt ihre Aktentasche in den Flur.

»Mach ich gleich!«, sagt sie.

»Jetzt ist Mittagspause«, sagt Oma.

Am 6. Oktober steigt Oma in den Zug. Die ganze Nacht vorher hat Moni gehört, wie Mutti geweint hat. Sie weiß nicht, ob Mutti weint, weil sie morgen heiraten wollte und nun wird nichts daraus. Deshalb darf man weinen. Aber nicht, weil der Mann zurück nach Hause kommt und nicht tot ist.

Das Schild haben Oma und Moni zusammen gemacht, weil Moni so gerne bastelt. Zuerst hat sie von Frau Kröger einen leeren Margarinekarton gekriegt. »Und was sagt immer euer Boss?«, stand darauf. »In jedem Haus die gute Voss.«

Aber die Seite haben sie nicht genommen. Sie haben den Boden herausgeschnitten mit Omas Nähschere, von der Oma sonst immer sagt, dass man sie wirklich nur für Stoff benutzen darf, weil sie von Papier kaputtgeht. Dann haben sie das Foto darauf geklebt, auf dem der Junge seine Uniform anhat.

»So haben die ihn ja gekannt«, sagt Oma. »So hebb se em kennt. Im Krieg damals. So erkennen sie ihn wieder.«

Über das Bild hat Moni mit Tintenstift in ganz dicker Schrift geschrieben: »Wer kennt diesen Mann?«

Und darunter, von wo sie zuletzt Nachricht von ihm bekommen haben, 1944, das war eine Stadt in Russland mit einem schwierigen Namen.

»Schön ist das geworden«, sagt Oma. »Nun drück du mir man die Daumen, Deern.«

»Und wenn es regnet?«, hat Moni gefragt. »Dann verläuft die Schrift.«

»Das regnet nicht«, hat Oma gesagt und auf das Fenster gezeigt, wo die Sonne noch immer auf die Dächer brennt, als wäre es August. »Langsam glaub ich, das wird nie wieder Winter, Deern.«

Moni winkt Oma hinterher, als sie geht.

»Wir kriegen ihn wieder, Deern«, hat Oma zum Abschied gesagt. »Eine Mutter spürt so was.«

Aber ich weiß nicht mal genau, was sie da will, denkt Moni. Wenn sie glaubt, dass sie ihren Heinrich wiederkriegt, würde sie doch das Schild nicht brauchen.

Vier Tage später ist Rita zurück in der Schule.

»Na?«, sagt Moni.

Rita lehnt sich gegen ihr Pult. »Er hat eine Glatze«, sagt sie leise. »Er war so hübsch, auf dem Foto war er so hübsch, aber in Wirklichkeit hat er eine Glatze.«

»Weil er älter geworden ist, Rita!«, sagt Andrea. »Mein Vati hat auch eine, weißt du doch.«

»Ich musste ihn küssen«, sagt Rita. »Gleich als er angekommen ist. Er hat – er hat schlecht gerochen. Und ich kenn ihn doch gar nicht! Aber er will mich die ganze Zeit küssen.«

»Er ist doch auch dein Vati, Rita«, sagt Andrea.

»Er wird so schnell böse«, flüstert Rita, und jetzt werden ihre Augen ganz feucht. »Gestern Abend hab ich Wasser aufgesetzt, und da hab ich vergessen, die Tülle auf den Pfeifkessel zu tun, und da hat es längst gekocht, aber es hat ja nicht gepfiffen, und darum hab ich es nicht gemerkt, und da war die ganze Küche voll Dampf.«

»Ach, das passiert mir auch immer!«, ruft Heike. »Na, du bist mir vielleicht auch eine dumme Nudel!«

»Er hat mich geschüttelt!«, sagt Rita, und jetzt laufen die Tränen wirklich. »›Jetzt kehrt hier aber mal Zucht und Ordnung ein!‹, hat er geschrien. ›Und pariert wird jetzt auch!‹ Da muss er gleich am ersten Tag zu Hause schon merken, dass so ein Weiberhaushalt aus seiner Tochter einen Nichtsnutz gemacht hat!«

»Das kommt nur, weil die Gefangenschaft die alle kaputtgemacht hat«, sagt Geli. »Sagt mein Vati.«

»Es ist trotzdem gemein!«, sagt Moni.

Mein Vati ist vermisst, denkt sie. Nicht in Gefangenschaft. Das ist ja ganz etwas anderes.

»In drei Wochen fahren wir«, sagt Rita und zieht die Nase hoch. »Ins Sauerland. Zuerst wohnen wir bei meinem Onkel. Aber ich komm wieder her! Ich komm wieder her!«

»Du könntest ausreißen!«, sagt Heike und

ihre Augen funkeln. »Und dann schmuggelst du dich in einen Zug und kommst zurück! Au ja!«

»Wenn ich mit der Schule fertig bin«, sagt Rita, »dann komm ich wieder nach Hamburg. Und dann such ich mir hier eine Arbeit. Ihr müsst mir alle schreiben!«

Das schwören sie.

Aber sie wird uns ja nicht zurückschreiben, denkt Moni. Das sieht man doch an Harald. Wenn sie erst mal da ist in ihrem Sauerland, dann hat sie uns ganz schnell vergessen. Und wir sie auch.

Ihren Geburtstag feiert Moni in diesem Jahr nicht.

»Warum denn nicht?«, fragt Mutti. »Du musst keine Angst haben wegen dem Geld! Wir kochen einen schönen Kakao und ich kauf Negerküsse für deine Gäste und mach einen Schwarzen Igel. Und Spiele könnt ihr auch spielen.«

»Och, nöö«, sagt Moni.

Sie weiß selber nicht, warum sie in diesem Jahr keine Lust hat zu feiern. Vielleicht bin ich zu groß dafür, denkt sie. Und wen sollte ich auch einladen. Heike vielleicht, aber wer weiß, was sie auf Heikes Geburtstag alles gemacht haben in dem großen Haus. Und Helga, aber Helga zieht sowieso auch bald weg in ihr neues Haus nach Volksdorf. Und Rosi müsste ich dann auch dazunehmen, und Hilli, und die kennt doch keinen. Die Kinder aus den Nissenhütten sind ja alle weg. Und Topfschlagen kann man auch nicht mehr spielen, wenn man elf wird.

»Nöö, ich hab keine Lust«, sagt Moni.

»Zwingen will ich dich nicht«, sagt Mutti. »Von dem eingesparten Geld können wir zwei beiden dann ja in die Stadt fahren und dir ein neues Winterkleid kaufen.«

»Einfach so?«, fragt Moni.

»Das ist dann deine Geburtstagsfeier«, sagt Mutti.

Moni hat noch nie Geburtstag ohne Oma gefeiert, immer ist Oma morgens zusammen mit Mutti an ihr Bett gekommen und hat »Wir kommen all und gratulieren« gesungen. Oma kann schön singen, viel schöner als Mutti. Aber jetzt ist Oma ja in Friedland, und Mutti wird jeden Tag unruhiger.

»Wenn man wenigstens wüsste, was das bedeutet!«, sagt sie. Einen Geburtstagskuchen hat sie auch nicht gebacken.

Moni kriegt ein Paar neue Kniestrümpfe mit einem hübschen Rautenmuster in Beige und Grün und eine schreckliche dicke rosa Unterhose mit Gummizug in den Beinen für den Winter und einen neuen Füller und sogar *zwei* Bücher, die sehen beide spannend aus.

»Und am Sonnabend fahren wir ja auch noch in die Stadt«, sagt Mutti. »Da machen wir dann einen richtig schönen Einkaufsbummel, und das schönste Kleid, das wir finden können, kaufen wir für mein Geburtstagskind.«

»Au ja!«, sagt Moni. Sie weiß genau, dass sie nicht das schönste Kleid kaufen, das schönste Kleid kaufen sie nie. Zuerst muss man immer auf das Schild mit dem Preis gucken. Aber es gibt auch hübsche Kleider, die nicht so viel kosten.

»Und hinterher trinken wir vielleicht noch einen Kakao im Alsterpavillon«, sagt Mutti, und da weiß Moni, dass es richtig war, nicht zu feiern.

Am Morgen in der Schule schenkt Heike ihr eine kleine Tafel Cadbury. »Sonst hättest du ja auch was von mir gekriegt!«, sagt sie. »Wenn du gefeiert hättest!«, und Moni denkt, dass Heike nun doch irgendwie wieder fast ihre beste Freundin ist, vielleicht, wenn Helga erst in Volksdorf zur Schule geht, dann. Nur, ob sie Heike dann auch wieder in ihrem schönen Haus besuchen möchte, weiß Moni nicht. Und mit Heikes Eltern reden.

Am Nachmittag sitzt sie auf dem Mäuerchen vor dem Haus und liest in einem Geburtstagsbuch, »Sonja und Doktor Lakritze«. Das handelt von einem Mädchen, das ganz viele Tiere hat, so was hätte Moni auch gerne. Und eines Tages kommt ein Arzt zu Besuch, der ist schwarz, wirklich ganz schwarz. Es ist ein komisches Buch. Moni hat gar nicht gewusst, dass Neger Ärzte sein können.

Moni rückt ein bisschen nach rechts, damit der Schatten vom Haus auf sie fällt. So heiß war es an ihrem Geburtstag noch nie. Sonst hat sie immer schon ihre langen Strümpfe getragen oder mindestens Kniestrümpfe. Und jetzt ist sie nachmittags noch barfuß.

Vom Wiesendamm biegt ein Auto in die Straße ein und Moni guckt hoch. So viele Autos gibt es in der Straße ja nicht. Den kleinen Lloyd von Herrn Kosnitzky an der Ecke und den Vorkriegsopel von Herrn und Frau Bauer, die sowieso reich sind, weil ihnen die Häuser Nummer 5 und 7 gehören, und den

Mercedes von Herrn Schnitzler, über den alle immer tuscheln, weil er am Hafen arbeitet oder sogar auf der Reeperbahn und immer nur nachts und niemand genau weiß, was er da tut.

Aber das Auto, das jetzt in die Straße einbiegt, ist ein Goggo.

»Onkel Helmut!«, ruft Moni und springt auf.

Direkt neben ihr am Kantstein hält Onkel Helmut an und steigt aus.

»Na, Geburtstagskind!«, sagt er. »Wie fühlt man sich denn mit elf!«

»Och«, sagt Moni, weil sie weiß, dass die Frage nicht ernst gemeint ist. »Genau wie vorher.«

»Ich wollte doch wenigstens gratulieren!«, sagt Onkel Helmut und holt einen Karton aus dem Auto. »Die hatte ich schon für dich besorgt, als ich noch dachte, dass wir an deinem Geburtstag eine Familie sind. Aber ich hoffe, du kannst sie jetzt genauso gut gebrauchen.«

Moni nimmt das Paket. Es ist schwer, sie kann sich überhaupt nicht vorstellen, was dadrin sein könnte.

»Willst du raufkommen?«, fragt sie. Wenn

ein Gast einem was schenkt, muss man ihm wenigstens etwas anbieten. »Ich kann dir Kaffee kochen.«

Onkel Helmut schüttelt den Kopf. »Nee, lass man«, sagt er. »Das würde deine Oma bestimmt nicht gut finden und deine Mutti im Augenblick auch nicht. Grüß deine Mutti schön von mir, hörst du, Monika?«

Moni nickt. »Oma ist noch immer nicht zurück«, sagt sie.

»Das ist nicht leicht für deine Oma, Mädchen«, sagt Helmut und will schon wieder in sein Auto steigen. »Vergiss nicht, deine Mutti zu grüßen.«

»Bist du nicht böse auf sie?«, fragt Moni.

Helmut bleibt stehen, dann schüttelt er den Kopf. »Deine Mutti hat dir doch sicher erzählt, was mir passiert ist, als ich aus der Gefangenschaft zurückgekommen bin, Monika«, sagt er. »Du bist ja groß genug. Und siehst du, da kann ich mir doch gar nicht wünschen, dass es deinem Vati, wenn er noch lebt, so gehen soll, wie es mir gegangen ist. Ich kann doch warten. Verstehst du das?«

Moni nickt.

»Deine Oma bleibt lange da, in Friedland«,

sagt Helmut. »Wenn sie wiederkommt, Monika, sei lieb zu ihr.«

Moni nickt wieder.

»Und ich fahr jetzt los«, sagt Helmut. »Und du packst ganz in Ruhe dein Geschenk aus. Wiedersehen, Mädchen.«

In dem Paket sind Hudora-Rollschuhe mit weißen Stiefeln, genau wie Hilli sie hat.

19

Endlich ist es Herbst geworden, auf einen Schlag, man kann sich gar nicht so schnell umgewöhnen. Der Wind fegt durch die Straßen und treibt den Regen vor sich her, und Moni friert in ihren neuen Kniestrümpfen.

»Das ist eine Erlösung für die Natur«, sagt Frau Pape, als Moni ihr im Treppenhaus begegnet. »Glaub mir, das war nicht gut, dass wir da so lange drauf warten mussten. Das ist jetzt die reinste Erlösung, auch wenn es nicht schön ist.«

Moni sitzt am Küchentisch und macht Hausaufgaben, als sie Omas Schlüssel hört. Immer kann sie am Schlüsseldrehen erkennen, wer kommt, Mutti oder Oma.

»Oma!«, ruft Moni.

Oma steht im Flur in ihrem dünnen Sommermantel und stellt den kleinen Pappkoffer auf den Boden. »Moni«, sagt Oma. Das Schild mit dem Foto hat sie nicht mehr bei sich.

Und als sie den Hut abnimmt, den sie sonst nur trägt, wenn sie sich mit Frau Könnemann verabredet hat oder zu einer Beerdigung, sicht Moni, dass Omas Haare weiß geworden sind, ganz weiß.

»Oma!«, flüstert Moni und fängt an zu weinen. »Oma!«

»Ist ja gut, Deern, ist ja gut!«, sagt Oma und drückt sie gegen ihre Brust.

»Soll ich dir einen Kaffee kochen?«, flüstert Moni. »Oma? Einen guten Bohnenkaffee?«

Oma lächelt und streicht ihr übers Haar. »Das tu du man«, sagt sie. »Un ick sett mi dahl un frei mi, dat ick wedder to Hus bün.«

Moni setzt das Wasser auf und holt die Kaffeemühle aus dem Schrank. Sie hat Angst zu fragen, weil sie die Antwort weiß.

»Er ist nicht zurückgekommen, nicht?«, sagt sie. Die Bohnen in der Kaffeemühle knirschen, das ist gut. »War er nicht da?«

Oma lächelt ein bisschen. »Nee, Deern, Heine war nicht dabei«, sagt sie. »Nun mach du dir man keine Sorgen.«

»Nein«, sagt Moni.

»Ich hab gewartet bis zum letzten Zug«, sagt Oma. »Aber er war nicht dabei. Und erkannt hat ihn auch keiner auf unserem schönen Schild. Ist ja auch ein altes Bild. Ist ja auch lange her.«

Moni schüttet den Kaffee in den Filter.

»Da haben so viele gestanden mit Schildern wie unsers, Deern«, sagt Oma. »Alle vermisst. Zwei haben was erfahren, aber das war nichts Schönes. Den andern ist es allen gegangen wie mir.«

Oma lächelt. »Fein moks du dat«, sagt sie. »Du bist ja bald eine richtig tüchtige kleine Hausfrau.«

Moni sieht auf das Kaffeepulver im Filter, das aufschäumt, als das heiße Wasser darauf trifft.

»Bist du jetzt traurig, Oma?«, flüstert sie.

Oma steht auf und nimmt sie in den Arm. »Ich hab doch dich«, sagt sie. »So viele andere, die haben nun gar nichts mehr. Aber ich hab doch dich, Moni, Deern.«

Da weint Moni und weint.

»Oma!«, schluchzt sie, und fast hätte sie Oma verraten, dass sie sich beinahe gewünscht hätte, dass ihr Vati nicht zurückkommen soll. »Du bist so lieb!«

»Ist ja alles gut«, sagt Oma.

Den Jungen mit der Strähne hat Oma wieder zu sich ins Wohnzimmer genommen.

»Lass sie«, sagt Mutti. »Sie muss jetzt mit ihm allein sein können.«

Auf dem Küchenschrank steht ein anderes Foto von Monis Vati in Uniform, ein viel kleineres. Das große ist in Friedland geblieben.

»Machst du keinen schwarzen Rand drum?«, fragt Moni.

Mutti schüttelt den Kopf. »Wir wollen ja, dass er in unseren Herzen lebt«, sagt sie, und das findet Moni schön. Sie will jetzt jeden Abend vor dem Einschlafen ganz fest an den Jungen mit der Strähne denken, damit er sich nicht so allein fühlt, da, wo er jetzt ist. Damit er weiß, sie haben ihn noch lieb. Auch wenn sie Onkel Helmut heiraten.

Onkel Helmut wartet drei Wochen, bevor er Oma mit einem Blumenstrauß besucht und ihr erzählt, dass die Hochzeit jetzt Anfang Februar sein wird. Oma ist freundlich zu ihm wie zu einem fremden Gast.

»Du bekommst doch dann einen neuen Sohn, Mutter«, sagt Mutti bittend.

»Söhne kann man nicht einfach neu kriegen«, sagt Oma.

Aber sie ist nicht mehr böse, wenn Mutti sich mit Onkel Helmut trifft.

»Das Leben muss weitergehen«, sagt Oma.

Manchmal, wenn sie auf dem Küchensofa

sitzt und liest und Oma putzt Schuhe oder schnippelt Gemüse, sieht Moni heimlich auf Omas weiße Haare und schämt sich, dass sie nicht trauriger sein kann.

Auf der Baustelle stehen Pfützen, und auf dem Weg zur Haustür sinkt Moni fast knöcheltief ein.

»Komm mit unter den Schirm!«, ruft Mutti. Aber den teilt sie sich schon mit Onkel Helmut, und Moni hat sowieso eine Kapuze.

»Gut, dass bald das Dach draufkommt«, sagt Onkel Helmut. »Bei diesem Wetter. Den Keller müssen sie sowieso schon auspumpen.«

Seine Stimme hallt in den leeren Räumen.

»Und welches ist mein Zimmer?«, fragt Moni.

Es sieht klein aus, viel kleiner als Heikes Zimmer, aber Helmut sagt, dass das auf Baustellen immer so ist.

»Wenn das nachher verputzt ist, wirst du dich wundern«, sagt er. »Das sind fast neun Quadratmeter. Immerhin.«

Gleich nebenan ist Helmuts Arbeitszimmer, das ist ein bisschen kleiner. Da soll er mal gleich eine Wiege reinstellen, ach was, denkt Moni. Rosi redet immer so dummes Zeug. Neulich hat sie auf dem Nachhauseweg sogar geweint, weil ihr Onkel Ewald sie wieder vertrimmt hatte. Und Vati will sie auch immer noch nicht zu ihm sagen.

Das will Moni auch nicht. Aber Onkel Helmut hat es auch gar nicht vorgeschlagen. Wenn er es tut, sagt sie nein. Sie hat schließlich einen Vati, der ist nur tot.

»Und das«, sagt Onkel Helmut, »wird unser Wohnzimmer.«

»Mit Balkon!«, sagt Mutti.

»Da kommt die Musiktruhe rein«, sagt Onkel Helmut. »Und da sitzen wir dann abends gemütlich zusammen und hören uns Langspielplatten an. Du wirst schon merken, Monika, was die klassische Musik dem Menschen geben kann.«

Der blonde Hans, denkt Moni. Cornelia Froboess. Vielleicht können Mutti und ich das ja auch mal hören, zwischendurch.

»Und kriegen wir vielleicht auch einen Fernseher?«, fragt sie.

»Moni!«, sagt Mutti böse.

»Ach was, lass sie doch!«, sagt Onkel Helmut. »Warum denn nicht. Da gibt es viele lehrreiche Dinge zu sehen. Aber erst mal müssen wir ein bisschen sparen, Monika.«

»Aber dann«, sagt Moni.

In ihrem Zimmer setzt sie sich auf den kalten Boden. Alles wird immerzu anders, denkt Moni. So ist das eben.

20

Zu Hause steht Oma in der Küche und putzt Silber.

»Oma!«, ruft Moni und fällt ihr um den Hals.

»Nanu, nanu!«, sagt Oma. »Was ist denn nun passiert?«

Dann zieht sie Monis Arme vorsichtig von ihrem Hals.

»Ich hab dich so lieb!«, sagt Moni.

»Ick hebb wedder Lebertron köfft«, sagt Oma. »De Tid geiht wedder los.«

»Nein!«, schreit Moni. »Bitte, Oma, bitte!«

Aber natürlich weiß sie, dass Oma nicht mit sich reden lässt.

»Du hast Post«, sagt Oma. »Feine Briefmarke.«

»Wo?«, fragt Moni aufgeregt.

Der Briefumschlag ist hellblau und aus ganz dünnem Papier. Um den Rand herum hat er rot-blaue Streifen.

Harald schreibt, dass sie erst jetzt im Landesinneren angekommen sind in einer kleinen Stadt, in der sein Vater seine Schreinerei eröffnen will. »Er hat sogar schon Aufträge«, schreibt Harald. »Aufträge« ist kleingeschrieben.

»Ina und ich können schon ein bisschen Englisch«, schreibt Harald. »Ich habe einen Freund, der heißt Rossiter.«

Aber keine Freundin, denkt Moni zufrieden, na, kann mir doch eigentlich egal sein. Sie merkt, dass sie in ihrem Kopf die ganze Zeit gesummt hat. »Die Rehlein bleiben stehen.«

»Weil die Post ja so lange braucht, kriegst du diesen Brief vielleicht erst zu Weihnachten«, schreibt Harald. »Frohe Weihnachten! Ich weiß gar nicht, wie das hier ist. Bei der Hitze.«

Also haben sie Weihnachten doch im Dezember, denkt Moni. Genau wie wir. *Alles* ist nicht anders.

»Schreib mir wieder«, schreibt Harald. »Manchmal hab ich Heimweh. Aber nicht doll. Eigentlich ist es schöner hier als zu Hause.«

Na so was, denkt Moni. Dass er sich traut, das zu schreiben. Nett ist das nicht. Ich finde, wir haben es auch schön.

»Hast du Briefpapier, Oma?«, fragt Moni.

Da holt Oma den kleinen Block mit dem Posthorn drauf und gibt Moni das Linienblatt.

Eigentlich kann Moni Harald auch viel erzählen.

»Harald hat mir schon frohe Weihnachten gewünscht«, sagt sie.

»Wollen wir zwei denn mal bald unseren Schaufensterbummel machen?«, fragt Oma. »Wird ja Zeit! Nachher verpassen wir noch die schönen Schaufenster im Alsterhaus.«

»Au ja, Oma!«, sagt Moni.

Dass es wirklich schon bald wieder Weihnachten ist.

Helmuts Überraschung zum Nikolaustag sind zwei Karten in einem Briefumschlag, für Moni und Mutti.

»Für die Oper!«, sagt Moni in der Pause zu Helga. Helgas Vater mietet doch immer für einen Tag einen Fernseher, wenn es was Klassisches gibt. »›Hänsel und Gretel‹! Am dritten Advent.«

»Da treffen wir uns!«, schreit Heike. Moni hat gar nicht gemerkt, dass sie zugehört hat. »Meine Mutti hat gesagt, das haben wir seit dem Krieg lange genug entbehren müssen. Und wo die Oper nun wieder eröffnet hat. Ganz neu und modern.« Heike seufzt. »Ich weiß gar nicht, ob ich da so gerne hinwill«, sagt sie. »Lieber ins Kino.«

Aber Moni will, und wie Moni will! Ihr Herz schlägt, als sie vom großen Foyer die Treppen im Gedränge nach unten zur Garderobe geht, ganz fest an Muttis Hand, und all die Menschen in ihren schönen Kleidern sieht, Frauen im Abendkleid und Männer im schwarzen Anzug mit silberner Krawatte und Mädchen in Samtkleidern und Schottenkleidern mit weißem Kragen und Jungs mit Fliege über dem weißen Hemd. Mutti hat ihr schönstes hellblaues Sommerkleid an, und plötzlich findet Moni es ein bisschen schäbig.

»Können wir hier so rein?«, flüstert sie und sieht an sich herunter. Eigentlich hat sie ihr rosa Wollkleid immer so hübsch gefunden. »Wo wir gar nicht feierlich sind?«

Helmut lacht und steckt die Garderobenmarke in seine Hosentasche. »Ihr seid doch die Schönsten von allen!«, sagt er. »Ich bin richtig stolz auf meine beiden wunderschönen Damen.«

Aber er hat ja selber auch nur einen grauen Anzug an.

Dann steigen sie die Treppen hoch und immer weiter.

»Vierter Rang«, sagt Helmut. »Ich hoffe, das ist meinen Damen recht. Von oben ist Oper am schönsten.«

Und dann gehen sie durch eine kleine Tür, an der eine feierliche Frau im schwarzen Rock mit weißer Bluse ihre Karten ansieht, und da stehen sie plötzlich auf einem Balkon so hoch über dem Zuschauerraum, dass es Moni fast schwindelig wird, als sie über die Brüstung nach unten guckt. So klein sind die Menschen im Parkett, und so klein sind auch die Menschen auf der Bühne, aber Helmut hat ein winziges Fernglas dabei, das sieht aus wie ein Fernglas für Puppen und heißt Opernglas. Nur reden dürfen sie nicht, wenn sie es sich hin und her reichen.

»Immenhof« war schön, denkt Moni. Und am Schluss musste ich ja sogar weinen. Aber hier möchte ich die ganze Zeit weinen, und nicht, weil ich traurig bin, und auch nicht vor Glück. Einfach, weil die Musik es so macht.

»Schön?«, fragt Helmut in der Pause. »Komm, ich zeig dir den Orchestergraben.«

Unten im Parkett hört Moni plötzlich ihren Namen.

»Moni! Huhu!«, ruft Heike und drängelt sich aus einer Reihe ziemlich weit vorne in den Gang.

Moni zieht den Kopf ein. Dass Heike sich das traut! In so einer feierlichen Oper so laut zu rufen! Moni möchte eigentlich immer nur flüstern. Sogar in der Pause.

»Na, die Hälfte haben wir geschafft!«, sagt Heike vergnügt. »Ich mag das nicht, magst du? Das ist so affig, dass die immer nur singen. Wenn die reden würden, dann könnte man wenigstens was verstehen.«

Helmut lacht. »Und du bist also Heike«, sagt er.

Aus der Reihe kommt ein Herr im schwarzen Anzug und verbeugt sich knapp. »Holthusen«, sagt er. »Hat meine vorlaute kleine Heike sich schon wieder vorgedrängelt. Unsere Töchter gehen zusammen zur Schule?«

Der Herr Doktor, denkt Moni und wird rot. Aber er erinnert sich überhaupt nicht an mich. Sonst müsste er doch auch wissen, dass Onkel Helmut nicht mein Vati ist.

Helmut nickt. »Ein wahrer Segen, dass wir

in Hamburg endlich wieder eine Oper haben«, sagt er.

»Völlig d'accord!«, sagt der Herr Doktor. »Ein wenig modern, vielleicht, aber das ist Geschmacksache. Heike, wenn die Glocke zum ersten Mal läutet, kommst du sofort zu uns zurück!« Dann beugt er sich zu Moni nach unten. »Und warum habe ich dich noch nie gesehen?«, fragt er. »Du kannst Heike ja gerne mal besuchen!«

Dann geht er zu seiner Frau, die in einem grünen Abendkleid mit einem anderen Ehepaar im Gang steht und redet.

Heike lacht. »Der hat ganz vergessen, dass er dich kennt!«, sagt sie. »Immer vertüdelt er alles.«

Vielleicht besuch ich sie mal wieder, denkt Moni. Oma würde das schön finden. Wenn sie sich gar nicht mehr an mich erinnern, vielleicht.

In der nächsten Woche fährt Moni mit Oma in die Stadt, das machen sie in jedem Jahr. Hoch über den Straßen funkeln helle Lichterbögen mit Sternen, und vor der Fassade des Alsterhauses gibt es einen riesengroßen Tannenbaum, der ist aus hundert kleinen zusammengesetzt, mindestens aus hundert. In den Schaufenstern der großen Kaufhäuser sind Märchenfiguren aufgebaut, und Moni läuft von Fenster zu Fenster.

»Schön!«, sagt sie und zieht Oma weiter. »Schön, Oma!«

Aber in Wirklichkeit passiert gar nicht mehr so viel in ihr drin, wenn sie die Märchenfenster anguckt. Auf das warme Weihnachtsgefühl wartet sie ganz vergeblich.

Ich bin ja auch schon elf, denkt Moni. Da ist man zu alt für Märchen.

Dafür bleiben sie lange vor einem Schaufenster stehen, in dem Fernseher ausgestellt sind. Die Menschen drängen sich, obwohl es noch nicht fünf Uhr ist und kein Programm läuft. Nur das Testbild flimmert in allen Grautönen von Weiß bis Schwarz.

»Schön!«, sagt Moni. »Onkel Helmut sagt, wenn wir es uns leisten können, kriegen wir auch einen.«

»Vornehm geht die Welt zugrunde«, sagt Oma.

»Du kannst doch auch immer gucken kommen!«, sagt Moni. »Wenn es Kochen gibt! Herr Clemens Wilmenrodt, Heike hat erzählt, dass ihre Mutter das immer anguckt. Du kochst doch so gut, Oma.«

»Nun schmier mir mal keinen Honig um den Bart!«, sagt Oma und lacht. Aber vor dem Nebenschaufenster bleibt sie stehen. »Elektrische Kaffeemaschinen!«, sagt sie und schüttelt den Kopf. »Künnt de Lüd ni mol mehr ehr egen Koffi koken?«

Moni lacht. »Die Welt wird noch verrückt!«, sagt sie.

Oma schüttelt immer noch den Kopf.

»Aber elektrische Kaffeemühlen sind schön«, sagt Moni. »Praktisch. Mir tut immer der Arm weh.«

»Du tust ja so, als ob du jeden Tag für mich Kaffee müllern musst!«, sagt Oma. »Trinken wir doch gar nicht so oft.«

Moni denkt, dass sie Mutti erzählen will, dass es in der Stadt elektrische Kaffeemühlen gibt. Vielleicht kann Mutti Oma so eine zu Weihnachten schenken. Mit Onkel Helmut zusammen, da reicht das Geld doch vielleicht. Dann kann Oma die immer nehmen, wenn sie Kaffeebesuch hat, später. Wenn Mutti und Moni nicht mehr da wohnen.

In die Geschäfte gehen sie nicht, ein

Schaufensterbummel ist schließlich nur ein Schaufensterbummel. Aber beim Alsterhaus machen sie eine Ausnahme. Da sitzt oben in der Spielzeugabteilung immer der Weihnachtsmann und lässt sich mit den braven Kindern fotografieren. Das guckt Moni sich immer so gerne an.

»Ich hätte bestimmt auch geweint«, sagt Moni, als ein kleines Mädchen verzweifelt versucht, sich loszureißen. Aber der Weihnachtsmann hält sie mit eisernem Griff auf seinem Schoß und macht ein grimmiges Gesicht.

»Da hätten wir gar nicht das Geld für gehabt«, sagt Oma.

Das Blitzlicht zuckt. »Nun haben die das schöne Geld ausgegeben, und jetzt weint das Mädchen auf dem Foto«, sagt Moni. »Schade.«

»Was ist schade?«, fragt da eine Stimme hinter ihr.

Hillis Mutter trägt einen engen grauen Rock und eine weiße Bluse und Pumps und hat sich die Lippen geschminkt. Vornehm sieht sie aus, denkt Moni. Gar nicht wie eine, die immerzu vor der Polizei weglaufen muss. Wie eine echte Verkäuferin.

»Guten Tag, Frau Schleier!«, sagt sie und hält Oma die Hand hin. »Zu Hause sieht man sich ja gar nicht mehr! Aber dafür dann jetzt hier«, und sie lacht.

»Ach, beim Spielzeug arbeiten Sie!«, sagt Oma. »Die Deern hat ja schon erzählt, dass Sie hier arbeiten. Schöne Arbeit, das freut mich für Sie.«

Moni weiß nicht, ob Hillis Mutter ein klein wenig zusammenzuckt, aber dann lächelt sie gleich wieder.

»Wissen Sie was, Frau Schleier?«, sagt sie. »Ich arbeite ja immer bis abends in der Woche, aber am Wochenende, wollen Sie da nicht mal wieder zu einer Tasse Kaffee rüberkommen? Wie in den alten Zeiten? Den ganz alten? Wir haben uns so lange nicht mehr unterhalten.«

Moni ist sich nicht sicher, ob Oma nickt. Ein kleines Nicken nur.

»Hildegard hat mir erzählt, dass Ihre Schwiegertochter bald auszieht«, sagt Hillis Mutter. »Ich würde mich freuen, wenn Sie mal rüberkommen würden.«

Und jetzt nickt Oma wirklich. »Und die Deern«, sagt sie, »die kann natürlich auch immer noch gerne reingucken, auch wenn unsere Lütte nicht mehr da ist. Wenn sie sich mal alleine fühlt. Wir kennen uns ja.«

Hillis Mutter lächelt. »Ja, das wäre schön!«, sagt sie. »Letzte Woche war sie krank, da hab ich mir Sorgen gemacht. Da wäre mir viel wohler gewesen, wenn ich gewusst hätte, dass Sie zwischendurch mal nach ihr gucken.«

»Doar snack wi öber!«, sagt Oma. »Tschüs ok!«

»Tschüs!«, sagt Moni.

Hillis Mutter hat sich zu einer Frau gestellt, die eine Schlafaugenpuppe mit echtem Haar in die Hand genommen hat, und erklärt ihr etwas. Komisch, denkt Moni, wenn sie von der Zeit reden, in der ich nicht mehr da wohne. Komisch, dass dann alles noch genauso sein wird wie jetzt, nur dass ich dann nicht mehr dabei bin.

»Jetzt gönnen wir uns noch eine schöne Tasse Kakao!«, sagt Oma. Moni hängt sich bei ihr ein. Kakao im Café mit Mutti, als wir mein Geburtstagskleid gekauft haben, denkt sie, und Kakao im Café mit Oma beim Weihnachts-Schaufensterbummel. Man kann richtig merken, wie wir immer reicher und reicher werden.

Heiligabend feiern sie wie immer, nur Mutti und Oma und Moni.

»Ist Onkel Helmut dann nicht traurig?«, fragt Moni, aber Mutti sagt, der freut sich aufs nächste Jahr und auf all die vielen gemeinsamen Weihnachten danach. »In diesem Jahr soll alles noch mal genauso sein wie immer«, sagt sie.

Moni kriegt eine neue Trainingshose und von Oma einen roten Pullover, den hat Oma aus ganz neuer Wolle selbst gestrickt, und eine Spielesammlung und drei Bücher. Und auch noch ein Paar Schlittschuhe, die hat Hillis Mutter im Alsterhaus günstiger gekriegt.

Im Radio spielen sie Weihnachtslieder und am Tannenbaum in Omas Wohnzimmer brennen die Kerzen langsam und flackerig nach unten, dass ihre Flammen sich in den roten und silbernen Kugeln spiegeln und im Lametta. Oma hat wieder Kekse an den Baum gehängt, das findet Moni immer am schönsten.

»Ich freu mich so!«, sagt sie.

Am ersten Feiertag kommt Onkel Helmut zum Essen und schenkt Oma eine elektrische Kaffeemühle.

»Nein!«, sagt Oma, und Moni sieht genau, dass sie Tränen in den Augen hat.

»Damit wir Sie oft, oft besuchen können und kein schlechtes Gewissen kriegen, weil Sie so viel Kaffee für uns mahlen müssen!«, sagt Onkel Helmut.

»Vornehm geht die Welt zugrunde«, sagt Oma und schüttelt den Kopf. Moni hofft, Onkel Helmut begreift, dass Oma sich trotzdem freut.

Für Mutti hat er ein schwarzes Taftkleid gekauft, das muss Mutti gleich im Schlafzimmer anprobieren.

»Passt!«, ruft Mutti und kommt mit roten Wangen zurück ins Wohnzimmer.

Sie ist so hübsch, denkt Moni.

Helmut sieht ganz glücklich aus. »Für die Oper, meine Dame«, sagt er, und Moni sieht, wie Oma ein wenig die Brauen runzelt.

Aber dann steht sie auf. »Ich mach uns Kaffee«, sagt sie. »Denn will ich den Düwelskram gleich mal ausprobieren. Komm, Moni, hilf mir mal.«

»Au ja!«, sagt Moni.

Oma dreht sich um und guckt Mutti an, wie sie da in ihrem schwarzen Taftkleid steht und leuchtet und weihnachtlich aussieht.

»Schmuck süchst du ut, Deern«, sagt Oma. »Das hätte Heine auch gefallen.«

Und Silvester machen sie eine große Feier.

»Warum nicht?«, hat Oma gesagt. »Junge Leute müssen feiern.«

Dann hat sie bei Frau Kröger Berliner bestellt und Luftschlangen gekauft, und die lustigen Hüte vom letzten Jahr sind ja auch noch da.

»Weißt du was, Oma?«, sagt Moni, als sie die Luftschlangen über die Küchenlampe hängt und über die Türknöpfe vom Küchenschrank. »Nun bin ich gar nicht Rummelpott gelaufen in diesem Jahr.«

»Da bist du ja auch fast zu groß zu«, sagt Oma und schneidet Zwiebeln für den Kartoffelsalat. Helmut will die Würstchen kaufen.

»Fast«, sagt Moni. Aber eigentlich findet sie das gar nicht. Sie hat nur keine Lust dazu gehabt, so ganz alleine. Hilli ist mit ihrer Mutter bei den Freunden in Eimsbüttel wie letztes Jahr, und außerdem hätte sie bestimmt sowieso wieder nicht gedurft.

Na, hallo, Harald, denkt Moni. Bei dir ist es jetzt ganz heiß und Sommer, und außerdem ist es jetzt Morgen, ich weiß nur nicht, ob es schon der erste Januar ist oder noch der einunddreißigste Dezember. Vielleicht hat bei dir das neue Jahr schon angefangen. Ich wüsste gerne, ob man da auch Rummelpottlaufen macht, in deinem Australien. Und ob du gelaufen bist. Vielleicht mit diesem Rossiter.

Sie summt ein bisschen »Die Rehlein bleiben stehen«, aber Oma schaltet das Radio ein, und da ist lustige Schunkelmusik. Ich bin ja gespannt, was Onkel Helmut dazu sagt, denkt Moni. Vielleicht gibt es ja auch irgendwo Oper.

Aber Onkel Helmut sagt gar nichts, als er mit den Würstchen kommt. »Hübsch habt ihr es gemacht!«, sagt er und guckt sich in der silvesterlichen Küche um. »Wissen Sie, wie lange ich schon nicht mehr richtig Silvester gefeiert habe, Frau Schleier? Sowieso wollte ich mich schon lange mal bei Ihnen bedanken.«

Oma dreht sich nicht von ihrem Schneidebrett um. »Schon gut«, sagt sie, und da klingelt es, und vor der Tür steht Mutti mit Jenny und einem dicken alten Mann, der fürchterlich schwitzt.

»Das ist Alfons!«, sagt Mutti. »Darf ich vorstellen!«

Der dicke Mann ist Jennys Freund, und

Moni freut sich, dass Jenny nun doch noch einen abgekriegt hat, aber sie sieht gleich, dass Oma Alfons nicht mag und Helmut auch nicht. Aber freundlich sind sie trotzdem zu ihm. Zu Silvester soll man lustig sein.

»Prost, prost, Kameraden!«, singt Alfons und trinkt am meisten von allen von der Bowle, die Oma und Moni zusammen fertig gemacht haben.

Oma zwinkert Moni zu und Moni versucht zurückzuzwinkern. Aber bei ihr machen immer gleich beide Augen mit.

Mutti hat ihr neues Taftkleid angezogen und tanzt mit Onkel Helmut auf dem Fliesenschild vor dem Ausguss, und Oma sieht ihnen nachdenklich zu.

»Nun komm, meine Süße!«, ruft Alfons und zerrt Jenny auf die Tanzfläche. Ihr Lippenstift ist verwischt und ihr Gesicht ist rot von der Bowle.

»Ringelpiez mit Anfassen!«, ruft sie, und Alfons kneift sie in den Po und Jenny lacht.

»Ich finde den schrecklich!«, flüstert Moni, als Oma sie auch aufgefordert hat und sie zusammen durch die Tür auf den Flur tanzen, weil in der Küche nicht genug Platz für alle ist. Im Radio singt der blonde Hans »Auf der Reeperbahn nachts um halb eins«. »Eklig finde ich den!«

Oma schwenkt sie einmal kurz ins Wohnzimmer und wieder zurück auf den Flur. »Ich auch!«, flüstert sie zurück, und als sie den Kopf dreht, sieht Moni, dass sich eine Strähne aus ihrem Knoten gelöst hat und bis auf die Schulter hängt.

Silvester, denkt sie. Genau so muss es sein.

»Anstoßen!«, ruft Jenny. »Die Glocken läuten schon!«

»Prost Neujahr, Deern«, sagt Oma und lässt ihr Glas gegen Monis Glas klingen. »Wollen wir mal sehen, was es uns bringt.«

»Prost Neujahr!«, sagt Moni und versucht nicht zu sehen, wie Onkel Helmut Mutti küsst. Das darf er.

Gleich geht sie nach unten, um sich die Knallerei anzugucken. Onkel Helmut hat ihr fünf Knallfrösche mitgebracht.

Nachtrag

Erst 1965 bekam Monikas Mutter ein Schreiben vom Roten Kreuz, in dem ihr mitgeteilt wurde, dass ihr Mann Heinrich Schleier im Mai 1944 an der Ostfront gefallen sei.

Anhang

Seite 9
Rummelpott laufen: Am Abend des 31. Dezember klingelten in Hamburg die Kinder an den Haus- und Wohnungstüren, sagten einen Spruch auf und bekamen dafür Süßigkeiten.

Seite 10
Kiek mol her, Deern. – Guck mal her, Mädchen.

… süchst du ut. – … siehst du aus.

… lütt beeten to blond. – … ein kleines bisschen zu blond.

… töv mol 'n beeten … – … warte mal ein bisschen …

Seite 11
Schmuck süchst du ut. – Hübsch siehst du aus.

Seite 12
Grünhöker – Gemüseladen

Lot mi nich lang täuben! – Lass mich nicht lange warten!

Seite 13
Olsch – Alte

multschig – matschig

Witten Twern un swatten Twern, düsse Olsch, de gifft nich gern! – Weißer Zwirn und schwarzer Zwirn, diese Alte gibt nicht gern!

Seite 15
Du tünst ja ... – Du spinnst ja ...

Na, hebbt ji wat kregen? – Na, habt ihr was gekriegt?

Denn kannst du dir ja meist sülben Winterstiefel kaufen! – Dann kannst du dir ja fast selber Winterstiefel kaufen!

De bruks du doch, Deern – Die brauchst du doch, Mädchen.

Tünkram – Quatsch

Seite 16
Un de lütje Snut! – Und das kleine Gesicht!

Wat schall dat denn wohl för'n neetes Johr warn, wenn du gliks as so 'n lütten Dreckspatz anfang' doost? – Was soll das denn wohl für ein neues Jahr werden, wenn du es gleich als kleiner Dreckspatz anfängst?

Sammeltasse – Kaffeegedecke aus Ober- und Untertasse und Kuchenteller verschiedenster Muster wurden gesammelt und als Geschirr für besondere Gelegenheiten benutzt.

Seite 19
... das grüne Auge leuchtet: Radiogeräte hatten früher ein rundes kleines Fenster, das grün aufleuchtete, wenn das Gerät eingeschaltet war.

Seite 22
... dass vor dem Bettchen zwei Schuh' stehen: Liedzeile aus einem beliebten Schlager der damaligen Zeit, gesungen von Heinz Rühmann: »La-le-lu«.

Seite 28
So richtig as 'n högere Dochter. – So richtig wie eine höhere Tochter.

Seite 29
Du büss liekers so schlau as de annern. – Du bist genauso schlau wie die anderen.

Seite 30
All de Dokters, de sünd man ok blot Minschen. – All die Ärzte, die sind doch auch nur Menschen.

Seite 31
Na, dat segg ick di leber nich. – Na, das sag ich dir lieber nicht.

Bruk se dat? – Braucht sie das?

Seite 35
Nissenhütten: Nach dem Zweiten Weltkrieg waren viele Menschen ausgebombt, außerdem kamen noch die Flüchtlinge aus dem Osten in die westdeutschen Städte. Es gab also viel zu wenig Wohnraum. Daher wurden Notunterkünfte aus Wellblech gebaut, die Nissenhütten, benannt nach ihrem britischen Architekten Peter Nissen. In den Nissenhütten war es im Sommer brütend heiß, im Winter eiskalt.

Seite 43

Für tot erklären lassen: Im Zweiten Weltkrieg waren viele Soldaten vermisst – d.h., dass niemand sagen konnte, was im Krieg aus ihnen geworden war. In den meisten Fällen waren diese Soldaten tot. Da aber niemals ihre Leichen gefunden wurden, zudem auch immer wieder einzelne vermisste Soldaten zurückkamen, warteten viele Frauen jahrzehntelang auf ihre vermissten Männer. Anders als die Frauen gefallener Soldaten erhielten sie keine Witwenrente. Um Rente zu erhalten – oder um sich wieder zu verheiraten – konnten sie ihre Männer für tot erklären lassen.

Seite 48

Klog sünd se joar, dat hebb ick goar nich glövt – Klug sind sie ja, das hab ich gar nicht geglaubt.

Seite 51

Soraya: Am 23. Februar 1955 besuchte der damalige Schah von Persien mit seiner Frau Soraya Deutschland. Überall wurde das Paar als Traumpaar aus einem Märchenland von riesigen Menschenmengen umjubelt, wozu sicherlich auch die Tatsache beitrug, dass Sorayas Mutter gebürtige Berlinerin und sie selbst in ihren ersten Lebensjahren in Berlin aufgewachsen war.

Seite 61

Kommunisten: Viele Kommunisten hatten im Nationalsozialismus, der Hitlerzeit von 1933 bis 1945, versucht, Widerstand gegen Hitlers Politik zu leisten, und waren dafür ins Konzentrationslager (KZ) oder

Zuchthaus gekommen oder sogar hingerichtet worden. Nach Kriegsende und mit dem Beginn des »Kalten Kriegs« zwischen den westlichen Staaten unter der Führung der USA und den östlichen unter der Führung der – kommunistischen – Sowjetunion galten die Kommunisten auch in Westdeutschland bald wieder als Staatsfeinde. Anfang der fünfziger Jahre wurde eine Reihe von Gesetzen und Verordnungen verabschiedet, auf deren Grundlage Kommunisten aus ihren Arbeitsstellen entlassen oder auch ins Gefängnis gebracht wurden. 1956 wurde die Kommunistische Partei dann verboten.

Seite 63
Sie wollen nicht, dass wir wieder Soldaten kriegen …: Nach dem Zweiten Weltkrieg hatte Deutschland zunächst keine Armee mehr. 1954 wurden aber von den Außenministern Deutschlands und vieler westlicher Staaten die Pariser Verträge unterschrieben, in denen unter anderem festgehalten wurde, dass Deutschland nun die Bundeswehr mit 500 000 Soldaten aufbauen sollte. Aus Angst vor einem neuen Krieg, aber auch, weil dies die endgültige Trennung von West- und Ostdeutschland bedeutete, gab es dagegen heftigen Widerstand und Proteste von z. B. Kommunisten, SPD, Kirchen und Gewerkschaften.

Seite 66
… dass du so ein Spiddel bist. – … dass du so spindeldürr bist.

Seite 79
Hes du dat all vergeeten? – Hast du das schon vergessen?

Seite 83
Margarinetiere: In den fünfziger Jahren lagen den Margarinepaketen bestimmter Sorten kleine weiße Plastiktiere bei. Da die Kinder damals nur wenig Spielzeug besaßen, waren sie beliebte Sammel- und Spielobjekte.

Seite 85
Fernsehen: 1952 wurde in Westdeutschland das Fernsehen eingeführt. Gesendet wurde zunächst nur wenige Stunden täglich am Abend. Durch die Fußballweltmeisterschaft 1954, die Deutschland gewann, nahm das Interesse der Menschen am Fernsehen zu: Während 1954 erst 80 000 Geräte angemeldet waren, stieg diese Zahl 1955 auf über 200 000, viele davon in Lokalen, da sich Privathaushalte oft noch keinen Fernseher leisten konnten.

Seite 89
So 'n seute lütje Deern! – So ein süßes kleines Mädchen!

So 'n seute lütje Zuckersnut! – So ein süßes kleines Zuckerschnäuzchen!

Seite 91
Allns ward anners. – Alles wird anders.

Seite 93
Jetzt soll das unterschrieben werden: Nach dem Zweiten Weltkrieg wurde Deutschland von den Siegermächten in vier Zonen geteilt, die auch von ihnen regiert wurden: die britische (hier lag Hamburg), französische und amerikanische Zone – die drei Westzonen, aus denen dann später die Bundesrepublik Deutschland entstand; und die sowjetische oder russisch besetzte Zone, die Ostzone, aus der die DDR entstand.

Am 27. Februar 1955 stimmte der westdeutsche Bundestag den Pariser Verträgen zu, durch die die Bundesrepublik (also Westdeutschland) Mitglied des westlichen Verteidigungsbündnisses NATO wurde. Nun hätte im Kriegsfall der Westen Deutschlands gegen den Osten gestanden, denn die östlichen Staaten gründeten daraufhin im Mai auch ihr Verteidigungsbündnis, den Warschauer Pakt, in dem die DDR (Ostdeutschland) Mitglied war.

Es gab daher in großen Teilen der westdeutschen Bevölkerung heftigen Widerstand gegen die Pariser Verträge, vor allem auch deshalb, weil die sowjetische Regierung im Januar 1955 angeboten hatte, dass es in ganz Deutschland freie Wahlen geben könnte, wenn der Bundestag den Pariser Verträgen nicht zustimmen würde. Darin sahen viele Menschen eine Chance, dass die Teilung Deutschlands aufgehoben und es wieder ein einheitliches Deutschland geben würde.

Seite 95
Parallelo: gerippte Wolljacke mit Reißverschluss, die von einem Ärmel, nicht vom Bündchen aus gestrickt wurde.

Seite 98
... auf den Swutsch geht. – ... zum Tanzen geht.

Seite 104
Waschwanne: Bevor es elektrische Waschmaschinen gab, musste die Wäsche von Hand gewaschen werden. Dazu wurde die Weißwäsche in Töpfen mit Seifenwasser auf dem Herd gekocht. Buntwäsche wurde in einer großen Zinkwanne gewaschen. Um Flecken zu entfernen, wurde die Wäsche in der Wanne auf einem geriffelten Waschbrett, dem Rüffel, gerubbelt.

Seite 117
Und jetzt stehen sie also in der Aula in der neuen Schule ...: Bis 1967 begann das Schuljahr in der Bundesrepublik im Frühjahr nach den Osterferien.

Seite 126
... un wat schall dat wohl för 'n Odl ween ... – ... und was soll das wohl für ein Adel sein ...

Seite 148
»Die Familie Schölermann«: Die erste Familienserie des westdeutschen Fernsehens, sehr beliebt bei den Fernsehzuschauern.

Seite 151
Na süchst du, Deern? Hebb ick ni Recht hat? – Na siehst du, Mädchen? Hab ich nicht Recht gehabt?

Seite 152
... doar hebb se dovon snackt. – ... da haben sie davon gesprochen.

Seite 171
Volle Souveränität: Am 5. Mai 1955 erhielt die Bundesrepublik Deutschland, also Westdeutschland, aufgrund der Unterzeichnung der Pariser Verträge ihre Unabhängigkeit von den westlichen Besatzungsmächten England, Frankreich und USA und war damit zehn Jahre nach dem Zweiten Weltkrieg wieder (fast) ein Staat wie alle anderen.

Seite 192
Naragheizung: Heizung, bei der die ganze Wohnung von der Küche aus mit Kohle beheizt wurde.

Seite 203
Bi uns to Hus, fröher, as ick 'n lütt Deern weer, in Dithmarschen, doar gev dat dat nich! Doar möt wi dat Woter von Brunn holn, un wuschen hebb wi uns trotzdem. – Bei uns zu Hause, früher, als ich ein kleines Mädchen war, in Dithmarschen, da gab es so was nicht! Da mussten wir das Wasser vom Brunnen holen, und gewaschen haben wir uns trotzdem.

Seite 208
Abbacken: Beliebtes Kinderspiel, bei dem man mit einem Ball so fest auf den Gegner wirft, dass der Ball zu hart ist, um ihn zu fangen.

Seite 222
mucksch: eingeschnappt, unfreundlich

Seite 228
Nu man sutje. (...) Dat ward wi allns sehn. – Nun mal langsam. (...) Das werden wir alles sehen.

Snack ni so veel bi d' Eeten. – Rede nicht so viel beim Essen.

Het se dat seggt. – Hat sie das gesagt.

'N Swatten? – Einen Schwarzen?

Seite 233
Spökelkram – Unsinn

Hebb wi dat nich scheun? – Haben wir es nicht schön?

Seite 257
... glöv man blot nich gliks ... – ... glaub doch bloß nicht gleich ...

... dat hebb wi in Kreg lehrt. – ... das haben wir im Krieg gelernt.

Seite 261
Hes du nix to don? – Hast du nichts zu tun?

Seite 285
Gott, wat sünd de armselig. – Gott, was sind die armselig.

Seite 298
Du büss ja all meist so swatt as 'n Neger. – Du bist ja schon fast so schwarz wie ein Neger.

Seite 320
Nu sitt se wedder in ehr lütt Pisspott – Nun sitzen sie wieder in ihrem kleinen Pisspott.

Seite 326
... nu lot dat mol no, Deern, du moks mi dat ja noch allns twei! – ... nun lass das mal, Mädchen, du machst mir das ja noch alles kaputt.

Seite 327
Un ick sitt her un drink Koffi! – Und ich sitze hier und trinke Kaffee!

Seite 328
Er holt sie nach Hause: Nach dem Zweiten Weltkrieg gab es auch 1955 noch etwa 10 000 deutsche Kriegsgefangene in der Sowjetunion. Am 9. September reiste der damalige Bundeskanzler Adenauer, der »Alte«, nach Moskau und verhandelte mit der russischen Regierung über die Freilassung dieser Gefangenen. Schon einen Monat später sollten sie nach Hause kommen. Nicht nur diejenigen, die wussten, dass ihre Angehörigen sich in russischen Lagern aufhielten, erwarteten nun deren Rückkehr, sondern auch viele Menschen, deren Angehörige als vermisst galten. Viele von ihnen reisten nach Friedland, wo die Kriegsgefangenen ankamen, und hatten Fotos ihrer vermissten Angehörigen bei sich, in der Hoffnung, dass ihnen wenigstens irgendwer etwas über deren Schicksal würde sagen können.

Seite 330
Ditte is knorke! – Das ist toll!

Seite 333
Un wat seggs du nu? – Und was sagst du jetzt?

Stragula: synthetischer Bodenbelag, bevor es PVC gab.

Du seggs de Hochtid af. – Du sagst die Hochzeit ab.

Seite 334
Ja, dat wüllt ji wohl! – Ja, das wollt ihr wohl!

Seite 339
Büss du wedder doar. – Bist du wieder da.

Seite 342
... du kanns mi hülpen. – ... du kannst mir helfen.

... verklar ihr das. – ... erklär ihr das.

... doar hett se doch bestümp wat. – ... da hat sie doch bestimmt was.

Seite 354
Un ick sett mi dahl un frei mi, dat ick wedder to Hus bün. – Und ich setze mich hin und freu mich, dass ich wieder zu Hause bin.

Seite 355
Fein moks du dat. – Schön machst du das.

Seite 360
Ick hebb wedder Lebertron köfft. (...) De Tid geiht wedder los. – Ich hab wieder Lebertran gekauft. (...) Die Zeit geht wieder los.

Seite 368
Künnt de Lüd ni mol mehr ehr egen Koffi koken? – Können die Leute nicht mal mehr ihren eigenen Kaffee kochen?

Seite 371
Doar snack wi över! – Darüber sprechen wir noch!

Tschüs ok! – Tschüs auch!

Seite 373
... den Düwelskram ... – ... die Höllenmaschine ...

Schmuck süchst du ut, Deern. – Hübsch siehst du aus, Mädchen.